FRANZISKA STEINHAUER

Spreewald-rauschen

SCHULDGESPINST Sechs Studenten campieren an der Talsperre Spremberg, um in den Semesterferien Daten für ein Forschungsprojekt zu erheben. Bald erfahren sie, dass vor Jahren schon einmal eine Gruppe zu Forschungszwecken an diese Stelle entsandt worden war. Ein Vorhaben mit tragischem Ausgang: Drei Teilnehmer verschwanden spurlos. Tage später wurden ihre leblosen Körper gefunden. Das Verbrechen: Mord. Der Fall: Bis heute ungelöst. Was die Studenten nicht wissen: Am darauffolgenden Tag wird einer von ihnen spurlos verschwunden sein. Während der alarmierte Kommissar Peter Nachtigall die Ermittlungen aufnimmt und sich bald in den Wirren aus Vergangenheit und Gegenwart zu verheddern droht, entsteht bei den Camp-Teilnehmern ein schrecklicher Verdacht: Ist der Mörder von damals etwa zurückgekehrt? Sucht er sich bereits sein nächstes Opfer? Unruhe macht sich breit, die Ermittler werden zunehmend angefeindet und in all dem Chaos verschwindet plötzlich der nächste Camper. Die Zeit läuft …

Franziska Steinhauer lebt seit 30 Jahren in Cottbus. Bei ihrem Pädagogikstudium legte sie den Schwerpunkt auf Psychologie sowie Philosophie. Ihr breites Wissen im Bereich der Kriminaltechnik erwarb sie im Rahmen eines Master-Studiums in Forensic Sciences and Engineering. Diese Kenntnisse ermöglichen es der Autorin den Lesern tiefe Einblicke in pathologisches Denken und Agieren zu gewähren. Mit besonderem Geschick werden mörderisches Handeln, Lokalkolorit und Kritik an aktuellen gesellschaftlichen Entwicklungen verknüpft. Franziska Steinhauers Romane zeichnen sich durch gut recherchierte Details und eine besonders lebendige Darstellung der Figuren aus. Ihre Begeisterung für das Schreiben gibt sie als Dozentin an der BTU Cottbus weiter.

FRANZISKA STEINHAUER

Spreewald-rauschen

NACHTIGALLS 15. FALL

GMEINER

Dieses Werk wurde vermittelt durch die
Literarische Agentur Thomas Schlück GmbH, 30161 Hannover

Immer informiert

NEWSLETTER

Spannung pur – mit unserem Newsletter informieren wir Sie regelmäßig über Wissenswertes aus unserer Bücherwelt.

Gefällt mir!

Facebook: @Gmeiner.Verlag
Instagram: @gmeinerverlag
Twitter: @GmeinerVerlag

FSC® www.fsc.org
MIX
Papier aus verantwortungsvollen Quellen
FSC® C083411

Besuchen Sie uns im Internet:
www.gmeiner-verlag.de

Im Ehnried 5, 88605 Meßkirch
Telefon 07575/2095-0
info@gmeiner-verlag.de

1. Auflage 2022

Lektorat: Claudia Senghaas, Kirchardt
Herstellung: Mirjam Hecht
Umschlaggestaltung: U.O.R.G. Lutz Eberle, Stuttgart
unter Verwendung eines Fotos von: © Bomenius / stock.adobe.com
Druck: CPI books GmbH, Leck
Printed in Germany
ISBN 978-3-8392-0197-8

Personen und Handlung sind frei erfunden.
Ähnlichkeiten mit lebenden oder toten Personen
sind rein zufällig und nicht beabsichtigt.

Es war kalt.

Das Wasser, das ihren Körper umspülte, suppte träge wie Tran über sie hinweg.

Manchmal, wenn Wind aufkam, wurde sie gegen das Ufer gedrückt.

Im flacheren Bereich schrubbte der Körper über Steine, die ihre Haut abschürften.

Oder eben das, was davon noch übrig war.

Immerhin lag sie nicht erst seit gestern hier.

Ursprünglich hatte sie am Grund des Sees gewartet.

Allein.

Im Dunkel.

Mit einem groben Seil angepflockt an einen riesigen Stein.

Doch im Laufe der Zeit lockerte sich der Sisalgriff um ihre Fesseln, und sie stieg auf.

Bis zur Sonne.

1

Der Cottbuser Hauptbahnhof sah völlig anders aus, als er ihn in Erinnerung hatte.

Eindeutig gemausert, dachte Baldur anerkennend.

Vor Jahren war die große Halle dunkel und ein bisschen unheimlich gewesen.

In Nischen vor den Toiletten oder im Tunnel zum hinteren Ausgang standen damals abgerissene Typen, die jeden Vorbeikommenden zum Kauf von Drogen oder Diebesgut animieren wollten.

Damit war eindeutig Schluss.

Schon weil es die Nischen nicht mehr gab, heute ein neuer Tunnel alle Gleise unterirdisch verband.

Baldur wirbelte einmal um die eigene Achse. »Cool!«

Einladende Schaufenster, großzügige Fronten, leckere Auslagen, verführerischer Duft.

Als er an der Tür zum Drogeriemarkt vorbeikam, stockte sein Schritt, und er ließ den Inhalt seines Kulturbeutels langsam Stück für Stück Revue passieren. Alles drin? Nichts vergessen?

Doch, fiel ihm plötzlich ein, seine Sonnencreme war ausgegangen, er wollte auf dem Weg zum Einsatzort eine neue Tube besorgen.

Nach kurzem Suchen fand er das entsprechende Regal.

Mit unsicheren Schritten durchquerte Camilla die helle Eingangshalle, strebte dem Ausgang in Richtung Busbahnhof zu.

»Wir treffen uns alle vor dem Bahnhofseingang. Haupteingang am Busbahnhof. Ich sitze in einem dunkelblauen Ford Transporter. Da ist die gesamte Ausstattung drin, die Zelte für Sie alle, und sobald wir komplett sind, geht's los. Wetter ist bestellt! Kann also nichts mehr schiefgehen.« Das war die klare Ansage der Betreuerin der Brandenburgischen-Technischen-Universität gewesen, die auch die Teilnehmer für das Forschungsprojekt ausgewählt hatte.

Drei männliche und drei weibliche Teilnehmer.

Aus dem ganzen Bundesgebiet waren Bewerbungen eingegangen.

Doktor Ludmilla Krampes hatte eine Auswahl treffen müssen, legte sich auf Bewerber mit passendem regionalem Hintergrund fest und hoffte nun, dass die sechs Teilnehmer sich gut verstehen würden. Die Aufgaben waren klar definiert, eigentlich wusste jeder, was zu tun war, und viel Zeit für Streitigkeiten würden die Studenten auch nicht haben.

Jede Menge Arbeit für die Semesterferien – Erkenntniszuwachs garantiert.

Wenig Freizeit für Zoff oder Gruppenstress.

Camilla klopfte zaghaft an die Schiebetür auf der Fahrzeugseite.

Sofort glitt sie metallisch reibend auf.

Eine mittelalte Frau, üppige Figur, Haar zum Zopf gebunden, mit grauem stechendem Blick, den sie durch ein angeklebtes Lächeln abzumildern versuchte.

Camilla verhinderte mit größter Beherrschung ein erschrockenes Zurückzucken, das sicher negativ vermerkt worden wäre.

Prüfend wanderten die kalt schimmernden Augen über

das blasse Gesicht der jungen Frau, bummelten mit beinahe missbilligendem Ausdruck an ihrem schmalen Körper entlang, maßen ihre Größe.

Mit: leicht depressiv, unsportlich, Stubenhocker, fiel das Ergebnis der Erforschung wenig positiv für die Studentin aus.

Doktor Krampes seufzte hörbar.

»Aha. Sie sind die Erste. Camilla Schneider, nicht wahr?«

Die junge Frau nickte zurückhaltend.

»Na, immer rein ins Auto. Hier ist es kühl, Klimaanlage läuft.« Damit griff die Projektleiterin nach Camillas Rucksack und zerrte die Studentin beinahe grob ins Wageninnere.

»Haben Sie einen der anderen schon gesehen?«, erkundigte sich Doktor Krampes nach minutenlanger angespannter Wortlosigkeit.

»Nein. Aber ich würde wohl auch keinen erkannt haben. Wahrscheinlich sind wir uns noch nie zuvor begegnet.«

»Das ist sicher möglich. Ihr Aufgabengebiet ist die Recherche und Zusammenführung von Ergebnissen aus unterschiedlichen Quellen, die sich ebenfalls der Beobachtung verschrieben haben. Sie tragen die Vergleichsdaten der Schutzgebiete zusammen, oder?«

»Ja. Ich habe auch schon im Vorfeld mit dem NABU, einigen lokalen Tierschutzorganisationen und Tierbeobachtungsvereinen Kontakt aufgenommen. Termin habe ich zum Beispiel bei der Heinz-Sielmann-Stiftung in Wanninchen.«

»Aha. Bei Ihnen kann es also im Grunde sofort losgehen.«

Damit schien der Gesprächsstoff aufgebraucht, aggressives Schweigen zog ein.

Als es an der Wagentür klopfte, waren beide Frauen erleichtert.

Ein nicht mehr ganz junger sportlicher Mann, hyperblond, mit wettergegerbtem Gesicht, intensiv blauen Augen und einem Ego mit eindrucksvoller Bugwelle sprang in den Fond.

»Eirik Hansen«, stellte er sich knapp vor und erwartete offensichtlich auf diese Eröffnung eine passende Reaktion. Vielleicht gar Applaus.

»Camilla Schneider.«

Der Neuankömmling schien überrascht, vielleicht auch ein wenig enttäuscht, gekränkt. Camilla versuchte ratlos eine Einordnung.

Eiriks blaue Augen glitten emotionslos über die Studentin hinweg, gleichgültig, uninteressiert.

»Oh, Eirik, wie schön, dass Sie kommen konnten. Wir erwarten uns von Ihnen natürlich einige spektakuläre Ergebnisse!« Doktor Krampes' Begeisterung war nicht zu bremsen. »Ihr letzter Doku-Film – einfach fantastisch. So unvergessliche Aufnahmen! Hatten Sie denn keine Angst beim Dreh? All die Haie um Sie herum … wow!« Sogar die Wangen der Projektleiterin hatten sich deutlich gerötet.

Camilla sah verwundert von einem zum anderen. Ein Tierfilmer? Ein filmender Taucher? Der Name stand gar nicht auf der Teilnehmerliste, da war sie sich sicher.

Beim nächsten Klopfen öffnete sich die Tür für Baldur, der entschuldigend die Tube Sonnenschutzmittel schwenkte. »Baldur Hermfried. Sorry, musste ich noch schnell besorgen. Werden nach Wetterbericht sonnige Zeiten hier in Südbrandenburg.«

Innerhalb der kommenden halben Stunde fanden sich auch die drei anderen Teilnehmer der »Expedition« ein.

Friedemann Humberg, ein deutlich von seinem Lebensstil gezeichneter Student, der zwar schlank, aber gänzlich unsportlich war und schon beim Erklettern der Fahrgastzelle Schwierigkeiten hatte. Die braunen Augen waren stumpf, die Lippen rissig, die Hände vollkommen verdreckt. Und er brachte eine durchdringende Duftnote ein.

»Mein Zug hatte Verspätung, tut mir leid. Und bei der Fahrt zum Bahnhof ist die Kette am Rad runter. Alles stressig heute.« Keuchend schob er seinen Rucksack zwischen die Beine.

»Wasseranalyse«, ergänzte Doktor Krampes knapp.

Hinter ihm schwang sich eine junge Frau in den Wagen. Rund wäre ein schmeichelhafter Ausdruck für ihre Körperform gewesen. Ihre Augen strahlten voller Vorfreude, und sie brachte eine Welle guter Laune mit. »Müller, Becky. Genannt Mücki. So ein wunderbares Wetter! Und ich habe gelesen, dass es auch so bleiben soll. Sind das nicht tolle Aussichten?« Patschhändchen versuchten ein Klatschen.

Camilla sah das runde Gesicht, wie sie hoffte, überrascht, nicht konsterniert, an. Nun, damit war ja zu rechnen gewesen. In den meisten Gruppen gab es so einen »Lachbolzen«, immer gut drauf, unerschütterlich lustig, ein Wogenglätter, der nichts ernst nahm und für den alles im Leben nur Kleinigkeiten waren. Probleme gibt es nicht, nur Lösungen! Schrecklich.

»Lehmann, Miltraud.« Eine ernste, durchtrainierte Gestalt schob sich zwischen die anderen, die bereitwillig auf Lücke rutschten. »Ich weiß, was da gefiedert fliegt und kenne alle Details über die Lebenszyklen, Vorlieben et cetera unserer Beobachtungsobjekte.«

Sie sah sich im Auto um. »Sind wir komplett?« Ihre Stimme war herb und rauchig. »Es hat ja keinen Sinn, hier lange in der Sonne rumzustehen. In dieser Blechbüchse. Und wenn wir die Klimaanlage bitte ausschalten könnten. Umweltschädigendes Verhalten steht einer Gruppe wie der unseren wohl nicht gut zu Gesicht.«

Doktor Krampes funkelte die Neuangekommene schlecht gelaunt an.

Brachte die brausende Klimaanlage zum Schweigen.

Schwang sich aus dem Wagen und verlud mit lautem Rumpeln die restlichen Gepäckstücke.

»Einer fehlt noch.« Die Projektleiterin stieg wieder ein, sah in die Runde. »Den treffen wir am Campingplatz. Maximilian Hilpert kommt mit dem eigenen Wagen. Auch einer der Betreuer wird dort sein. Wilhard Kemper gehört locker zu Ihrer Gruppe. Er ist der ›Verbindungsstudent‹ zu mir. Er hilft, wo zusätzliche Hände und Augen vonnöten sind. Gelegentlich wird er auch bei Ihnen im Camp übernachten.« Sie reichte einen kleinen Stapel Papier nach hinten. »Eine kurze Liste mit Telefonnummern und Mailadressen. Unfälle kann es immer mal geben – und bei Fragen zum Projekt rufen Sie am besten gleich bei mir an.«

Sie startete den Wagen und fuhr zügig vom Parkplatz, sortierte sich an der Kreuzung ein.

»Wir nehmen die Landstraße nach Spremberg. Fahrzeit ungefähr 20 Minuten. Äh, Herr Humberg, würden Sie sich bitte ebenfalls anschnallen? Dann hört auch dieser nervige Piepton auf. Danke.«

2

Marko Spitzner stand in seinem übersichtlichen Garten, der aus Pflanzschalen und Blumenkästen bestand, und erntete.

Bettina wollte Kräuterplinsen backen, und selbstverständlich kamen nur selbstgezogene Blätter von Basilikum und Thymian hinein. Zufrieden schnupperte er an der kleinen Plastikschale, die schon gut gefüllt war.

Hunger war bei ihm kein Problem. Eher so etwas wie ein Grundzustand.

Liebevoll strichen seine dicken Finger über den stattlichen Bauch, der sich heute in seiner ganzen Pracht völlig entblößt der Welt zeigen durfte. Er boxte dagegen. Lachte und flüsterte sich stolz zu: »Alles stramm und faltenfrei! Soll mir erst mal einer nachmachen – ganz ohne Sport. Jogging und solchem Quatsch. Braucht doch kein Mensch.«

Bettina war ebenfalls sehr stattlich und zwängte sich gerade zur Tür hinaus.

Stand einen Augenblick ganz ruhig.

Nicht einmal die dunklen schulterlangen Haare bewegten sich. Ihre kleinen grünen Augen, die tief in den Mimikfalten vergraben waren, huschten allerdings über den Platz.

Morgenmeditation?

Marko warf einen Kontrollblick auf seine Armbanduhr.

Nein, unwahrscheinlich. War ja schon fast Mittag.

»Is' was?«

»Ist bald Schluss mit Ruhe, würde ich mal sagen. Die Carola hat mich gerade angerufen. Hier, auf unserem Campingplatz, haben Studenten sich für ein Wissenschafts-Camp angemeldet. Angeblich mit Forschungsauftrag für Biologie. Aber das kennt man ja! Geht wohl eher um alkohöllische Selbstversuche und Belastungsproben der Stimmbänder. Und Dehnungsprüfung der Nerven der Anwohner.«

»Ach, die letzten waren doch ganz lustig.«

»Die letzten schon. Das war ein Philosophie-Camp. Da ging es um Fragen, die die Welt bewegen.« Bettina lachte rau.

»Hauptsache, es gibt nicht wieder so einen Stress wie damals.« Marko hielt Bettina das Schälchen mit dem Ernteerfolg entgegen. »Weißt du noch? Polizei hinter jedem Busch.«

»Na, Carola meint, sie wird wohl doch nach Fuerte fliegen. Wenigstens ein paar Wochen Ruhe.«

»Fuerte? Das wird ihr nicht gefallen. Zypern wäre sicher eher nach ihrem Geschmack.«

Bettina grinste anzüglich. »Oder Cap Verde. Kannst du dich noch an die tollen Männer erinnern, die am Strand gesurft haben? So ein sportlicher Typ als ›Urlaubsschatten‹ wäre ideal und würde auch auf den Fotos bei *WhatsApp* Eindruck machen..«

Marko schüttelte sich. Ganzkörperschütteln.

»Die haben mir schon richtig leidgetan. Echt! All diese Weiber in den besten Jahren, die nur eines wollten … Abschreckend!«

»Ach«, gab Bettina patzig zurück und ihr eindrucksvoller Busen wogte vor Empörung, »umgekehrt hat dich dieses Interesse noch nie gestört. Nur wenn es von

Frauen ausgeht, ist es plötzlich abschreckend und fast schon widerlich.«

Sie grapschte nach dem Schälchen, riss es Marko förmlich aus der Hand und verschwand in die Küche.

Typisch, dachte Marko, wenn Männer Frauen toll finden, ist das schiere Geilheit und verwerflich, wenn Frauen dasselbe beim Anblick athletischer Männerkörper ... was ist es dann? Höfliches Interesse an den intellektuellen Fähigkeiten des Mannes?

Ganz mit seinem Ärger beschäftigt, hatte er den Vorbeigehenden gar nicht bemerkt.

Als der nun plötzlich fröhlich »Hallo Marko, guten Morgen!« rief, hätte er um ein Haar laut aufgeschrien.

»Oh, hallo Brruno!«, grüßte er eilig zurück, dachte sogar daran, das R zu rollen, wie der Nachbar es gern hörte. Fast so schwierig wie damals beim Russischunterricht. Da hatte er das mit dem rollenden R auch nur selten richtig hingekriegt. »Wie war deine Veranstaltung gestern Abend? Gut besucht?«

Marko kam sich in seiner sehr sparsamen, legeren Kleidung neben dem anderen fast nackt vor.

Markante, knorrige Züge, hochgewachsen und ausgesprochen asketisch, Bruno war eine auffällige Erscheinung. Er trug stets schwarze Jeans, ein weißes Hemd mit Stehkragen und darüber einen mehr oder weniger warmen schwarzen Pullover. Je nach Jahreszeit.

So sah er fast aus wie ein Priester, dessen weißer Kragen gerade so oberhalb der schwarzen Bekleidung zu sehen war.

Nur, Bruno war kein Geistlicher.

Eher so eine Art freier Laienprediger.

»Danke, ja, war gut besucht. Ihr konntet nicht kommen?«, fragte Bruno sofort investigativ zurück.

»Wir wollten schon. Eine Freundin von Bettina war auf einen kleinen Sprung vorbeigekommen. Das kennt man ja. Sind eher riesen Sätze denn Sprünge. Beim nächsten Mal klappt es bestimmt wieder.«

»Also Opfer der *vis major*, der *höheren Gewalt*. Kann man nichts machen.« Bruno trat etwas näher an den anderen heran. »Habt ihr auch schon gehört, dass es hier wieder so ein Forschungscamp geben soll?«, erkundigte er sich flüsternd.

»Ja, hat Bettina mir auch schon erzählt. Studenten. Oder neudeutsch: Studierende. Forschungen im Bereich Biologie.«

»Kann man nur hoffen, dass das nicht wieder im Desaster endet.« Damit war das Gespräch offensichtlich beendet. Bruno nickte Marko kurz zu und ging geräuschlos weiter.

»Er kann schweben«, behauptete Bettina manchmal. »Solche lautlosen Typen haben nicht selten die dicksten Leichen im Keller.«

Marko machte kehrt.

Schnupperte beim Eintreten. »Mmmmhhhm. Das riecht aber gut«, lobte er laut.

»Ist fast fertig. Geh ruhig schon mal Hände waschen. Was wollte denn der Brruno von dir?«

Voller Neid hörte Marko, wie mühelos und selbstverständlich seine Frau dieses rollende R in den Namen des Nachbarn einbauen konnte.

»Ach, das war wegen der Studenten. Er hat auch davon gehört, dass eine Gruppe kommen soll. Und bei seinem eigenen nächsten Treffen müssen wir wohl wieder dabei sein. Er hat bemerkt, dass wir gestern geschwänzt haben und mich gerade wegen unseres Fehlens angezählt.«

3

»So! Hier steht der Wohnwagen mit all der Technik, die Sie für die einzelnen Projekte benötigen werden. Denken Sie bitte stets daran, den Wagen gut zu verschließen. Interessenten für solche Analysegeräte finden sich schnell, leicht verdientes Geld.«

Neugierig drängte sich die Gruppe hinter Doktor Krampes zusammen, um einen Blick ins Innere werfen zu können.

»Ist aber nur Basisanalyse – oder täusche ich mich?«, nörgelte Baldur. »Was, wenn wir spezifischere Aussagen treffen wollen?«

»Dann hilft natürlich das Zentrallabor der BTU weiter. Dort finden Sie wahrscheinlich alles, was Sie auf den ersten Blick hier vermissen. Aber manche Geräte sind zu groß, zu schwer und zu teuer, um hier stehen zu können.« Doktor Krampes' Ärger fand mühelos den Weg in ihre Tonlage.

Die Projektteilnehmer warfen sich vielsagende Blicke zu.

Eilig traten sie zurück, versuchten, Distanz zu schaffen.

»Sie haben einen Zeitplan und Kontakttelefonnummern für Ihre Absprachen mit zuständigen Mitarbeitern unserer Projektpartner. Sollten sich anderweitige Schwierigkeiten ergeben, können Sie sich selbstverständlich auch direkt bei mir melden«, erklärte Doktor Krampes unbeeindruckt vom spürbaren Stimmungswechsel. »Dauercamper gibt es hier wie auf dem Platz in Bagenz, am gegenüberliegenden Ufer. Bisher gab es noch nie Schwierigkeiten mit den Langzeit– und Ganzjahresmietern.« Das soll auch so bleiben, hätte sie beinahe hinzugesetzt, ging aber davon aus, dass die jungen Leute das auch ohne den Zusatz verstanden hatten. »Wenn Sie sich bewegen möchten, können Sie um den See herum joggen oder auch wandern. Auch Inline-Skating ist möglich. Bedenken Sie dabei, dass eine Runde etwa 20 Kilometer lang ist. Ein großer Einkaufsmarkt ist gleich am Rand der Stadt. Sie fahren ...«

Mücki hörte nicht mehr zu. Gleich belehrt sie uns darüber, dass man sich mindestens zweimal am Tag die Zähne putzen muss und beim Überqueren einer Straße auf den Verkehr achten sollte, dachte sie genervt und seufzte.

Sie sah sich um.

Außer ihrem Wohnwagen standen in größerer Entfernung weitere. Auch Wohnmobile waren dabei.

Hoffentlich keine Familien mit kleinen Kindern, überlegte sie weiter, dann war gegen 22 Uhr Schluss mit dem gemütlichen Plausch unter Studenten.

Sie wandte sich wieder ihrer Gruppe zu.

»… Weg entlang kommen Sie zu einem schönen Stück Sandstrand. Links vom Weg liegt eine kleine Siedlung. Holzhäuser, im Wald versteckt. Muss sich anfühlen wie Dauercamping, denke ich. Legen Sie sich nicht mit den Leuten an, sonst vertändeln Sie zu viel Ihrer Projektarbeitszeit mit Zank.«

Doktor Krampes sah säuerlich in die Gesichter der Studierenden.

»Sie sollten wohl erstmal Ihre Zelte aufschlagen und sich einrichten. Der Plan für die einzelnen Aktivitäten hängt im Labor, bedenken Sie, dass gelegentlich zeitliche Absprachen bei der Nutzung der Technik notwendig werden, stimmen Sie sich ab. Ich komme morgen wieder bei Ihnen vorbei.«

»Ist das eine Drohung?«, fragte jemand aus der Runde.

Lauter unschuldige Mienen, der Sprecher war nicht auszumachen.

Frau Doktor Krampes wartete, bis das Gelächter allgemeinem Hüsteln gewichen war, verabschiedete sich dann knapp.

Sah beim Ausladen der Ausrüstung und des Gepäcks schweigend zu.

Brauste schließlich ohne eine freundliche Abschiedsgeste davon.

»Naja, zum Gute-Nacht-Sagen wird sie nicht mehr vorbeikommen«, grinste Wilhard Kemper, der Kontaktstudent. »Fangen wir also an.«

»Weil das mit der Vorstellung vorhin zu kurz gekommen ist: Ich bin Maximilian Hilpert. Mein Thema ist ›Vogelpopulationen in Schutzgebieten‹.«

Ein kollektives »Hey« antwortete ihm. Rundum nannten alle nochmal ihre Namen.

Das musste erst einmal genügen, der Rest würde sich bei der gemeinsamen Arbeit schon finden.

»Wie wäre es mit einem Kreis?« Eirik deutete mit ausfahrender Handbewegung um sich herum. »In der Mitte schichten wir ein bisschen Holz auf, dann können wir eine gemütliche Pfadfinderstimmung aufleben lassen.«

»Ist sicher eine gute Idee – aber wir müssen erst mit dem Betreiber sprechen. Oder weiß einer von euch, welche Waldbrandstufe wir aktuell haben?« Wilhard sah in die Runde. »Okay, ich kümmere mich. Vielleicht müssen wir Vorkehrungen treffen, wie Wassereimer neben dem Feuer, Feuerlöscher oder Ähnliches.«

Der Vorschlag wurde angenommen, und wenig später war jeder mit dem Aufbau der eigenen Unterkunft beschäftigt. Mehr oder weniger geschickt.

Marko und Bettina waren auf ihrer kleinen Runde unterwegs, hatten die Ankunft der Gruppe beobachtet, gesehen, dass die Leiterin davongebraust war.

»Sieht so aus, als habe es da gleich zum Start böses Blut gegeben. Kann ja heiter werden.« Bruno gesellte sich zu den beiden und starrte ebenfalls über die Einfriedung. »Was genau sollen die eigentlich untersuchen?«

»Ich glaube, es geht um Fortpflanzung«, murmelte Bettina und sah die Männer wütend an, die in schallendes Gelächter ausgebrochen waren. »Doch nicht so! Bei den Vögeln.«

Der Zusatz machte die Sache nicht besser.

Die beiden Männer schlugen die Hände gegeneinander, das Gelächter wurde brüllend.

»Wie können sich zwei erwachsene Männer nur so blöd anstellen!«, schimpfte sie und machte sich wutschnaubend auf den Rückweg zu ihrem Wohnmobil, ohne noch einen Blick zurückzuwerfen.

»Ui, jetzt war sie aber ganz schön sauer! Wenn du nach Hause kommst, fällt das Feierabendbier aus.« Bruno warf Marko einen mitleidigen Blick zu. »Was sind die Frauen auch immer so empfindlich.«

In schweigendem Einverständnis sahen sie den jungen Leuten beim Aufbau des Camps zu.

»Tja, lang ist's her«, seufzte Marko in unregelmäßigem Rhythmus immer wieder.

»Tja, lang ist's her« behielt er bei, selbst als Bruno schon kopfschüttelnd gegangen war.

Nach etwa einer Stunde kehrte auch Marko nach Hause zurück.

Die Mitglieder des Camps hatten inzwischen eine Einkaufsliste erstellt.

Eine Sichtung der eingelagerten Notversorgung hatte ergeben, dass so gut wie alle wichtigen Zutaten für einen gemütlichen Abend ums Lagerfeuer nicht vorhanden waren.

Geld klimperte oder knisterte in eine Kollekte, dann fuhren Wilhard, Baldur und Camilla los, um das Einkaufscenter zu suchen, während die anderen mit den Vorbereitungen für den entspannenden Teil des Tages begannen.

*

Mehrere Tage blieb sie ungestört.

Gelegentlich landete ein großer Vogel neben ihr, beäugte sie diskret, als wolle er nicht stören, trank dann in ihrer Nähe.

Flog davon.

Kam später mit Artgenossen zurück, alle pickten an ihr.

Insekten trippelten über alle Stellen, die aus dem Wasser ragten.

Und dann, nachdem die Gegend zu duften begonnen hatte, erschien schnüffelnd der erste Hund.

Richtig überfüllt wurde ihr Liegeplatz erst, nachdem der dritte Hund intensiv Interesse bekundete.

Immer mehr Menschen sammelten sich um sie herum.

Gestikulierten aufgeregt.

Nahmen ihr die Sonne.

4

Am Abend wechselte das erste Fremdeln zu aufgeregter Freundlichkeit.

Vorfreude auf die Dinge, die in den nächsten Wochen zu erledigen sein würden.

Pfadfinderlagerstimmung.

Und tatsächlich hatte Baldur eine Gitarre im Gepäck. Perfekt.

Während das Feuer munteres Schattenspiel auf die Zeltwände zauberte, sangen sie leise »Yesterday«, »Yellow submarine« und »Morning has broken«. Nicht alle ganz textsicher, doch der Refrain gelang jedem.

»Ich bin sehr froh, dass ich in das Projekt eingebunden wurde. Es ist ein toller Ort hier, findet ihr nicht?« Wilhard breitete die Arme aus, deutete eine allumfassende Umarmung an.

Gemurmelte Zustimmung.

»Im Wald leben viele Naturgeister. Es ist so unglaublich interessant, sie kennenzulernen. Manche sind uralt und wissen Geschichten über Zeiten zu erzählen, an die Menschen gar keine Erinnerung haben können.«

»Ernsthaft?«, fragte Mücki skeptisch.

»Klar. Es gibt Geister, die vor dem Beginn der Zeit existierten. Manchmal, wenn ich im Wald unterwegs bin, zeigen sie sich, und wir kommen zu einem Gedankenaustausch.«

»Aha. Wie funktioniert der genau?«, bohrte Mücki nach, zog ihr Stockbrot aus dem kontrollierten Feuer und begutachtete den Reifezustand. Begann dann, einzelne Stücke zu lösen, schob sie in den Mund. »Mmmmhhhhh. Wie früher!«, seufzte sie zufrieden. »Also?«

»Wenn du ganz ruhig an einem stillen Ort im Wald sitzt, kann es dir passieren, dass die Geister zu dir kommen. Das funktioniert nicht, wenn du es unbedingt willst, sondern ausschließlich dann, wenn du deinen Geist klärst und dein Hier und Jetzt nicht mehr das Denken beherrscht. Das Wirrwarr an Gedanken empfinden die Geister als störenden Lärm, sie mögen es nicht, halten sich fern. Aber kannst du dein Denken befreien, dann siehst du plötzlich so etwas wie Lichtpunkte, die über den Boden oder das Gras schweben. Gelegentlich nehmen sie konkrete Gestalt an, manche sehen dann aus wie winzige Elben. Die Geister meiden dich oder interessieren sich im besten Fall für dich. Ihnen brauchst du nichts zu erklären, sie kennen dich, wissen um deine Ängste, Sorgen, Nöte und Freuden, Wünsche, Ziele. Sie geben dir die Chance, mit ihrer Hilfe alles neu zu ordnen. Wenn du nach Hause gehst, kann es sein, dass du dort Lösungen erkennst, wo zuvor nur Fragen und Probleme waren. Aber das passiert normalerweise nicht beim allerersten Kontakt. Sie beobachten dich zunächst. Wollen dich und deine Geschichte kennenlernen.«

»Man braucht also viel Zeit für solch ein ›Gespräch‹?«

»Ja, sie sind zurückhaltend. Wenn ihr Lust auf eine Begegnung habt, zeige ich denen, die es möchten, wie man den Kontakt herstellt. Waldgeister der unterschiedlichsten Art leben hier direkt um uns herum.«

»Und die passen auch auf, dass du während des Kontakts nicht von Wölfen angegriffen wirst? Gibt doch hier einige Rudel.«

»Ja, in Brandenburg etwa 40 plus. Aber eine Gefahr für den Menschen sind sie nicht. Wölfe weichen unserer Spezies eher aus. Selbst die Leute, die sich intensiv mit der Beobachtung der Tiere beschäftigen, bekommen sie kaum zu Gesicht. Eher entdeckt man sie bei der Auswertung der Bilder von Wildkameras.«

»Aber die Viehzüchter sind doch ständig in der Presse, weil Wölfe ihre Herden angreifen.« Friedemann klang aggressiv.

»Sind nicht immer Wölfe die Täter.« Maximilian kannte sich wohl bei diesem Thema aus und an seinem Ton war zu hören, dass er im Zweifel für den Wolf Partei ergreifen würde.

»Ja, habe ich auch gelesen, oft sind es Hunde. Aber das wird im Einzelfall untersucht, oder?« Mücki war schwer zu verstehen, sie kaute beim Sprechen.

»Ich habe neulich bei einem Gespräch erfahren, dass es gar nicht die sesshaften Rudel sind, die Herden angreifen. Es seien eher Einzeltiere, behauptete der Sprecher. Die ortsansässigen Rudel wissen genau wo das Wild steht, jagen gezielt und erfolgreich. Tiere aus Haltungen interessieren sie so gut wie gar nicht. Tatsächlich sind die heimischen Rudel eher ein Herdenschutz. Sie vertreiben nämlich die durchziehenden Einzeltiere, die in ihr Revier eindringen. Das Problem sind also nicht die Tiere aus einer festen Gruppe.« Camilla ergriff ebenfalls empathisch Partei für die faszinierenden Tiere. »Ich habe gehört, dass man dem Wolf ganz nah kommen kann, ohne es überhaupt zu bemerken.«

Maximilian ergänzte: »Stimmt. Die Tiere beobachten den Menschen und ziehen sich zurück, wenn er ihnen zu nah kommt. Vor ihnen muss man sich nicht fürchten.«

Kopfnicken in der Runde.

Behagliches Schweigen zog ein.

»Ich kann euch auch etwas neben der Projektarbeit zeigen«, erklärte Camilla leise. »Meine Tante hat mich gelehrt, in Gesichtern zu lesen und aus Händen zu erkennen. Es ist nicht schwierig und hilft, einen Menschen einzuordnen, dem man zum ersten Mal begegnet. Welche Probleme hat er, wie ist sein Charakter.«

Das Feuer knackte laut, als wolle es sich in Erinnerung bringen.

»Zum Beispiel könnt ihr an euren Fingern sehen, wie ihr balanciert seid, wo liegt der Ursprung eurer Handlungen. Emotional oder rational?«

Automatisch streckten die anderen ihre Hände aus, die Finger aneinandergelegt.

»Welcher der Finger neben dem Mittelfinger ist der längere? Ist der Ringfinger länger, spricht das für eine emotionale Basis, der längere Zeigefinger steht für eine rationale Basis. Es gibt viele solche körperlichen Zeichen, die uns helfen können, über uns oder andere Klarheit zu bekommen. Davon ist meine Tante jedenfalls fest überzeugt. Angeblich hat sie sich noch nie in einem Menschen getäuscht.«

»Traumdeutung kann auch helfen. Meine Großmutter hat sich damit beschäftigt. Sie führt jeden rätselhaften Traum zur Persönlichkeit des Träumers zurück, kann ihm neue Perspektiven eröffnen, wenn er neue Facetten an sich selbst erkennen kann. Ist spannend.« Baldur biss kraftvoll in sein Würstchen.

Eine Stunde später war die Gruppe, versehen mit mehr als ausreichendem Alkoholpegel, bei gruseligen Begebenheiten aus dem eigenen oder dem Leben anderer angekommen.

»Ich habe einen Menschen sterben sehen«, begann Camilla leise. »Meinen Vater. Wie es geschehen konnte, weiß ich bis heute nicht. Wir haben zusammen ein Auto repariert. Ein großes, mit dem man auch Umzüge erledigen konnte. Geld war knapp bei uns. Mein Vater war sehr geschickt im Reparieren, ich durfte ihm die Werkzeuge zureichen, die er brauchte. War toll. Er war unkompliziert, fröhlich. Es war das Schrecklichste, das je in meinem Leben passiert ist.«

»Oh, das glaube ich. Wenn der eigene Vater plötzlich stirbt. Und du hast ihn gesehen, als er tot war?« Eirik gab sich sehr betroffen. Spontan legte er seine Hand auf

Camillas. Sie zog sanft ihre Finger unter seiner Pranke hervor. Lächelte.

»Ist lange her«, setzte sie dann hinzu. »Das Problem war, dass alle glaubten, ich hätte einen Fehler gemacht. Aber tatsächlich stand ich nicht einmal in der Nähe, als das Auto ihn überrollte.«

»Man fühlt sich dennoch schuldig, oder?« Maximilian Hilpert schlug die Augen nieder, als wolle er niemandem erlauben, einen Blick in seine Seele zu werfen. »Bei mir war es ein geliebtes Tier, das umkam. Mein Freund. Bester. Einziger. Ist auch lange her. Aber das Gefühl, schuld zu sein, ein Leben ausgelöscht zu haben bleibt – ich fürchte, ein Leben lang.«

Plötzlich erschien ein fremder Schatten hinter Mücki.

»Wenn Sie sich vorstellen wollen, dann treten Sie ins Licht!«, forderte sie, ohne sich umzudrehen.

»Nun, wenn es nicht stört«, brummte eine tiefe Stimme, und ein schwarz gekleideter Mann schob sich in den Feuerschein. »Ich bin Brruno, mit rollendem R. Brruno Heil. Wohne dort in dem Wohnwagen. Ihr seid Studenten?«

»Ja. Wir führen an diesem und anderen Seen der Umgebung ein paar Untersuchungen durch. Sommerprojektcamp.« Baldur rückte etwas zur Seite, damit der Fremde sich in den Kreis setzen konnte.

»Ich bin ein Art Kundschafter. Richtiger sollte es wohl Auskundschafter heißen«, erklärte der Neuankömmling ohne Schnörkel. »Die anderen möchten gern genauer wissen, was ihr vorhabt. Trauen sich aber nicht zu fragen.« Sein Lachen klang warm. Sympathisch.

»Wir waren gerade bei den Gruselgeschichten aus unserer Kindheit.«

Bruno sah intensiv in jedes der Gesichter, ließ sich viel Zeit. Meinte dann: »Wenn jemand von euch Hilfe braucht, habe ich immer ein offenes Ohr, eine Schulter zum Anlehnen oder auch mal eine helfende Hand. Die Geister der Vergangenheit verstecken sich gut, kommen aber gern zur Unzeit wieder hervor. Ich bin so eine Art Prediger, *nomen est omen*, was soll man anderes machen, wenn man schon Heil heißt? Nicht konfessionell, sondern aus Liebe zu den Menschen. Ein *bene meritus*.«

Die Gruppe nahm das Angebot giggelnd zur Kenntnis.

»Aha, ein *verdienter Mann*. Soso? Einer mit richtig viel Lebenserfahrung, soll es das bedeuten?«, fragte Wilhard nach, grinste abschätzig.

»Ja, so könnte man es ausdrücken«, bestätigte Bruno mit deutlich mehr Ernst in der Stimme, als nötig gewesen wäre.

Schweigend wechselten die Projektteilnehmer bedeutungsvolle Blicke.

»Wusstet ihr, dass es vor ein paar Jahren schon einmal solch ein Camp hier gab? Irgendeine Uni aus Baden-Württemberg, glaube ich. Manche Teilnehmer waren Schüler, einige aus der Gegend hier. Plötzlich verschwand eine der Studentinnen oder Schülerinnen. So genau weiß ich das gar nicht mehr. Dann wurden zwei weitere ebenfalls vermisst. Man hat lange nach ihnen gesucht. Ausreißer, war die beliebteste These. Ihre Leichen wurden irgendwann gefunden. Erst eine, die zwei weiteren etwas später, nur den Mörder konnte man nicht ermitteln. Der läuft noch immer frei rum. Tja, man muss schon immer gut auf sich aufpassen, das Böse ist allgegenwärtig, jeder Zeit bereit zuzuschlagen. *Ea es natura hominum*.«

»Ob das nun wirklich *in der Natur des Menschen liegt, Böses zu tun*, ist umstritten. Ist ja auch ein ziemlich abstrakter Begriff: das Böse. Was genau soll das sein? Welche Auswirkungen hätte es auf unsere Gesellschaft, wenn es wirklich zur menschlichen Natur gehörte?« Mücki war nachdenklich geworden, lachte gar nicht.

Camilla warf ihr einen langen, rätselnden Blick zu. Sollte sie sich in der Studentin getäuscht haben? Ein Lachbolzen mit Tiefgang?

Der selbsternannte Prediger jedoch lachte leise, als er die erschrockenen Mienen sah. »Diskussionen über das Böse sind sinnleer. Aber das von den Morden wusstet ihr wohl gar nicht?« Bruno rappelte sich etwas ungelenk aus dem Schneidersitz in den Stand.

Im Gehen ergänzte er noch: »Die Musik war vor ein paar Jahren so wie eure heute. Mitsingtitel. Cat Stevens, Beatles ... sogar Funny van Dannen war damals schon dabei.«

5

Camilla Schneider

Es war ein Donnerstagnachmittag.

Das hatte man später jedenfalls immer so erzählt. Ich war in einem Alter, in dem Wochentage noch nicht wichtig waren. Die Tage ähnelten sich, da war der Name für das Heute belanglos.

Natürlich habe ich schon vor vielen Jahren die Akten zum Tod meines Vaters gelesen.

Erhoffte mir Klarheit.

Die ich nie bekam.

Der Tag ist eingebrannt, ich kann mich an jedes noch so kleine Detail erinnern: den Duft aus den Gärten, die Farbe des Lichts, das Brummen der Insekten. Nur nicht an die wichtigen Sekunden, die alles hätten erklären können.

Hatte ich? Oder eben doch nicht?

»Willst du mir nachher helfen?«

Meine Lieblingsfrage. Sie bedeutet, dass wir zusammen das Auto reparieren.

Oma schimpft, wie immer. Ihrer Meinung nach ist das keine Tätigkeit für Mädchen, und sie will, dass ich Mutti in der Küche zur Hand gehen soll, damit ich lerne, wie man einen Haushalt richtig führt.

Aber Papa setzt sich meistens durch. Auch heute darf ich ihn begleiten.

Wir legen Bremsklötze vor die Hinterräder, weil die Strecke leicht abschüssig ist und Papa an den Bremsen des Wagens arbeiten will. Die Metalldinger sind so schwer, dass ich sie nicht heben kann. Nur schieben geht, aber das verursacht einen grässlichen Ton auf dem Asphalt.

Wir arbeiten so: Papa sagt Schraubenschlüssel, zeigt mit dem ausgestreckten Arm auf das gewünschte Teil, ich reiche ihm das Werkzeug, nehme es ihm auch wieder ab, wenn er es nicht mehr braucht.

»So, wir haben es fast geschafft«, verkündet er nach einer Weile. »Wenn du möchtest, kannst du mit deiner kleinen Freundin spielen. Sieh, mal, die wartet schon die ganze Zeit darauf, dass du hier fertig wirst.« Dabei lacht er. Krabbelt unter dem Auto vor, nimmt mich fest in den Arm. Er riecht gut, nach Anstrengung und Öl. »Na, lauf schon, sind nur noch Kleinigkeiten zu tun. Dann räume ich eh nur noch auf. Nachher rufe ich den Kunden an, der freut sich sicher, dass er sein Auto abholen kann.«

Ich renne los, hole den kleinen Ball von der Terrasse, und wir versuchen, uns den Ball über die Breite der Straße zuzuwerfen. Gelingt nicht immer.

Fliegt er zu weit, ist es nicht so schlimm.

Dann landet er im Nachbargarten und wir können ihn schnell wieder zurückholen.

Fliegt er zu kurz, landet er auf der Straße.

Und rollt bergab.

Dann muss man hinterherrennen.

Manchmal falle ich dabei.

Fühlt sich immer irgendwie seltsam an, als würden die Beine schneller rennen, als der Körper mitlaufen mag.

So ist es auch an diesem Nachmittag.

Ein lautes Scheppern und ein wütender Fluch. Ich weiß, die Werkzeugkiste ist mal wieder umgekippt, die vielen großen und kleinen Werkzeuge liegen auf der Straße und müssen wieder eingesammelt werden. Papa ärgert sich hörbar.

Als ich mich wieder aufgerappelt habe, meine blutigen Knie vorsichtig betaste, höre ich ein sonderbares Knirschen.

Ich hebe den Kopf, sehe das Auto.

Es rollt.

Wird größer und größer.

Ich schreie.

Niemand hört mich.

Es fährt über meinen Papa.

Ich kann sehen, dass es holpert, als es …

Ich renne sofort zurück zu unserem Haus.

Das Auto schrammt direkt neben mir an einer Hauswand entlang und kommt zum Stehen.

Mein Papa liegt auf der Straße. Überall ist Blut. Viel dunkler als das von meinen Knien.

Er bewegt sich nicht.

Meine Mutter ist schon bei ihm, weint laut, kniet neben ihm.

Plötzlich sieht sie mich an.

»Du warst das!«, schreit sie schrill.

Ich weiß noch immer nicht, was ich gewesen sein soll, begreife aber, dass etwas Schreckliches passiert ist.

»Papa?« Als ich versuche, mich zu ihm zu beugen, schlägt meine Mutter nach mir wie nach einem bissigen Hund.

Als ich mich umsehe, stehen ganz viele Leute um uns herum.

Nur das Mädchen, das mit mir gespielt hat, ist nicht dabei.

Das ist das Protokoll.

Tatsächlich kamen Rettungsdienst und Polizei sehr schnell.

Es wimmelte geradezu.

Um mich kümmerte sich niemand.

Ich stand abseits und sah schluchzend zu, wie man meinen Vater fortbrachte. Wohin, wusste ich zu diesem Zeitpunkt nicht.

Meine Großmutter wollte, dass man mich mitnähme. In eine Betreuung.

Ich kann mich genau daran erinnern, dass sie sagte, mit diesem Mörderkind könne sie nicht länger unter einem Dach leben.

Ich sah mich schnell um. Doch außer mir war kein Kind zu sehen. Langsam wurde mir bewusst, dass sie wirklich mich damit meinte. Was es bedeutete, erklärte mir später die Erzieherin meiner Gruppe in der Notfallbetreuung.

Mörderkind.

Blieb an mir haften.

Die Betreuung. Vorübergehend. In ein paar Tagen, erklärte man mir dort, könne ich nach Hause zurück. Ein netter Herr führte viele Gespräche mit mir. Damals wusste ich natürlich nicht, dass ein psychologisches Gutachten erstellt werden sollte. Ich erzählte ihm von meinem Vater, von unserem Arbeiten an Autos, von den Bedenken meiner Mutter und Großmutter. Immer wieder kehrte er zu dem Moment zurück, an dem mein Vater mich zum Spielen geschickt hatte. Wollte den Namen des Mädchens wissen. Aber den kannte ich nicht.

Ob es sein könne, dass ich mir das Mädchen nur eingebildet habe?

Das konnte ich verneinen. Mein Vater hatte es ja ebenfalls gesehen und mich auf das wartende Mädchen aufmerksam gemacht. Warum ich denn so schnell die Straße nach unten gelaufen war? Hatte ich nicht doch etwas getan, das verboten war? Und sei dann weggerannt, als das Auto sich in Bewegung setzte? So schnell, dass ich sogar stürzte? In mir wuchs die Gewissheit, dass alle glaubten, ich sei schuld an Papas Tod.

Nur ich wusste, dass dem nicht so war.

Niemand glaubte mir.

Als ich einige Wochen später nach Hause kam, war meine Mutter verändert.

Sah sie mich, wedelte sie mit den Armen, als müsse sie schlechte, gar giftige Luft oder ein angriffslustiges Insekt vertreiben. Manchmal schrie sie auch. Schrill. Wie ich es zuvor nie von ihr gehört hatte.

Einige Nachbarn waren eilig weggezogen. Das Mädchen sah ich nie wieder.

Schnell gewöhnte ich mir eine schleichende Fortbewegung im Haus an. So leise, dass ich manchmal selbst erschrak, wenn ich mir unverhofft im Flurspiegel begegnete.

Das war für niemanden eine erträgliche Lebenssituation.

So schob man das ungeliebte Kind ins Heim ab.

Ich sah keinen meiner Verwandten je wieder.

Meine Restfamilie gab mich zur Adoption frei.

Trennte sich vollkommen vom Mörderkind, nahm ihm sogar den Namen ab.

Aus Ute Hauser wurde Camilla Schneider. Das einzige Mädchen aus meiner Gruppe, das nie vermittelt werden konnte.

Das Mörderkind.

6

Maja Klapproth, Peter Nachtigall und Jannik Peters saßen mit Emile Couvier, einem der besten Profiler Deutschlands, wie gerade neulich in einem Zeitungsartikel zu lesen war, um einen kleinen Tisch, auf dem Tatortfotos ausgebreitet waren.

»Jetzt ermitteln wir schon seit Wochen und das Einzige, was wir genau wissen ist: Ganz offensichtlich wollte der Täter eine Botschaft senden«, murmelte Peters, »bloß, wie sollte sie lauten?« Der junge Ermittler strich sich die Haare zurück, schüttelte ratlos den Kopf.

»Wir haben zwei Tatorte, die der Täter mit mir in Verbindung bringt. Jedes Mal legt er mir ein ›Geschenk‹ vom Tatort auf den Fußabtreter, er spioniert meine privaten Räume aus, mein Bruder fühlt sich beobachtet, wenn er unterwegs ist! Was soll das?« Maja schlug mit der flachen Hand auf den Tisch. »Es ist offensichtlich, dass er ein Problem hat.«

»Bei mir im Haus waren auch überall kleine Kameras versteckt. Conny war wenig begeistert von der Tatsache, dass man uns schon über einen unbekannten Zeitraum beobachtete.« Nachtigall begann, die Fotos auf dem Tisch neu zu sortieren. »Entweder dachte er, ich diskutiere mit Conny diesen Fall, oder er hoffte, du kämst regelmäßig zu Besprechungen vorbei. So wäre er immer auf dem aktuellen Stand der Dinge gewesen.«

»Ich denke, er wollte nur zeigen, wie weit sein Arm reicht. Selbst du, als Kollege bist vor mir nicht sicher, sollte das wohl heißen.« Couvier, der in seinem privaten Leben Nachtigalls Schwiegersohn war, klang nüchtern, sachlich. Und doch war die Besorgnis nicht zu überhören.

»An beiden Tatorten gab es jede Menge Staging. Er wollte, dass wir das vorfinden, was er für uns arrangiert hat. Und egal ob es uns nun passt, es ist eine sehr persönliche Angelegenheit zwischen Maja und ihm oder ihr oder ihnen. Täterspuren gab es nicht, keine DNA, keine Blutspritzer – nichts dergleichen. Es ist also ein Rätsel: Wer bin ich? Was weiß ich über dich? Über dein Umfeld? Majas Bruder fühlt sich beobachtet. Ist er in Gefahr? Oder gilt die ganze Inszenierung nur Maja?«

»Das können wir schon verneinen. Immerhin hat der Täter auch Peter involviert. Wir gehen von einem männlichen Täter aus, weil man viel Kraft braucht, um leblose Körper auf das Dach des Hausbootes zu bringen. Da gibt es nur eine schmale, steile Leiter.« Maja zuckte mit den Schultern. »Wir haben bereits einige der alten Fälle abgeklopft, aber ein solcher Täter ist nicht darunter.«

»Die Satanisten aus Köln?«

»Nein. Die haben sich damals aufgelöst.« Maja seufzte. Sie wurde nicht gern an diesen Fall erinnert.

»Erst die beiden Opfer auf dem schwimmenden Haus am Gräbendorfer See. Sie kannten sich nicht, wurden vom Täter als Paar auf dem Sonnendeck arrangiert. Und nun diese Familie in ihrem Wohnzimmer. Dass das Kind nicht zum Elternpaar gehörte, hat den Täter entweder nicht gestört oder er hat es nicht gewusst. Er entwirft ein Tableau für uns, wir sollen herausfinden, was er uns erzählen will. Ziemlich unfair«, beschwerte sich Jannik.

Schweigen folgte auf diese Aussage.

»Wir können nicht davon ausgehen, dass er aufhört, oder?« Jannik Peters sah nervös in die Gesichter der Kollegen.

»Nein«, erklärte Klapproth überzeugt. »Wenn er nicht gerade einen tödlichen Unfall erleidet oder an irgendeiner schrecklichen Erkrankung stirbt, wird es weitergehen.«

»Er ist nicht auf ein Spiel aus«, mahnte Nachtigall. »Er sucht nicht den Sieg in einem Wettlauf. Den hat er schon, wenn er dir das ›Geschenk‹ vor die Tür legt. Wir haben keine Chance, die Opfer vor ihm zu finden und zu retten.«

»Mehr könnt ihr mir nicht sagen?« Peters klang frustriert. »Dir ist kein weiterer Name eingefallen? Von irgendeinem Verurteilten, der sich zu Unrecht im Gefängnis sieht?«

Maja schüttelte den Kopf.

»Sehen wir uns an, was der Täter von sich erzählt. Die Bilder, die er entwirft, haben mit ihm und seiner Erwartungshaltung an das Leben zu tun.« Couvier arrangierte die Fotos ein weiteres Mal neu. Starrte. Griff zwei der Bilder heraus. »Hier, seht mal. Das erste ›Paar‹ und die ›Familie‹ … er tötet vielleicht einer Chronologie folgend. Wenn uns das etwas über seine Lebensplanung verrät, dann vielleicht die Tatsache, dass er konventionelle Strukturen bevorzugt. Ein Pärchen beim Kaffee, eine Familie im trauten Miteinander. Wählt er dieses Bild, weil er glaubt, es könne Maja gefallen – oder gefällt es ihm? Hochzeit, Gründung einer Familie, Aufzucht der Nachkommen? Kein Streit, nur Idylle – bis auf die Tatsache, dass die Menschen tot sind. Es wird Kaffee getrunken, vielleicht auch ein Gläschen Sekt, und es steht eine besondere Blume auf der sorgfältig gestalteten Tafel. Sehr konservativ. Er hätte ja auch eine Art Discoszene auf dem Hausboot entwerfen oder die beiden Körper in einem der Betten arrangieren können. Beim Sex. Das hat er aber nicht. Sieht fast so aus, als wolle er die Würde der Opfer, der Figuren in seiner Erzählung, nicht beschädigen. Er hinterlässt kein Chaos. Auf dem schwimmenden Haus haben nur die Vögel für Unordnung gesorgt. Wenn er geht, ist alles sauber und schön. Ich bin sicher, er möchte noch weitere Kapitel der Geschichte erzählen.«

»Du meinst, das nächste Tatortfoto zeigt ein älteres Paar?« Jannik Peters schüttelte den Kopf. »Das ist doch unwahrscheinlich. So viele Opfer, um eine Chronik von Familie zu erzählen?«

»Was glaubst du, wie sieht dann sein nächstes Arrangement aus?« Maja beugte sich näher zu Nachtigall, sah sich die beiden Fotos genauer an. »Ein altes Paar auf einer Bank im Park?«

»Möglich. Aber vielleicht wäre ihm der Schritt zu groß«, meinte Nachtigall düster. »Denkbar wäre, dass er eher ein Paar im besten Alter wählt, das ohne die Kinder Urlaub macht.«

Couvier nickte, erklärte dann beunruhigt: »Er meint dich ganz konkret, Maja. Ich glaube nicht, dass ihr ihn unter den Verurteilten finden werdet. Er benimmt sich eher wie ein Verletzter. Ein Liebhaber, der abgewiesen wurde? Hat dir jemand einen Heiratsantrag gemacht – und du hast abgelehnt? Gekränktes Ego eines Narzissten, der dich in ein Spiel um die Jagd nach einem Mörder verwickelt? Wie weit wird er gehen? Du sagst, Fabian ist sicher, dass er beobachtet wird?«

Klapproth schluckte schwer, rang um Fassung. »Das glaubst du nicht im Ernst, oder? Fabian sitzt im Rollstuhl! Er wird doch nicht einen Wehrlosen angreifen! Nur weil der zufällig mit mir verwandt ist!« Sie schwieg zunächst, setzte dann mit schleppender Stimme hinzu: »Bisher hat er für seine Inszenierungen Fremde getötet und arrangiert. Du glaubst, nun wird er persönlich? Weil wir nicht seinen narzisstischen Vorstellungen entsprechend reagiert haben?«

Couvier fing Majas irrlichternden Blick mit seinen Augen ein, hielt ihn fest. »Wir müssen diese Möglichkeit diskutieren, Maja. Wir glauben an eine narzisstische Grundstruktur des Täters, an ein Handeln aus persönlichen Motiven. Er will eine eindeutige Reaktion von dir, die zeigt, dass du um die Kränkung weißt. Es soll dir wehtun. Also rückt er näher.«

»Was ist mit Nicola? Hast du ihm von der Serie erzählt?«, erkundigte sich Peters.

Maja nickte. »Ich werde ihn warnen.«

Nachtigall sah die Kollegin schweigend an, flüsterte: »Dein bester Freund.«

»Ja«, wisperte sie tränenerstickt, »du hast recht. Ich muss eine Lösung für Jeffrey Dahmer finden.«

7

Im Sanitärbereich herrschte am frühen Morgen nicht gerade Gedränge.

Die Studierenden hatten um diese Zeit die gesamte Anlage für sich allein.

»Boah!« Baldur versuchte, dadurch wach zu werden, dass er kalt duschte. »Zu viel Alkohol.«

»Schrei nicht so!«, zischte Wilhard zornig. »Hat einer von euch was gegen Kopfschmerzen dabei?«

»Oder was zum Aufwachen?«, fragte Eirik und starrte aus verquollenen Augen interessiert in den Spiegel. »Ist sehr lange her, dass ich morgens um 6 Uhr so ausgesehen habe. Vielleicht werde ich alt«, knurrte er verdrießlich und eine deutliche Besorgnis war seiner Stimme anzuhören. »Ob es den Damen wohl ähnlich geht?«

»Ich glaube nicht. Ich habe sie vorhin schon kichern gehört. Gute Stimmung überall in den Zelten.«

»Das liegt nur daran, dass die sicher was gegen Kopfschmerzen dabeihaben!«, grantelte Wilhard.

»Hoffentlich kommt Doktor Krampes nicht gleich zum Frühstück bei uns vorbei. Der Faktencheck würde verflixt negativ für uns ausfallen.« Maximilian sprach schleppend und schwankte leicht.

»Wisst ihr eigentlich noch, über was wir am Feuer …?«

»Ne! Ganz genau nicht mehr. Ich denke, es ging um so was wie Jugendsünden. Schließlich waren wir alle mal jung. Da baut man schon gelegentlich Scheiße. Ich habe früher gern Autos ›entliehen‹. Bei den meisten konnte ich gerade so übers Lenkrad gucken. In der Regel ging alles gut, ich machte eine Spritztour und stellte die Karre unauffällig zurück. Nur einmal habe ich irgendwas erwischt, die Karre hatte dann einen Schaden, Fell und Blut hafteten dran. Das gab so richtig Ärger.« Wilhard lachte rau. Fasste sich sofort an die Stirn.

Maximilian übergab sich laut in die Toilette.

Baldur benutzte die angrenzende Kabine.

»Aber solche Sachen hat doch jeder von uns gemacht.« Friedemann grinste schief. »Ich habe viele lustige Aktionen durchgezogen, klar zum Schaden anderer. Man darf sich eben nicht erwischen lassen, das ist das ganze Geheimnis. Aber wenn man jung ist … du liebe Güte! Heute könnte ich sowas nicht mehr bringen, gäbe, wenn was durchsickert, einen herben Karriereknick.«

Maximilian schaffte es selbstständig in den aufrechten Stand zurück. Eirik half Baldur auf die Beine, die lieber unter dem jungen Mann nachgeben, als ihn tragen wollten.

»War wirklich zu viel gestern. Von allem. Meinst du, du kannst frühstücken?«, erkundigte sich der Unterwasserfilmer besorgt. »Wenn das nicht geht, fällt sofort auf, dass wir einen verdammt hohen Restalkoholpegel haben.«

Der weibliche Teil der Gruppe wirkte bei näherer Betrachtung auch unausgeschlafen, verkatert und reizbar.

»Kennt sich eine von euch hier in der Gegend aus?« Mücki sah nur Kopfschütteln. »Ich glaube, ich habe hier früher Ferien gemacht. Ist lange her. Als ich mir die Karte angeguckt habe, kamen mir ein paar Ortsnamen bekannt vor. Kann schon sein, dass es so eine Art Ferienzwangsverschickung war, meine Eltern haben beide gearbeitet, da brauchten sie vielleicht jemanden zur Betreuung des Nachwuchses.«

»Vielleicht fällt es dir ja noch ein. Braucht jemand eine Kopfschmerztablette? Ich habe eine ganze Schachtel dabei.«

Großzügig teilte Camilla ihren Vorrat mit den anderen. Während die drei ihre Gesichter im Spiegel musterten und Grimassen schnitten, unter den Augen entlangklopften, Cremes auftrugen, verbesserte sich die Stimmung unter pharmazeutischem Einfluss zügig.

»Tja, heute nur Basisprogramm, würde ich vorschlagen. Bei dem Übermüdungszustand wirkt alles andere nur angemalt.«

»Nuttig«, bestätigte Camilla, griff zur Wimperntusche. »Lidschatten ist heute nicht angesagt. Rouge auch nicht. Sind wir ja fix fertig hier«, lachte sie leise.

»Ich bilde mit Camilla ein Team. Milli, wer ist denn dein Projektpartner?«

Miltraud funkelte die andere zornig an. »Mein Name ist Miltraud. Wenn du dich Mücki nennen willst, ist das deine Sache. Aber wehe, du sagt noch einmal Milli zu mir!«

Damit stakste die Studentin grußlos aus dem Sanitärbereich, drehte sich nicht nach den anderen beiden um.

»Ui, da werde ich mich wohl entschuldigen müssen. Mann, war die sauer.«

»Ab einem gewissen Alter mag manche die verniedlichenden Koseformen nicht mehr. Vielleicht weckt Milli ungute Erinnerungen. Wir sollten das unbedingt respektieren. Ich heiße ja auch Camilla.«

Mücki nickte bedrückt. »Tut mir leid. Ich heiße schon immer Mücki, ich mag es, wenn man mich so nennt. Aber klar, du hast recht«, räumte sie kleinlaut ein.

Das Frühstück verlief zäh und kommunikationsarm.

Es bestand ein enormer Kaffeebedarf, gegessen wurde wenig.

»Okay, hier ist der Plan für unsere Teams. Eirik, du bleibst mit Baldur und mir am See, testest die Möglichkeiten, Unterwasseraufnahmen zu machen. Friedemann bleibt ebenfalls hier.« Baldur sah noch immer ein wenig durchscheinend bleich aus, daran konnte wohl auch die eingeworfene Chemie nichts ändern. »Miltraud und Maximilian fahren zum Gräbendorfer See. Vogelschutzgebiet. Camilla und Mücki bringe ich nach Wanninchen.« Wilhard sah kurz von seinen Notizen auf. Die Angesprochenen nickten. Fast alle.

»Ich verstehe nicht, warum das alles so nach Vorschrift laufen muss«, motzte Friedemann grantig, strich sich zentimeterdick Honig auf seinen Toast. »Ist doch kein Militärcamp.«

»Nein, sicher nicht. Aber eben auch kein Ferienlager. Wir sind zum Arbeiten in einer Gegend mit vielen Seen. Es spricht nichts dagegen, diese in der Freizeit auch ausgiebig zu nutzen. Aber ihr habt den Plan gesehen, wir sind ziemlich eng getaktet.« Wilhard beschloss, Friedemann im Auge zu behalten. Solche Typen, wusste er aus Erfahrung, sorgten immer für Ärger.

»Heißt ja nicht, dass wir nun wie Labormäuschen brav alles nach den Vorstellungen von Frau Doktor abarbeiten müssen.« Friedemann hatte ganz offensichtlich ein Problem mit aufgezwungenen Regeln.

Wilhard seufzte.

»Heute ist Tag eins. Wir hatten gestern eine stressige Anreise, einen tollen Abend und eine zu kurze Nacht, einige leiden an den Nachwirkungen einer Intoxikation. Verschieben wir solche Grundsatzdiskussionen besser auf heute Abend oder morgen. Wir sollten lieber ruhig und unauffällig arbeiten und warten, bis bei allen der Restalkohol abgebaut wurde.« Eirik versuchte, die Wogenkämme zu glätten, bevor eine stärkere Brandung entstehen konnte. »Vielleicht können wir auch mit Doktor Krampes das tägliche Arbeitspensum besprechen und neu festlegen.«

»Speichellecker!«, zischte jemand.

»Doktor Krampes und ich kennen uns flüchtig. Wir sind uns an einem Drehort begegnet, die Aufnahmen haben sie fasziniert. Das ist alles.«

Camilla sah in die angespannten, übernächtigten Gesichter. »Restalkohol oder nicht, das ist mir ziemlich egal. Ich möchte nur daran erinnern, dass jeder von uns sich beworben hat und nun freiwillig an diesem Projekt teilnimmt. Diese Diskussion ist kindisch.«

Friedemann sah aus, als wolle er zu einer heftigen Erwiderung ansetzen. Spürte die Hand Eiriks, die seine rechte Schulter schraubzwingenartig umklammerte, und schwieg überrascht.

»Camilla und Mücki fahre ich nach Wanninchen, das ist etwa eine halbe Stunde Fahrzeit. Der Gräbendorfer See liegt ungefähr 20 Minuten von hier entfernt. Wie organisieren wir, dass jeder sein Ziel erreicht und auch zurückkommen kann? Maximilian, kannst du mit Miltraud in deinem Auto …?«

8

Bernhard und Kyle frühstückten ebenfalls gemeinsam.

Auf der Küchenzeile lag Brunos MP3-Player. Bernhard deutete auf das unscheinbare Gerät.

»Weißt du, was das ist?«, fragte er und signalisierte gleichzeitig, dass er es sehr genau wusste. »Das ist kein MP3-Player! Das ist eine Abhöreinrichtung. Gibt ein kleines Richtmikrofon, ganz unauffällig, wie ein kurzer Rüssel. Und die Technik ist irre. Alles wird deutlich verstärkt. Man hört jedes Wort.«

»Quatsch! Bruno hört doch keinen ab!«

»Doch! Klar. Deshalb weiß er immer über alles und alle Bescheid. Taucht genau im richtigen Moment auf, klinkt sich in alle Gespräche gut informiert ein.«

Kyle schlich sich zum Herd, schaltete das kleine Gerät ein, hielt es an sein Ohr.

Legte es mit einer schnellen, ruckartigen Bewegung wieder zurück. »Wow!« Mehr fiel ihm dazu erst mal nicht ein.

Schnell setzte er sich wieder an den Tisch. »Wow!«

Ihr Vater, Bruno, schnarchte noch lautstark.

Die beiden jungen Männer sahen sich an, grinsten.

»Hast du schon die Neuen gecheckt?« Kyle beugte sich nah zum Ohr seines Bruders. Unerwünschtes Belauschen konnte so am besten ausgeschlossen werden.

»Gestern. Gleich als die ankamen. Sind im Grunde nur Beckys, ein Landwhale. Und die Männer sind auch nicht nur Chads, eher Normies, ein Lanklet, der hat noch nie in seinem Leben ernsthaft Sport getrieben. Echt! Zwei haben sicher Wirkung auf Frauen. Schon wie die sich bewegen!« Der Bruder seufzte sehnsuchtsvoll. »Da kommen wir nie hin. Allerdings … die Musik. Katastrophic. Oldsongs vom Friedhof des altbewährten Liedguts.«

»Was wollen die eigentlich hier? Gestern wurden die von so einer vertrockneten, aufgetakelten Altjungfer abgesetzt. Die Alte sah aus wie ein Zombie.«

»Bruno hat erzählt, es seien Studierende. Ein wissenschaftliches Projekt soll betreut werden. Genau wusste er es auch noch nicht.« Bernhard rührte Honig in seinen Tee. Bewegte den Löffel mit affektierten Bewegungen und weit abgespreiztem kleinen Finger durch die Flüssigkeit.

»Wir sollten die im Auge behalten. Man könnte schließlich sagen, wir haben das Hausrecht, sind schon lange hier. Männern von außen erlauben wir keinen Zugriff auf die Frauen, bevor wir die abgecheckt haben. Sind ja keine Pärchen, nur männliche und weibliche Einzelpersonen.«

»Wer sich nicht daran hält …«

»Was passiert mit dem, der sich nicht daran hält?«, fragte Bruno, der unverhofft in der Tür auftauchte. »Ich will keinen Ärger. Also? Was passiert?«

»Wer sich nicht daran hält, ist selbst schuld!«, komplettierte Kyle den Satz auf harmlosestem Niveau.

Kicherte leise.

»Ich will nicht, dass ihr beide wieder Schwierigkeiten verursacht! Für postpubertärer Schwachsinn habe ich keine Zeit. Ihr solltet euch mal reden hören! Wirres Zeug, gespickt mit Wörtern einer Geheimsprache, die ihr für abgefahren haltet. Vielleicht sollte ich euch lieber Hausarrest verordnen, statt euch mitzunehmen, um das nächste Treffen vorzubereiten«, polterte der Vater übellaunig. »Der Herr allein weiß, warum ausgerechnet ich Aufrechter solch ideologisch verdorbene Söhne habe. Leider verrät er mir den Grund nicht. Es ist eine schwere Prüfung, aber ich werde sie bestehen!«

Die Brüder warfen sich vielsagende Blicke zu.

Sie wussten genau, welcher Spruch jetzt kommen würde.

Und der Vater lieferte: »Tja, eure Mutter ist ja fein raus, hat sich bei Nacht und Nebel davongestohlen. Euch wollte sie wohl aus gutem Grund nicht mitnehmen. Sie ließ euch zurück. Hilflose Kleinkinder. Gerettet hat euch euer Vater. Ich! Und nun, wo ihr längst alt genug seid, eine eigene Familie zu gründen, faselt ihr dummes Zeug und entpuppt euch als anspruchsvolle, verwöhnte Nesthocker!«

Die Köpfe der jungen Männer senkten sich pflichtschuldig.

Das würde ihrer Erfahrung nach die Predigt abkürzen.

Doch Bruno war gerade erst warmgelaufen.

»Ich weiß ganz genau, wessen Vokabular ihr verwendet. Und nur um das klarzustellen – bei euch kann von involuntary celebat keine Rede sein! Wer in unfreiwilligem Zölibat lebt, hat keinen Sex, hätte ihn aber gern! Habt ihr schon eure Basiskenntnisse Englisch vergessen? Kyle, deine letzte heftige Beziehung ist gerade seit vier Wochen Geschichte! Davor gab es zig andere junge Damen in deiner Koje. Das gilt auch für dich Bernhard! Deine Sophie hatte schlicht keine Lust auf einen Typen, der ständig anderen Frauen nachstarrt, wenn er mit ihr in der Eisdiele sitzt! Euer ganzes Gefasel ist nur der Versuch interessanter zu erscheinen! Dabei habt ihr völlig aus dem Blick verloren, dass Männer aus dieser »Bewegung« – so will ich es mal nennen – Terroranschläge begehen und Menschen töten! Wollt ihr zu solch einer Gruppe gehören? Ja? Frauenverachtender Massenmörder zu sein, erscheint euch erstrebenswert? Dann wird es wohl Zeit, dass sich unsere Wege trennen. Ich dulde nicht, dass ihr verachtend über Frauen sprecht! Das darf hier nur ich – und nur über diese eine, die euch geboren hat! Das ist *mein* Privileg.« Er atmete tief durch. »Eure Vorbilder sind Leute, die sich gegen POCs stellen und die priviligierte Stellung der Weißen in der Gesellschaft propagieren! Das scheint auch bei euch nicht angekommen zu sein! So weltfremd kann man doch gar nicht sein!«

Wütend goss er sich Kaffee in einen hohen Becher.

Griff nach dem kleinen Gerät neben der Herdplatte, steckte es ein, hängte den Kopfhörer um seinen Nacken.

Trat an die Tür, wollte den engen Raum, den er mit den Söhnen teilen musste, verlassen, um durchzuatmen.

Halb in der Sonne, drehte er sich noch einmal um: »Und hängt gefälligst die 14 wieder ab! Ich weiß auch, was die zu bedeuten hat! Der stammt von einem radikalen Weißen namens Lane in den USA. Es ging darum die weiße Rasse zu erhalten, damit die Vorherrschaft der Weißen gewährleistet bleibt. Ihr haltet mich für einen blöden alten Mann, wollt nur an meinem Tropf hängen. Gut, vielleicht ist das euer Recht, schließlich habe ich euch gezeugt. Das habe ich sogar schwarz auf weiß. Aber dieser Quatsch hört sofort auf! Ich warne euch!«

Achselzuckend sahen die Brüder Brunos breitem Rücken nach.

»Scheiße!«, kommentierte Kyle.

»Hast du das gewusst?«

»Was?«

»Das mit der Sonderstellung der Weißen und so?«

»Wieso?«

»Mann, du Idiot!« Bernhard donnerte mit der Faust auf den Tisch, Teller sprangen klirrend auf, Besteck fiel zu Boden und Kaffee schwappte aus den Tassen. »Spiegel gefällig?«

»Du meinst, wir gehen nicht als Weiß durch?«

»Ne! Sicher nicht. Unsere Mutter stammte von Aruba — nicht aus Wuppertal!«

Die Teams rüsteten sich zum Aufbruch.

Camilla und Mücki würden nach Wanninchen fahren, ins Natur- und Erlebniszentrum der Sielmann-Stiftung, das der Bevölkerung nicht allein wegen der lehrreichen Führungen zur Zeit des Kranichzuges bekannt war. Camilla wusste, dass er dort ein kleines Museum gab, eine Begegnungsstätte, eine großzügige Anlage mit seltenen Tieren und Pflanzen.

»Das wird dir gefallen«, versprach sie ihrer Partnerin. »Lauter kompetente Leute arbeiten dort. Die können auch Fragen beantworten, die weit in die Tiefe eines Themas führen.«

»Prima!«, gab Mücki zurück und ächzte leise, als sie den Rucksack in den Kofferraum warf.

»Komische Gruppe. Drei Männer als Dauercamper. Ich könnte wetten, das sind Vater und Nachkommen. In dem Alter war ich schon längst zu Hause ausgezogen.«

»Offensichtlich also keine Nestflüchter«, kommentierte Camilla lachend und schwang sich auf den Rücksitz.

Der Tag versprach, trotz des Fehlstarts, ein guter zu werden.

Als Doktor Krampes zu der Gruppe stieß, war von der Verstimmung so gut wie nichts mehr zu bemerken. Nur

Friedemann reagierte schnell angefasst, fast kindisch eingeschnappt. Das schrieb die Leiterin seinem Naturell zu, vermutete, der junge Mann habe schlicht Gruppenanpassungsprobleme. Sie beschloss, die Situation im Auge zu behalten, um den richtigen Moment für eine Intervention nicht zu verpassen.

9

Das Gelände der Heinz-Sielmann-Stiftung verbarg sich hinter einem hohen Zaum aus groben Holzlatten.

Man hatte sie schon erwartet.

»Guten Morgen! Wie schön, dass Sie hier sind, wir haben schon einige Dinge für Sie vorbereitet.« Der junge Mann am Tor freute sich ganz offensichtlich über den Besuch der beiden Studentinnen. »Wenn Sie mir sagen, was Sie ganz besonders interessiert, kann ich ganz sicher für Sie noch etwas mehr zusammenstellen.«

»Unser Projekt beschäftigt sich mit ganz allgemeinen Fragen zur Verbreitung seltener Vogelarten hier, den Einfluss von Störungen durch Menschen in den Brutgebieten und Brutzeiten, und wir möchten auch wissen, ob die Wasserqualität durch viele gefiederte Besucher leidet und sich das auf die anderen Arten auswirkt. Also praktisch wollen wir alles wissen! Dazu besuchen wir unterschiedliche Schutzgebiete«, strahlte Mücki, hob ihren Rucksack aus dem Auto.

Camilla setzte ihren ebenfalls auf. »Prima. Wir sind Camilla und …«

»Mücki!«, ergänzte die Forschungspartnerin eilig.

Wilhard setzte den Wagen zurück.

Die Seitenscheibe glitt herunter.

»Gebt mir ein Signal, und ich hole euch wieder ab!«, verkündete er, hob zum Abschied grüßend die Hand und war verschwunden.

»So, nun schnell zurück zum See. Mal sehen, was die Gruppe Baldur, Eirik und Friedemann vorbereitet hat.« Er drehte das Radio lauter und brauste gut gelaunt los.

»Sven, mein Name. Ich denke, ich führe euch zunächst über die Anlage, zeige euch den Aussichtsturm zur Beobachtung der Zugvögel. So erhaltet ihr einen ersten Eindruck. Möchtet ihr auch ein paar Informationen über die Entstehung des Naturparks?« Der junge Mann, der sie in Empfang genommen hatte, war sympathisch und offensichtlich gern bereit, den beiden Studentinnen einen groben Überblick über die Arbeit der Stiftung zu geben, bevor er ins Detail gehen würde.

»Klar. Das steht natürlich nicht in unserer Abschlussarbeit, aber interessant ist es dennoch.« Camilla ging durch das hohe Tor.

»Das Gebiet ist Tagebaufolgelandschaft. Im Grunde sah es aus wie eine Art Mondlandschaft mit tiefen Kratern. Zunächst glaubten nur wenige daran, dass die Natur sich dieses Stück Land würde zurückerobern können, doch genau das passierte. Seltene Pflanzen und Tiere, die in den vielen bewirtschafteten Flächen in dieser Gegend kaum mehr vorkamen, siedelten sich hier an. Naturschützer machten sich für Sanierungspläne stark. Man suchte das Gespräch mit Heinz Sielmann. Es bedurfte schon einer sehr großen Vorstellungskraft, um sich hier ein Naturschutzgebiet vorstellen zu können. Doch Frau Sielmann war von diesem Projekt überzeugt. Überliefert ist, dass sie ihren Mann mit den Worten ›Heinz, hier werden wir tätig‹ davon überzeugte, mit der Stiftung mehr als 3.000 Hektar Land zu erwerben, um der Natur Raum zu geben.«

»Heute kann man sich gar nicht vorstellen, dass das mal wie eine Mondlandschaft ausgesehen haben soll!« Camilla war beeindruckt. »Und der See?«

»Nach und nach stieg der Grundwasserpegel an. Es wurde ja nicht mehr abgepumpt. Das Gebiet gewann an Attraktivität für Vögel. Etwa 7.000 Kraniche ziehen hier über unser Natur-Erlebniszentrum, um am Abend zu ihren Schlafgewässern und morgens zu den Futterplätzen zu kommen. Das ist unglaublich eindrucksvoll. Wir können jeden Abend viele Gäste begrüßen, die sich dieses Schauspiel nicht entgehen lassen wollen.«

»Das glaube ich gern! Die Kraniche kommen ja nicht leise zum Schlafen zurück!«, lachte Mücki. »Ist ein wahnsinniges Geschrei, man hört sie lange, bevor man sie sehen kann!«

»Sind nicht die Einzigen, die man über weite Strecken

hören kann. Die Rufe der Laubfrösche und Kreuzkröten sind auch über mehrere Kilometer weit zu hören.«

»Die Kraniche stört es nicht, wenn hier lauter Touristen stehen und auf sie warten?« Camilla sah sich um. Eine Gruppe mit Ferngläsern war aus der Luft sicher nicht zu übersehen. »Die rufen doch auch, ich weiß auch, dass manche klatschen.«

»Die Schlafgewässer sind noch ein Stück entfernt. Die Vögel wissen, dass sie hier sicher sind.«

»Kraniche. Wer kommt noch?« Mücki hatte einen Spiralblock aus dem Rucksack gezogen und warf Sven einen motivierenden Blick zu.

»Gänse. Zum Beispiel Graugans und Nonnengans. Als Vogelfreund darf man nicht verpassen, den Gänsen beim Start in den Tag zuzusehen. Dann brechen mehrere 10.000 Gänse gleichzeitig zur Futtersuche auf. Sowas von eindrucksvoll! Aber auch die Schwäne sind einen Besuch wert. Ihr solltet unbedingt im Februar wiederkommen, dann beginnen sie mit der Balz. Das ist ein tolles Theater, sieht ein bisschen aus wie Tanz – und dazu wird natürlich lauthals trompetet!« Sven lachte. »Ist wirklich toll.«

Er hatte die beiden Besucherinnen zum Aussichtspunkt geführt.

Blick über die Weite des gegenüberliegenden Ufers, über die Wasserfläche.

Bienen summten leise. Die Sonne wärmte.

»Ach, ist das schön hier!«, seufzte Camilla, setzte sich auf den Rasen.

»Ja. Das ist wahr.« Mücki sah sich um. »Die Kraniche kommen zum Fressen, die Schwäne zum Balzen. Und wer kommt zum Brüten?«

»Viele. Besonders auch seltene Arten. Raubwürger, Neuntöter und Wiedehopf zum Beispiel. Aber auch die Große Rohrdommel mit ihrem beeindruckenden Ruf lebt hier. Ich habe eine Liste für euch vorbereitet, die gebe ich euch nachher. Nester zählen wir nicht, hier entwickelt sich das Leben im eigenen Rhythmus.« Sven deutete vage in Richtung des Hauses, an dem sie vorbeigekommen waren.

»Ich kann mir vorstellen, dass Kinder hier staunend Tiere entdecken, die sie noch nie gesehen haben. Welches Stadtkind kennt schon Grashüpfer? Oder die Trichter der Ameisenlöwen? Ist ein wunderbarer Ort.« Camilla schloss die Augen.

»Ach, und diese hübschen Hochlandrinder!«, lachte Mücki. »Die sehen wirklich unwiderstehlich niedlich aus. Die großen, klugen Augen unter dem dichten Pony – man möchte sofort streicheln.«

»Soweit ich weiß gelten sie grundsätzlich als robust, langlebig und vor allem gutmütig. Sicher wichtig. Schließlich soll es nicht zu Zwischenfällen mit streichelnden Besuchern kommen.« Camilla lachte leise. Sven schmunzelte amüsiert. »Dieses Schottische Hochlandrind ist die älteste registrierte Viehrasse. Es fördert eine natürliche Entwicklung der Vegetation und eignet sich besonders gut für die Beweidung solcher Flächen, wie die, die man dort drüben sehen kann. Wir gehen auf dem Rückweg vorbei. Tatsächlich sind sie bei den Besuchern des Zentrums sehr beliebt.«

Wenig später erzählte der junge Mann von einer besonderen Attraktion: »Wir bieten für besonders interessierte Gäste durchsichtige Cubes zum Übernachten an. Sogenannte Sleeperoos. Da schläfst du mitten in der Natur, hörst all die Geräusche, die dir vielleicht völlig fremd und neu sind, liegst bequem und kannst rundum in die Landschaft gucken. Eine Packung Proviant und Getränke gibt es auch dazu – und für Hunde haben wir eine Extravariante – mit einer Tüte Hundeleckerlies. Natürlich nutzen unsere Gäste die sanitären Einrichtungen im Besucherzentrum. Wär' das nicht auch was für euch?«

Miltraud und Maximilian staunten sehr, als sie am Umwelt- und Begegnungszentrum am Ufer des Gräbendorfer Sees ausstiegen.

Ein großer, herrlich blauer See in idyllischer Lage. Wald, Schilfgürtel, befestigte Wege – perfekt.

»Sieht ja riesig aus. In der Info stand, es gebe einen Rundweg, etwa zehn Kilometer lang. Kaum vorstellbar – von hier aus sieht der See so groß aus! Ich würde auf den ersten Blick nicht glauben, dass ich ihn umlaufen kann. Aber zehn Kilometer sind ja gut zu schaffen.Und das muss dann ja wohl die Vogelinsel sein!« Maximilian deutete in die Ferne.

»Toll. Und guck mal, auf dem Wasser erkenne ich Schwäne und Gänse. Das Kleine da, sind das Rallen oder Enten?«

»Auf die Entfernung schwer zu sagen, warte mal …« Er setzte den Rucksack ab, begann, in der Tiefe zu kramen und förderte mit leisem Triumph ein Fernglas hervor. »Damit können wir es sicher erkennen! Aha, Blasshuhn.«

»Guten Tag, Sie beide sind die Studenten des BTU-Projekts? Mein Name ist Heide.« Eine freundliche junge Dame streckte ihnen die Hand entgegen. »Wie schön, dass Sie heute kommen konnten.«

»Maximilian.«

»Miltraud. Und ich denke, mit einem Du können wir den Weg zwischen uns deutlich abkürzen.«

»Prima, ist mir auch sehr recht! Vielleicht kommt ihr erst mal mit rein. Dann könnt ihr schon einen ersten Blick auf die Insel werfen. Wir haben eine Kamera dort installiert, die Livebilder schickt.«

Und schon waren sie mitten in der Arbeit.

»Unser Schutzgebiet ist eine Insel, also eigentlich sind es zwei Inseln. Wir sperren mit Bojen großräumig ab, das Betreten ist natürlich generell verboten. Damit die Vögel ungestört sind, dürfen nur autorisierte Personen an das Gelände ranfahren. Zum Beispiel bei der Beringungsaktion des Möwennachwuchses oder für dringende Mäharbeiten oder wegen der Ziegen.«

»Ziegen?«, fragte Maximilian. »Gibt es da keine Konflikte mit den größeren Möwenarten? Zum Beispiel während des Brütens?«

»Doch, das kommt schon vor. Dann greifen die Möwen an – und die Ziege trollt sich. Ich kann nachher mit euch rüberfahren. Aussteigen ist nicht vorgesehen, aber vom Rand des Schutzgebiets aus könnt ihr mit dem Fernglas auch die Uferschwalben gut entdecken, Flussseeschwalben leben auch hier.«

»Füchse wohnen hier nicht? Der Wald ist nah, mutige Tiere könnten vielleicht rüberschwimmen.«

»Zum Glück hat das bisher wohl nur einer probiert. Die Jäger haben ihn … na ja. Fressfeinde auf vier Beinen hatten es zuvor nicht geschafft überzusetzen. Hoffentlich bleibt das so. Es gibt immer wieder Berichte in Dokumentationen zu Brutkolonien über Mäuseplagen. Die hungrigen kleinen Tiere können Nestlinge sogar töten. Wir hoffen, dass wir von Räubern jeder Art im Schutzgebiet verschont bleiben.« Heide hatte einiges Informationsmaterial für die Besucher zusammengestellt.

»Wir zählen regelmäßig die Nester der Möwen und hatten im letzten Jahr so viele wie noch nie. Das ist wunderbar. Steppenmöwen nisten hier, Silbermöwen auch. Die seltene Heringsmöwe. Und natürlich auch andere Vögel, wie zum Beispiel verschiedene Gänsearten. Sogar eine Rohrweihe nistet im Schilfgürtel und der Kiebitz, der in vielen Bereichen Deutschlands sehr selten geworden ist.«

»Und das Blässhuhn!«, lachte Miltraud. »Das hat uns schon gleich beim ersten Blick über den See begrüßt.«

Heide schaltete den Bildschirm ein.

»Wow!« Maximilian war beeindruckt. »Mit den Ziegen haben die Möwen offensichtlich manchmal Zoff. Guck mal, die greifen ja richtig an. Keinen Respekt vor den Gehörnten!«

Friedemann entnahm Wasserproben.

Füllte ab, verschloss, beschriftete. Und meckerte. Ununterbrochen.

Eirik schüttelte verständnislos den Kopf.

Die Sonne wärmte, das Wasser lockte, sie waren ungestört.

Perfekte Verhältnisse.

Aus seiner Sicht gab es nichts zu meckern.

Er brachte Baldur mit dem Schlauchboot ans Ufer zurück, verstaute dann seine Filmausrüstung in seinem eigenen, stabileren Boot, schwang sich mit sportlich-elegantem Schwung über die breite Bordkante und ruderte langsam aufs offene Wasser hinaus.

Friedemann beobachtete ihn missmutig.

»Klar, durchtrainierter Filmer mit dickem Konto. Der kann sich natürlich jede Menge Freizeit leisten, Sport treiben. Unsereiner ist da ganz klar außen vor. Und ein widerlicher Angeber ist er auch noch! Im Neoprenanzug. Zwängt sich in so eine enge Gummihaut, damit all die Weiber sofort erkennen, wie gut der gebaut ist. Ha! Ich habe gesehen, wie man so ein Ding anzieht. Lächerlich! Man braucht Frischhaltebeutel, damit man Füße und Arme durch die engen Röhren schieben kann. Im Internet kann man sogar Videoanleitungen finden. Bei den Verrenkungen wollte er natürlich keine Zuschauer! Sieht auch, ganz ehrlich gesagt, super bescheuert aus.«

»Ich denke, er ist richtig nett.« Baldur klang überrascht. »Ich weiß gar nicht, warum du ihm gegenüber so negativ eingestellt bist.«

»Ach ja? Guck dir doch bloß diesen affektierten Kerl an. Selbst wenn er rudert, sieht er aus, als tue er es für Fernsehaufnahmen!«

Baldur nickte ihm kurz zu und entfernte sich Richtung Campingplatz.

Er hatte keine Lust auf eine Diskussion dieser Art und auf so niedrigem Niveau.

Wilhard gesellte sich zu Friedemann, fragte: »Na, kann ich helfen?«

»Ne! Ist ein Trinkwasserreservoir. Was soll die Analyse wohl zeigen?«

»Okay, Mann. Du bist nicht der Einzige, der sich über Eirik und seine Art ärgert. Blondiertes Kurzhaar, markante Züge, stahlblaue Augen, Muskulatur an jeder nur möglichen Stelle – und dabei ist der Kerl gut 20 Jahre älter als wir. Doktor Krampes hat ihn extra eingeladen.

Warum er zugesagt hat, kann ich nicht einmal erahnen. In dieser Talsperre gibt es weder Haie noch Muränen oder Wale. Ist also für so einen Starfilmer eher langweiliges Terrain. Aber nun ist er hier – und wir werden ihn ertragen. Dafür bekommen wir einen Unterwasserfilm, der uns als Werbefilm vielleicht sogar berühmt machen wird. Steht immerhin schon im Trailer, dass wir die Teilnehmer des Projektes sind. Jeder sogar mit Foto.«

»Haste fertig?« Friedemann stand auf, packte seine Röhrchen und Schnellanalysesticks ein, machte sich langsam auf den Rückweg zum Wohnwagen, um mit weiteren Untersuchungen zu beginnen.

Wilhard sah ihm besorgt nach.

»Du wirst uns alle noch für viele Wochen ertragen müssen. Was bist du? Sozialphobiker? Oder schlimmer?«, murmelte er, während er daran dachte, dass er in einem Buch gelesen hatte, man müsse Menschen mit sozialen Auffälligkeiten im Auge behalten. Manche seien schon auf dem Weg zum psychopathischen Mörder, bevor die Menschen um sie herum überhaupt bemerkten, wie schlimm es um sie stand. Er schüttelte sich, beschloss, lesen sei nicht immer gut für die eigene Psyche und es sei besser, in Zukunft andere literarische Themen zu präferieren.

Er kehrte zum Camp zurück.

Doktor Krampes wartete bereits auf ihn.

»Na, glauben Sie, es wird mit dieser Gruppe gut laufen, Wilhard?«, erkundigte sie sich schnarrend.

»Schwer zu sagen. Gestern ist es spät geworden, heute hatten alle ein paar Startschwierigkeiten. Sind schon sehr spezielle Typen darunter.«

Friedemann öffnete die Wohnwagentür, streckte den Kopf durch einen Spalt ins Freie, fauchte: »Kann man wohl sagen!« Dann zog er die Tür wieder zu.

Wilhard und Doktor Krampes beschlossen, das Gespräch am Aussichtspunkt fortzusetzen.

»Baldur ist ruhig, denkt, bevor er spricht und spielt prima Gitarre. Der Typ von gerade eben, Friedemann, der ist sperrig. Es ärgert ihn, dass Eirik hier ist.«

»Er wird uns tolle Aufnahmen liefern, davon bin ich überzeugt. Wir müssen auch ein bisschen an Werbung denken.«

»Ich halte diesen Friedemann für gefährlich. Er sorgt ständig für Ärger, ist immer anderer Meinung, will frei entscheiden, Regeln sind ihm ein Gräuel. Für mich hat der Mann psychopathologische Züge. Ich werde ihn gut im Auge behalten.«

Wilhards Telefon brummte.

»Okay, das Team in Wanninchen ist für heute fertig. Dann fahre ich hin. Die beiden anderen vom See in Gräbendorf kommen allein zurück. Maximilian ist mit seinem Wagen gefahren. Wenn alle früher schlafen gehen, wird es ab morgen weniger anstrengend beim Miteinander.«

»Ich fahre. Sie bleiben hier und versuchen, sich zu entspannen. Vielleicht gehen Sie ein bisschen durch den Wald. Wilhard, Sie sehen Gespenster!« Damit winkte Doktor Krampes ihrem Mitarbeiter zu und kehrte zum Campingplatz zurück.

Wilhard blieb ratlos zurück.

Er war doch entspannt, die anderen machten Stress, stritten sich über Nichtigkeiten. Und nun bekam er den Ärger ab, weil er es bemerkt hatte! Unfair! Wilhard erkannte selbst, dass sich seine Gedanken im Kreis verloren und beschloss zu tun, was man ihm aufgetragen hatte: Er ging in Wald.

Würde sich eine gute Stelle für den Kontakt suchen.

Die Waldgeister hatten einen anderen Blick auf die Welt und die Probleme der Menschen.

Erfüllt von der Zuversicht, bei ihnen Hilfe zu finden, brach der junge Mann mit federndem Schritt auf.

Als sich die Gruppe um den Feuerplatz versammelte, signalisierten die meisten, dass sie heute früh schlafen gehen würden.

»Wo ist eigentlich Wilhard?«, wollte Maximilian wissen.

»Vorhin war er noch da. Und die Frau Doktor auch. Vielleicht hat sie ihn nach Cottbus mitgenommen«, steuerte Friedemann bei. »Waren am See unten, um die Teilnehmer durchzuhecheln.«

»Nein, hat sie nicht«, Camilla schaltete sich ein, bevor Friedemann weitere nebulöse Andeutungen machen konnte. »Sie hat uns in Wanninchen abgeholt und hier nur kurz gehalten, um uns rauszulassen. Wenn ich das richtig verstanden habe, hatte sie Wilhard zu einem ausgedehnten Spaziergang geraten, weil er so gereizt gewirkt hatte. Untypisch für ihn, hatte sie noch gesagt. Dann ist sie sofort losgebraust. Ein Meeting in der Uni.«

»Sein Auto steht noch da, wo er es heute gegen Mittag abgestellt hatte«, ergänzte Baldur mit glänzendem rotem Gesicht. »Vielleicht hat er beim Kontakt mit den Waldgeistern schlicht die Zeit vergessen.«

»Was ist dir denn passiert?«, erkundigte sich Camilla besorgt und musterte Baldur kritisch. »So verbrannt. Das tut doch sicher weh!«

»Ja. Sehr sogar. Eigentlich sollte ich es ja besser wissen. Ich hatte mich eingecremt und hinter dem Analysewagen in die Sonne gelegt – nachdem ich ja schon mit dem Boot auf dem See gewesen bin. Idiotisch. Sonnenbrand vergeht wieder – aber wird dauern.«

Das Gespräch blieb zäh.

Die Leichtigkeit vom Vorabend wollte sich nicht einstellen, selbst das Stockbrot konnte die Stimmung nicht heben.

So löste sich die Gemeinschaft rasch auf. Jeder kroch in sein eigenes Zelt.

Schien es zumindest.

Einige telefonierten wohl noch. Gemurmel war zu hören.

Bald zog völlige Ruhe ein, gestört von unmelodischem Schnarchen, gelegentlichem Röcheln und Luftschnappen.

Allgemein konnte von erholsamem Schlafen bei den Teilnehmern des Forschungscamps keine Rede sein.

Offensichtlich sorgte die hartnäckige und überraschende Abwesenheit Wilhards schließlich doch dafür, dass sich die Gruppe kurz vor Mitternacht erneut versammelte. Das Zelt des jungen Mannes war noch immer verwaist.

Doktor Krampes wurde informiert, was sie nur wenig begeisterte. Allerdings räumte sie ein, dass dieses Verschwinden nun doch außergewöhnlich sei.

Beim Morgengrauen war Wilhard noch immer nicht zurück.

Doktor Krampes zeigte sich deutlich mehr als besorgt.

»Zu Hause ist er nicht gewesen. Das Bett ist unbenutzt. Seine Mutter sagt, er sei nun wirklich kein Frühaufsteher.« Sie beendete das Gespräch mit seiner Mutter ratlos. »Sie teilen sich in Gruppen auf, gehen die Strecke um den See entlang«, kommandierte sie dann energisch. Widerworte würde sie nicht dulden, war allen bewusst. »Vielleicht ist er gestern noch spazieren gegangen und gestürzt oder hatte einen Unfall, ein Zusammenstoß mit einem anderen Camper ... Alles ist möglich. Wir treffen uns dann wieder hier, Kontakt über Handy.«

Camilla und Mücki erreichten zur Zeit des Morgenanbruchs den Campingplatz auf der anderen Seeseite.

Wilhard hatte beiläufig erwähnt, dass er regelmäßig dort einen gewissen Klaus besuchte.

Sie fragten sich durch, klopften auch an den Wohnwagentüren der Dauercamper auf dieser Seeseite, weckten den einen oder anderen Schläfer, manche reagierten gar nicht.

»Ach was, der Wilhard? Kemper? Ne, gestern war der nicht hier. So oft kommt der eh nicht mehr vorbei. Sie wissen schon, dass hier nicht zum ersten Mal jemand verschwindet, oder?« Der Mann sah vorwurfsvoll auf die Armbanduhr. »Ey, ihr wisst schon, dass man um diese Zeit keine Urlauber stören darf?«

»Ja, wir haben von den Mädchen gehört«, antwortete Mücki unbeschwert, was den Mann augenscheinlich irritierte.

»Ist nicht lustig. In Ihrem Alter mag man so was ja noch spannend finden, aber eine Leiche, die aus der Ansaugvorrichtung der Turbine geborgen werden muss, ist kein schöner Anblick. Und dann die drei jungen Mädchen. Verschwanden eine nach der anderen, in der Zeitung stand, innerhalb weniger Stunden. Monatelang waren die nicht zu finden, im See hat die ja keiner vermutet.«

»Na, erzählst du wieder von den Mädchen?«, fragte ein älterer Herr im Feinrippunterhemd, der auf dem Weg zu den Sanitäreinrichtungen bei ihnen vorbeikam. »Da kommt er gar nicht drüber weg. So ein Drama! Als man die Erste fand, war nicht mehr so viel von ihr übrig. Wenn so ein Körper lange im Wasser liegt … nicht einmal die Nägel waren noch an den Fingern und Zehen. Und die Haut … Mann. Albtraumanblick.«

»Ja, schön ist anders. Aber die anderen beiden sahen auch nicht besser aus.«

»Wieso bist du denn um die Zeit schon auf? Bist ja früh dran. Angeln?«

»Ne. Schlecht geschlafen, war zu warm, da träum ich wirr.«

»Hier draußen ist es wirklich gefährlich! Denk nur mal an den Maler aus Cottbus, der hier ertrunken ist.«

»Na gut. Ertrunken ist der nicht. Vergiftet wurde der!«, widersprach der andere.

»Jaja, die Liste ist lang.«

»Und der Klaus ist gar nicht da! Das hat der Wilhard sicher gewusst. Der ist zur Hochzeit seiner Tochter gefahren. Kommt wohl erst in zwei Wochen wieder.«

»Das sieht dem Wilhard überhaupt nicht ähnlich! Der drückt sich nicht vor seiner Arbeit!«, mischte sich nun ein weiterer Nachbar ein. »Und der meldet sich immer ab, wenn ihm was dazwischenkommt.«

»Okay, danke schön«, verabschiedete sich Mücki. »Haben Sie eine Idee, wo er sein könnte?«

»Nein. Der Wilhard ist entweder im Wald, bei uns oder bei sich«, erklärte der Mann im Feinripp.

»Passt auf euch auf!«, riefen die Männer den beiden Studierenden hinterher. »Ist nicht immer nur friedlich hier. Und wie gesagt, den Mörder von den letzten Dreien haben sie noch nicht gefasst.«

10

Miltraud und Maximilian fragten sich bei den anderen auf dem Campingplatz durch.

Drei junge Frauen hockten um diese Zeit schon vor einem kleinen Zelt und klagten sich gegenseitig ihr Leid.

»Mann! Wir haben schon echt Pech!« Die Blonde rechts schleuderte ihren Sonnenhut achtlos zur Seite.

»Fürs Leben gezeichnet!«, seufzte die in der Mitte Sitzende, schüttelte die Haare auf, die schwer und dunkel über ihre Schulter fielen und begann, einen Zopf zu flechten.

»Vor allem, wenn man es anspricht, gibt es nur Ärger!«

Miltraud kam langsam näher, überlegte, ob es wirklich Sinn hatte, diese drei nach Wilhard zu fragen.

»Clemensia, Rudolfine und Eckehardine! Namen für unerwünscht geborene Mädchen! Man hatte sich einen Sohn gewünscht und schon einen Namen für den Thronfolger ausgesucht. Dann kam ein Mädchen, und der Rudolf, Clemens und Eckehard wurden angepasst. Andere Mädchen heißen Monique oder Celeste! Es ist einfach unfair!«

Miltraud unterdrückte ein Lachen.

»Hallo, ich bin Miltraud!

Die drei vor dem Zelt warfen sich schnelle Blicke zu.

»Ungewöhnlicher Name«, stellte die Blonde fest. Der Neid war hörbar.

»Ja, vielleicht. Wir wohnen dort drüben in den Zelten. Und nun vermissen wir einen unserer Kollegen. Wilhard. Das ist der junge Mann, dem das grüne Auto dort drüben gehört. Vielleicht habt ihr ihn gesehen?«

»Ich bin Clemensia. Wir haben gesehen, dass er mit einem der anderen unten am Wasser saß. Wilhard ist oft hier. Er trifft im Wald auf seine Geister.«

»Ich kennt ihn also näher?« Miltraud hockte sich im Schneidersitz zu den jungen Frauen.

»Kennen ist vielleicht ein bisschen hoch gegriffen. Er ist einfach oft hier, man kommt ins Gespräch. Eigentlich wollte er uns zeigen, wie man mit den Geistern des Waldes und des Wassers in Kontakt kommen kann, aber bei uns hat das nicht funktioniert.« Clemensia klang, als bedaure sie, nie einen der Geister gesehen zu haben.

»Uns hat er das auch angeboten. Er meint, es klappt nur, wenn man seine Probleme und Gedanken loslässt und sich dem Denken der Geister überlässt.« Miltraud musterte die drei Freundinnen nachdenklich. Offensichtlich war es ihnen wichtig, einen besonders weiblichen Eindruck zu hinterlassen. Rosa und Pink. Blüten im Haar, Volants an den Blusen.

»Hat bei uns nicht funktioniert.« Eckehardine seufzte.

»Habt ihr gesehen, wohin er gegangen ist?«

»Ne, ich nicht.« Eckehardine seufzte. »Fine, hast du …?«

»Wenn er nicht am See sitzt und aufs Wasser starrt, hockt er sicher im Wald. Der taucht dann plötzlich auf und fährt nach Hause. Kein Grund zur Besorgnis.«

»Er bleibt auch nachts im Wald?«

»Ja. Seine Geister passen ja auf ihn auf. Die würden ihn vor Gefahren rechtzeitig warnen. Er hat gesagt, die seien allwissend, könnten für alle Probleme eine Lösung finden. Aber eben nur für den, der sein Selbst abschalten kann. Ich hätte wirklich gern mal so eine Begegnung gehabt! Er kann so wunderbar von den Wesen erzählen, die ganz unterschiedliche Gestalt haben können. Als sie vor ein paar Jahren den Maler tot in der Talsperre gefunden haben, hat Wilhard das schon lange vorher gewusst. Von seinen Wassergeistern eben.«

Die drei begannen, ihre Habseligkeiten einzupacken, legten mit geübten Griffen das Zelt zusammen. »Mein Vater holt uns gleich ab. Unpünktlichkeit kann er nicht leiden. Wir haben einen Termin bei der Berufsberatung, den dürfen wir natürlich nicht sausen lassen.« Dine zuckte mit den Schultern.

»Genau. Damit wir uns nicht verlaufen, hat ihr Vater die Betreuung unserer Wege übernommen«, kommentierte Fine gereizt.

Miltraud kehrte zu Maximilian zurück, der von den Campern auch nur wenig erfahren hatte. Mit Informationen war man hier offensichtlich sparsam.

»Das Ehepaar vorne in dem blauen Wohnwagen hat

nichts gesehen. Frühaufsteher seien sie schon seit ihrer Jugend, haben sie mir erklärt – ganz ehrlich, die muss schon eine ziemliche Weile zurückliegen. Und der Prediger mit seinen Söhnen weiß auch nichts. Man sei am Nachmittag unterwegs gewesen. Vom Verschwinden Wilhards hätte Mücki erzählt, als sie mitten in der Nacht zu einem Gespräch vorbeigekommen war. Da hätten sie ihr schon gesagt, dass sie nichts wüssten.«

Im Kreis um die kalte Feuerstelle war es still.

Die erwartungsvolle Stimmung vom ersten Tag war wie ausgelöscht.

Kaffee kreiste.

»Jetzt hocken wir hier und machen uns Sorgen«, maulte Friedemann, »und am Ende hat er gerade eine spannende Begegnung im Wald, die sein Bewusstsein erweitert. Ist doch albern!«

»Wenn er wieder zurück ist, müssen wir mit ihm über Regeln bei Abwesenheit sprechen. Es hätte ja gereicht, einen Zettel an den Wagen zu hängen«, meinte Baldur.

»Kommt ja gar nicht infrage, dass man sich jetzt hier auch noch abmelden muss!« Friedemann war alarmiert. »Ist doch kein Knast, sondern ein Camp!«

»Ich habe euch am See gesehen. Es gab Streit zwischen Wilhard und dir.«

»Streit! Was für ein großes Wort. Nur weil wir hier gemeinsam an diesem Projekt arbeiten, müssen wir uns ja nicht lieben!« Friedemann verschränkte abwehrend die Arme vor der Brust.

Doktor Krampes nahm in unübersehbarer Aufregung zwischen den den anderen Platz, als die Sonne sanft damit begann, die Luft zu erwärmen. »Ist Wilhard wieder zurück? Sein Auto parkt jedenfalls dort drüben.«

Kollektives Kopfschütteln antwortete ihr. »Der Wagen steht schon seit gestern dort.«

»Das ist nicht seine Art. Er ist sehr verantwortungsbewusst. Es muss etwas passiert sein. Wer hat ihn zuletzt gesehen?«, erkundigte sie sich und tippte eine Nummer in ihr Handy. »Doktor Ludmilla Krampes, guten Tag. Wir haben ein Camp am Spremberger See, nun ist einer der Teilnehmer spurlos verschwunden.« Sie lauschte der Antwort. Ihre Züge wurden hart, ihr Ton scharf: »Nun, wenn das sein normales Verhalten wäre, würde ich ja wohl kaum die Polizei alarmieren! Das habe ich natürlich überprüft. Sein Wagen steht hier – und er ist auch nicht mit dem Bus in seine Wohnung gefahren. Dort ist er nicht!« Sie lauschte auf die Antwort. »Wissen Sie, ich kann mich auch an jemanden wenden, der bei Ihnen dann unangenehm nachfragt! Und: ja! Ich weiß, dass es noch vor Aufstehen ist! Wenn wir nicht sicher wären, dass etwas passiert ist, würden wir wohl kaum … Aha. Geht doch!«

»Einer der Camper hier hat erzählt, der See fordere seinen Tribut.« Eiriks Stimme vibrierte leicht. »Ich habe so etwas schon einmal erlebt, als ich in der Südsee mit einem kleinen Team unterwegs war. Die Menschen an der Küste ernährten sich von dem, was ihnen in die Netze ging. Sie berichteten davon, dass in ziemlich regelmäßigen Abständen einer der Fischer nicht mehr zurückkehrt. Für sie war das zwar bedauerlich, aber verständlich. Alles hat seinen Preis, sagten sie nur schulterzuckend, als sie darüber sprachen.«

»Gab es eine Auseinandersetzung im Team?« Doktor Krampes' Augen forschten gründlich im Mienenspiel der anderen. »Aha. Um was genau ging es dabei? Hat jemand

Wilhard so verletzt, dass er eine Auszeit für nötig gehalten hat? Friedemann?«

»Ja, klar. Ich bin nicht schuld an seinem Verschwinden. Es war ein harmloses Geplänkel.«

»Das schon am Morgen begonnen hatte!«, warf Baldur ein.

»Ich lass mich nicht gern gängeln. Darüber habe ich gesprochen. Über idiotisches Regelmanagement hier im Camp. Es ist doch völlig egal, wann ich meine Arbeit mache, ich mache sie. Basta! Deshalb bin ich noch lange nicht schuld, wenn hier einer abtaucht.«

Bruno gesellte sich wie aufs Stichwort zu ihnen. »Ja, genau so kann man das sehen. Wilhard sagt schon lange, dass es Probleme geben wird. Er glaubt auch an die Kräfte in Wasser, Wald und Luft.«

»Das ist doch Aberglauben!«, protestierte Miltraud. »Der See hat kein Bewusstsein, er plant nicht, er rächt sich nicht, er fordert keinen Tribut!«

Doktor Krampes erklärte wütend: »Wenn Unbekannte sich zu einer Gruppe zusammenfinden sollen, entstehen gern Probleme. Ich denke doch, der Streit war der Auslöser.«

»Vor allem nach den Geschichten, die jeder von uns am ersten Abend erzählt hat«, warf Mücki in die Runde.

»Ich glaube, wir haben alle viel zu viel geredet am ersten Abend.« Camillas Stimme klang bedrückt. »Erinnerungen, die wiederbelebt werden, sind manchmal hartnäckig belastend. Und deine Geschichte hat ihn vielleicht aufgeregt.«

»Yupp. Der Friedemann ist der schuldige Bösewicht!«, zischte der angesprochene Student. »Dabei kann sich kaum einer noch an unser Gequassel erinnern.«

»Sie haben sich betrunken?« Doktor Krampes konnte es nicht glauben. »Gleich am ersten Abend?«

»Nun«, Bruno dehnte das Wort, machte dann eine kurze Pause, setzte hinzu: »Schuld hat viele Gesichter. Entscheidend ist: Wilhard ist nicht mehr hier, oder?«

»Wo ist eigentlich Mücki abgeblieben? War sie nicht gerade noch hier?« Camilla sah sich hektisch in alle Richtungen um, lief zum Sanitärblock hinüber, kehrte atemlos zurück. »Sie ist weg!«

11

Marko und Bettina saßen vor dem Fernseher.

»Blaulicht«, stellte Marko emotionslos fest. »Vielleicht ist einem der Camper was passiert.«

»Vorhin waren doch die Biologen hier. Die vermissen einen ihrer Teilnehmer. Vielleicht haben sie die Polizei zum Suchen gerufen.«

»Quatsch«, beschied ihr der Gatte unfreundlich. »Jetzt gucken wir andauernd Krimis, und du behauptest so was. Der Mann ist volljährig. Da rückt nicht gleich ein Suchtrupp an, nur weil der nicht zum Frühstück auftaucht. Das ist teuer – und am nächsten Morgen steht der Kerl ein bisschen verkatert wieder in der Dusche neben dir.« Marko grinste anzüglich. »Cottbus ist verlockend nah!«

»Der junge Mann, nach dem sie vorhin gefragt haben, ist ja von hier. Für den sind das keine neuen Verlockungen, die es auszukosten gilt! Männer!« Bettina warf ihrem angetrauten Exemplar einen finsteren Blick zu.

»Eher Rettungswagen. Einer unserer Nachbarn hat sich verletzt. Auf so einem Platz kann schon mal was passieren.«

»Nachtschwimmen? Und zum Frühstückskaffee hat er sich nach Hause geschleppt?«

»Ach, macht man das jetzt wieder? Nacktschwimmen? Und dann fehlt am nächsten Tag einer … Huh! Haie im Spremberger Stausee!« Marko lachte laut über Bettinas empörtes Prusten. »Deshalb ist auch dieser Unterwasserfilmer mit von der Partie. Der ist ja eine echte Berühmtheit – fast so wie Jaques Cousteau!«

Es klopfte.

Beide zuckten zusammen.

»Hey, ich weiß, dass ihr zu Hause seid!«

»Carola!« Bettina sprang, so schnell sie konnte, auf und öffnete wenig später die Tür.

»Habt ihr schon gehört, aus diesem Bio-Camp fehlt einer! Die Polizei ist da. Hunde auch«, keuchte die Besucherin atemlos. »Wieder ein Mord? Der Täter von damals ist zurück!«

12

Eirik Hansen

Meine Kindheit fand unter der Sonne statt.

Wir verbrachten viele Monate des Jahres auf einer Jacht, waren auf allen Weltmeeren unterwegs. Mein Vater arbeitete als Naturfilmer, verkaufte seine Reportagen nach der Reise an Fernsehsender oder arbeitete direkt im Auftrag renommierter Wissenschaftsportale. Wir haben wunderbare Dinge gemeinsam erlebt. Und mir war früh klar, dass ich dieses Leben weiterführen und Naturfilmer werden wollte. Als ich meinem ersten Hai begegnete, war ich für immer fasziniert. Das war meine Berufung. Inzwischen hat mein Vater eine Demenz, kann sich an unsere Abenteuer noch ganz gut erinnern, auch wenn er oft nicht weiß, dass ich der Eirik von damals bin.

Ich zeige ihm meine Aufnahmen, und er freut sich, als wäre er mit dabei gewesen.

Es gab im Laufe der Jahre viele kritische Situationen, die mein Team überleben musste. Weiße Haie sind schiere Muskelmasse auf etwa acht Metern Länge. Die Hälfte ihrer Versuche, Beute zu machen, ist erfolgreich. Ein Spitzenwert. Jeder im Team achtet auf den anderen, Unfälle versuchen wir schon bei Planung auszumerzen, ein Risiko bleibt dennoch. Wir sind aufeinander angewiesen. Wenn einer aus dem Team zu Schaden kommt, ist das eine schwierige Situation, deren Verarbeitung im schlimmsten Fall den ganzen Dreh infrage stellt. Passiert. Natürlich nimmt der Teamchef die Verantwortung auf sich. Allerdings dachte ich selbst nach dramatischen Ereignissen nie ans Aufhören. Streute Asche auf mein Haupt und begann die Planung des nächsten Projekts.

Und wenn der Dreh zu langweilig wurde?

Brachte ich Drama ins Spiel.

Nichts leichter als das für einen fantasiebegabten Menschen. Ein leeres Schlauchboot – wo sind die Insassen? Oder Menschen, die versuchen, mit den Händen ein Leck in der Haut des Bootes … oh, Möglichkeiten gibt es unendlich viele.

Spannung entsteht durch den Schnitt. Auf dem Wasser das Boot – und von unten nähert sich ein Hai. Wird er Beute machen, können die Menschen dem faszinierenden Tier, das so alt ist wie die Zeit, entkommen?

Nervenkitzel.

Adrenalin pur.

Ja, es ist gefährlich. Aber das ist Autofahren auch. Schon das morgendliche Aufstehen ist nicht ohne Risiko.

Das Leben ist am Ende immer tödlich, also sollte man die Zeit bis zu diesem Moment mit allen Sinnen genießen!

13

Am frühen Morgen wurde Peter Nachtigall aus unruhigem Schlaf gerissen.

Ein Blick auf die Uhr zeigte ihm, dass er nach der langen Diskussion am vergangenen Abend nicht ausgeschlafen sein konnte.

Unter dem Kissen vibrierte das Telefon.

Er taste danach, meldete sich.

Versuchte, schwungvoll seine zwei Meter Länge und das Zuviel an Gewicht aus dem Bett zu katapultieren. Ächzte leise und stemmte sich dann mit Mühe schlaftrunken aus der weichen Umarmung der Bettdecke.

Ein schneller Blick zur Seite.

Conny drehte sich um, war aber nicht aufgewacht.

Die Katzen warteten schon im Flur. Begannen leise zu maunzen, als der Herr des Hauses zu unerwarteter Zeit in Richtung Küche schlich.

»Ja, ich habe schon verstanden. Der junge Mann ist verschwunden, aber außer einem vermeintlichen Blutfleck in seinem Auto habt ihr keinen Hinweis auf ein Verbrechen, und dennoch soll ich jetzt«, Nachtigall sah auf das Display seiner Uhr, »um 7 Uhr zu euch rauskommen? Mein gestriger Tag war erst vor wenigen Stunden beendet.«

Geschickt, trotz des zwischen Schulter und Ohr eingeklemmten Handys und ohne zusätzlichen Lärm zu verursachen, öffnete der Hauptkommissar eine Dose Katzenfutter für die beiden haarigen Mitbewohner.

»Ja, ich verstehe schon, dass Sie mich nicht anrufen würden, wären die Umstände des Verschwindens nicht sonderbar. Und eine zweite Person ist auch im Moment nicht auffindbar? Eigenartig. Ich komme. Geben Sie mir etwa eine Dreiviertelstunde.«

Er beendete das Gespräch, drückte auf eine der Kurzwahltasten.

»Guten Morgen, Maja. Ja, ich weiß, diese Nacht ist verdammt kurz gewesen. Wir haben einen Vermisstenfall mit sonderbaren Begleitumständen. Ich hole dich ab.«

Fix geduscht, mit feuchtem Pferdeschwanz, verließ er wenig später in flottem Schritt das Haus. Seine Kleidungsstücke waren alle schwarz, es war einfach Hose mit Oberteil plus Socken zu kombinieren; gut gekleidet zu sein, war so nie eine Hürde. Jedes Teil in seinem Schrank passt zum anderen.

Maja stand in der Wernerstraße am Bürgersteig. Fror ganz offensichtlich trotz des sommerlichen Wetters. Hielt ihre Jacke mit den Händen vor der Körpermitte zusammen. Trat von einem Fuß auf den anderen.

»Morgen!« Sie glitt eilig auf den Beifahrersitz, fuhr ordnend durch den noch feuchten Kurzhaarschnitt. »Was genau haben wir? Sonderbare Begleitumstände? Ist ja ein bisschen dünn.«

»Blut im Wagen des Opfers. Das Auto parkt auf einem Campingplatz am Spremberger See. Ein Wissenschaftsprojekt, die Leiterin ist wohl ziemlich besorgt, der junge Mann ist bisher noch nie durch Unzuverlässigkeit aufgefallen. Wir gucken uns die Sache an. Vielleicht kommt er ja nach dem Frühstück doch wieder zur Gruppe zurück. Und inzwischen vermissen sie noch ein weiteres Mitglied des Teams.«

»Aha. Gut, wenn mein Bruder nicht nach Hause käme, wäre ich auch ab Minute eins beunruhigt. Er weiß das, würde sich auf jeden Fall gemeldet haben. Will sagen, ich verstehe, dass die Leiterin sich ängstigt.«

»Lauter erwachsene junge Leute. Die melden sich nicht immer ab. Jule war in dem Punkt auch nicht zuverlässig«, brummte der Hauptkommissar und zog den Wagen auf die Bahnhofsstraße.

Im Camp herrschte derweil helle Aufregung.

Bruno beobachtete alles von seinem Wohnwagen aus. Kyle und sein Bruder starrten ebenfalls zu der Gruppe hinüber, die wild gestikulierend umherlief.

»Die machen sich gegenseitig Vorwürfe«, Bruno brummte missbilligend. »Sinnlos!«

»Den hat sicher einer umgebracht.«

»Ja, glaube ich auch. Der ist so der Typ, der unter die Räder gerät.«

Bruno drehte sich zu den beiden um.

Langsam.

Sein brennender Blick versengte.

»Äh, naja. Ist doch so«, versuchte Kyle einen Fluchtversuch.

»Ist das so?«, drohte die Stimme des Vaters unverhohlen mit Konsequenzen.

»Der war so ein Geisterkenner. Völlig gaga. Solche Typen verärgern schon mal andere. Und bezahlen dann auch einen hohen Preis.«

»Tod ist also der Preis für den Glauben an Geister?«, dumpf grollte Gefahr in Brunos Stimme. »Und was ist mit Treuebruch, Bruch eines heiligen Schwurs? Droht da auch die Todesstrafe?«

Die Brüder senkten Blicke und Köpfe. Wollten eher nicht auf diese Frage antworten.

»Ist für meine Söhne der Glaube an Gott auch einer, der unter Geisterglauben fällt und die Todesstrafe fordert?«

Kopfschütteln antwortete ihm.

Bruno überlegte, ob ein derart zaghaftes Schütteln überhaupt akzeptiert werden konnte, beschloss dann, diesen Punkt nicht weiter zu diskutieren. Ganz sicher war er verstanden worden.

Eine Frage war allerdings noch offen. »Habt ihr mit seinem Verschwinden oder seinem Sterben etwas zu tun?«

Die Brüder überboten sich auffällig in ihrer Zurückweisung dieses Verdachts. »Nein! Wie kannst du nur so etwas denken?« Typisch Kyle. Der Junge versucht immer, den Schuldball zurückzuspielen, registrierte der Vater verärgert.

Der Bruder straffte den Rücken, sah dem Vater direkt in die Augen, verzichtete auf Blinzeln und antwortete klar: »Nein! An so einem Dummschwätzer mache ich mir nicht die Hände schmutzig!«

»Ach Quatsch, Sauberkeitsfimmel ist bei euch nicht genetisch angelegt. Red nicht so dumm daher! Ich erinnere noch einmal eindringlich an unsere letzten Gespräche zu diesem Thema und die getroffene Abmachung.« Bruno hatte keine Lust auf eine längere Diskussion.

Die beiden waren eben Problemsöhne, daran konnte er nichts ändern, vielleicht würde die Zeit einen Wandel bei ihnen bewirken. Diese Hoffnung war immerhin ein Strohhalm.

»Kriminalpolizei Cottbus.« Maja zog ihren Ausweis aus der Brusttasche. »Leitet jemand von Ihnen das Camp oder sind Sie alle Projektteilnehmer?«

»Ich bin die Leiterin. Doktor Ludmilla Krampes. Wir sind ein Forschungscamp, das sich mit dem Brutverhalten und Aufzuchterfolg von Vögeln in Schutzgebieten beschäftigt.«

»Peter Nachtigall«, stellte sich der Cottbuser Hauptkommissar vor. »Sie haben die Polizei über das Verschwinden eines Ihrer Mitarbeiter informiert?«

Doktor Krampes nickte. »Ja. Es ist ein besonders zuverlässiger junger Mann, der nicht einfach verschwindet. Ist überhaupt nicht seine Art. Das Auto steht hier, doch er selbst ist seit Stunden unauffindbar.« Sie hörte selbst, wie hysterisch sie inzwischen klang, ärgerte sich darüber, räusperte sich. »Wir haben schon sehr früh heute Morgen um den See herum nachgeforscht. Aber niemand hat ihn gesehen und nun ist auch noch Frau Müller verschwunden!«, setzte sie akzentuiert sachlich hinzu.

»Der junge Mann hat auch einen Namen?« Maja spürte die Nervosität der Gruppe, versuchte zu strukturieren und Aufregung abzubauen. Ihre Präsenz schien tatsächlich bei einigen beruhigend zu wirken.

»Wilhard Kemper. Er war am Seeufer. Dort habe ich ihn gesehen und mit ihm gesprochen, bevor ich meine Proben zum Wohnwagen brachte, um dort weitere Analysen durchzuführen. Meine Forschung bezieht sich auf die Wasserqualität.« Friedemann wusste, es war besser gleich zu erwähnen, dass er möglicherweise der Letzte war, der Wilhard gesprochen hatte – außer Frau Doktor natürlich.

»Kam er Ihnen sonderbar vor?«, erkundigte sich Maja sachlich.

»Was heißt schon sonderbar?« Friedemann wusste, dass er sich besser zurücknehmen sollte, aber das war wider seine Natur und so brach es aus ihm hervor: »Sind wir nicht alle ein bisschen sonderbar? Jeder auf seine Weise. Ich meine, der Kerl hat im Wald Geister getroffen, sich mit denen ausgetauscht. Das finde ich schon ziemlich sonderbar. Aber wenn der Typ das braucht – pfff – bitte.«

»Herr Kemper hat Geister um Rat gefragt«, mischte sich Camilla ein. »Ich denke nicht, dass ihn das bescheuert erscheinen lässt. Nur besonders. Vielleicht sogar besonders sympathisch. Was man nicht von allen hier sagen kann.«

»Frau Schneider! Sie kennen sich alle erst seit etwas mehr als 24 Stunden! Es war jedem klar, dass man sich würde zusammenraufen müssen.« Doktor Krampes war verärgert. Diese verwöhnten Gören glaubten doch tatsächlich, in einem solchen Camp treffe man nur Typen ohne Ecken und Kanten, hatten allerdings selbst jede Menge davon. Sie beschloss, dass dies ihr letztes Freilandcamp war, noch eines würde sie ganz sicher nicht betreuen. »Wie gesagt, inzwischen suchen wir hier auch nach Becky Müller. Sie war gerade noch bei uns – und plötzlich … wie vom Erdboden verschluckt!«

Die beiden Ermittler musterten die Teilnehmer, versuchten, sich ein Bild zu machen.

»Sie kennen sich also eigentlich gar nicht«, stellte Nachtigall ruhig fest. »Dennoch denke ich, wenn ein Mitglied Ihrer Gruppe verschwindet, ist das etwas, das Sie besorgt machen sollte. Nicht aggressiv.«

Bruno stand neben seinem Wohnwagen und hatte seinen unauffälligen Kopfhörer aufgesetzt.

Er schmunzelte.

»Das wird sicher ein spannender Tag«, flüsterte er vor sich hin.

Kyle hätte dem Bruder gern kraftvoll den Ellbogen

in die Seite gerammt, entschied sich dann, um des Friedens und der zu erhaltenden Stille wegen, für eine sanfte Variante. »Da guck! Er lauscht!«

»Pst. Dann hört er uns doch auch!«

»Ne! Der kleine Empfänger hat ein winziges Richtmikrofon. Der lauscht ganz bestimmt in Richtung Studenten!«

14

»Herr Nachtigall, ich glaube, das sollten Sie sich besser selbst ansehen!« Ein junger Kollege in Uniform stand vor dem fast zwei Meter großen Hauptkommissar und scharrte nervös mit der rechten Schuhspitze im Boden. Ein Namensschild wies ihn als Frank Standler aus.

»Wo denn? Haben Sie einen der vermissten Studenten gefunden?«

Nachtigall machte Klapproth ein Zeichen. Die Kollegin nickte unauffällig, beendete dann zügig ihr Gespräch mit Miltraud.

»Gibt's was Neues?«, erkundigte sie sich.

»Nun, die Kollegen waren bei der Mutter des Vermissten. Sie hat die Beamten ins Obergeschoss des kleinen Hauses geführt. Dort wohnt ihr Sohn. Und die Kollegen haben mir dieses Video geschickt.« Frank Standler öffnete eine Mail.

Gebannt starrten sechs Augen auf das kleine Display.

»Was ist denn das?« Klapproth schüttelte irritiert den Kopf. »Der junge Mann wohnt da? Zwischen all diesen Figuren? Gibt es auch ein Bett? Einen Schreibtisch?«

»Offensichtlich ist er Anhänger unterschiedlicher Fantasy-Gruppen. Dies hier sind Vampire. Lebensgroße Pappfiguren. Er hat im Bad einen Gandalf stehen. Auf dem Block am Flipchart waren Informationen zusammengestellt, die sich auf Zwerge, Elben und Nymphen bezogen. Seine Mutter erklärte, das sei Material für ein Buch, an dem er gerade schreibe. ›Geister und andere Begleiter‹ soll es heißen«, wusste der Beamte, steckte das Handy wieder ein.

»Passt zu dem, was die anderen erzählt haben. Geisterkontaktversuche – was ihm, nach eigenen Angaben, auch immer wieder gelang.« Nachtigall runzelte die Stirn. »Für mich klingt das alles nach einem sehr einsamen Mann. Statt Freunden hatte er Geister.«

»Fabian liebt die Figuren von Tolkien. Besonders Gandalf hat es ihm angetan. Bisher hat er zum Glück noch nie davon erzählt, dass er sich mit ihm unterhalten habe«, kommentierte Klapproth.

»Sollten wir Wilhard Kemper unbeschadet auffinden, wäre es sicher sinnvoll, ihn mit einem Psychologen in Kontakt zu bringen.«

»Ach, Peter. Was soll er denn machen, wenn du ihm all seine Freunde wegnimmst? Dann ist er wieder ganz allein«, widersprach Klapproth.

»Warum haben die Kollegen die Rollos nicht hochgezogen, um aussagekräftigere Bilder zu bekommen. Ich kann zwar alles schemenhaft aber eben nicht genau erkennen.«

»Das ging nicht.« Eine lapidare Antwort, Nachtigall zog die rechte Augenbraue hoch. Missbilligend.

»Naja. Es war nicht dunkel wegen der Rollos. Genauer gesagt: Es gibt gar keine. Der junge Mann hat alle Fenster mit schwarzer Plastikfolie abgeklebt.« Standler seufzte. »Tageslicht in seinen Zimmern war ihm zuwider.«

»Oh, sicher wegen der Vampire, oder?«, nahm Maja den Faden auf. »Die zerfallen im Sonnenlicht zu Staub.«

»Klar, wenn das so ist …«Nachtigall schüttelte den Kopf, war eindeutig genervt.

»Schicken Sie mir die Adresse des Vermissten bitte auf mein Handy. Ich möchte mir das gern vor Ort ansehen«, erklärte er dem jungen Beamten, der freundlich nickte.

»Haben wir irgendwelche überzeugenden Hinweise darauf, dass Wilhard Kemper oder Becky Müller etwas zugestoßen ist?«, fragte Maja in nörgelndem Ton. »Früher wurden wir gerufen und fanden schluchzende Angehörige und eine Leiche. Heute stoßen wir zum anbrechenden Morgen auf ratlose Mitmenschen und haben nicht den kleinsten Anhalt für ein Verbrechen!«

»Nun ja. Die Mutter macht sich sicher echte Sorgen. Die Projektteilnehmer kannten sich erst seit einigen Stunden, die sind ratlos und ein bisschen verwirrt. Die meisten hatten noch nie Kontakt zur Polizei. Aber seltsam erscheint ihnen das Verschwinden dennoch.« Der Hauptkommissar war irritiert.

»Ich glaube, das liegt vor allem daran, dass dieser Wilhard sehr für die Einhaltung von Regeln eintrat, er wollte den Arbeitsplan einhalten. Und nun ist ausgerecht er ausgeschert. Das kommt den anderen zurecht seltsam vor. Aber mal ehrlich: in dem Alter!« Maja verzog fast angewidert das Gesicht. »Was ist mit dem Drang nach Freiheit und Regellosigkeit passiert?«

Nachtigall grinste. »Sind nicht alle ungezügelt und wild. Aber gut, meine Tochter hatte auch ihre Ausbruchsphasen.«

Er schwieg.

Klapproth wartete, schwieg ebenfalls.

»Woran glaubt man eigentlich genau, wenn man an Vampire, Zauberer, Elben und Geister glaubt?«, fragte Nachtigall gedehnt. »Natürlich kann ich davon ausgehen, dass es solche Wesen gibt, aber sie stehen doch für eine Theorie im Hintergrund – oder nicht?«

Maja überlegte kurz. Meinte dann: »Du suchst nach dem theoretischen Überbau? Wer an Gott glaubt, je nach Glaubensgemeinschaft, glaubt an die Worte der Bibel, die Dogmen der Kirche, an ein Leben nach dem Tod, die Auferstehung, das Vergeben der Sünden, die Hölle und das Fegefeuer. Hm … Wer an Vampire glaubt, glaubt daran, dass es ein Leben nach dem Tod gibt, aber es ist eher Unsterblichkeit. Der Vampir verwest nicht, sein Körper und Geist bleiben erhalten, müssen allerdings mit dem Blut anderer Lebewesen aufgefrischt werden. Und das ewige Leben findet nachts statt. Sonnenlicht tötet, Wasser auch, ein Holzpflock, der durchs Herz geschlagen wird, auch.«

»Das mit dem Pflock klappt auch bei Nichtvampiren. Aber es gibt doch wesentliche Unterschiede zwischen all diesen Wesensformen!«, beschwerte sich Nachtigall. »Elben leben in einer eigenen Welt, die wir nicht betreten können, es sei denn, wir werden eingeladen. Eine eigene Gesellschaft mit Stämmen und unterschiedlichen Wohngebieten, sie bekriegen sich sogar gegenseitig. Zauberer sind in gewisser Weise auch unsterblich, immerhin erreichen sie mindestens ihren 400. Geburtstag. Die Angaben sind bei verschiedenen Autoren unterschiedlich. Geister leben unter uns, haben keine festen Körper, eher Astralleiber, sind nicht immer mit ihrer Lebenssituation zufrieden. Geist werden zu müssen, kann ja auch eine Strafe sein … Wie passt das zusammen?«

»Fantasy.« Maja lieferte eine prägnante Zusammenfassung.

»Realitätsflucht? Das Leben im Hier und Jetzt ist zu stressig?«, hakte Nachtigall ungläubig nach. »Er ist Biologiestudent. Will wissenschaftlich arbeiten und bespricht seine Forschungsergebnisse am Abend mit Dracula und Gandalf?«

Die Kollegin zuckte mit den Schultern, kehrte zu den Zeugen zurück.

Nachtigall beeilte sich, ihr zu folgen.

Als er sie erreicht hatte stellte er fest: »Gut, wenn es Wilhard Kemper in dieser Welt nicht gefällt, dann sollten wie schleunigst herausfinden, wer dafür verantwortlich ist.«

15

Conny Nachtigall saß auf einer schmalen Bank ohne Lehne neben Katrin.

»Na, wollte dein Mann heute nicht mitkommen?«

»Ist wie immer. Wenn ich ihn zum Sport schleifen will, hat er plötzlich einen neuen Fall und keine Zeit. Heute ist er ganz früh zum Stausee aufgebrochen. Ehrlich, die Katzen haben mehr Kontakt zu ihm als ich!«, beschwerte sich Conny.

»Zum Spremberger See? Oh weh. Schon wieder ein Mord?«

»Keine Ahnung. Als ich aufgestanden bin, war er bereits weg.«

»Hoffentlich nicht eine weitere Serie!« Katrin seufzte schwer. »Die letzte ist ja noch nicht einmal aufgeklärt.«

»Eine Mordserie an der Talsperre? Davon weiß ich nichts. Mir ist nur der Maler aus Cottbus in Erinnerung geblieben.«

Katrin schniefte leise, und Conny hatte den Eindruck, taktlos gewesen zu sein, konnte sich nicht erklären, wann sie etwas Falsches gesagt haben könnte.

»Ist schon ein paar Jahre her«, flüsterte die andere geheimnistuerisch. »Drei junge Frauen. Naja, eigentlich noch Mädchen. Alle gut entwickelt, schon sehr fraulich eben.«

»Und der oder die Täter wurden nie gefasst?«

»Nein. Bis die erste Tote im See gefunden wurde, galten die drei als vermisst.«

»Die Mädchen kannten sich? Man nahm an, sie seien zusammen durchgebrannt?«, bohrte Conny vorsichtig weiter.

»Ja. Nur stimmte das eben nicht. Die drei waren sich tatsächlich erst auf dem Campingplatz begegnet. Schülerinnen aus verschiedenen Gymnasien der Stadt und aus dem Umland. Sie hatten sich für ein Projekt einer Uni aus Baden-Württemberg beworben und wurden angenommen. Und keines der Mädchen war draufgängerisch, keines sah aus wie ein Pin-up-Girl, eher guter Durchschnitt. Alle Eltern wurden befragt, aber man fand keinen Streit, keinen Ärger, keine Enttäuschungen, niemand berichtete von Kontakten zu jungen Männern oder dergleichen. Die Betreuer konnten auch nur positive Dinge berichten, sie hatten keine Spannungen unter den etwa 15 Teilnehmern bemerkt. Erst als die Leichen entdeckt wurden …« Katrin seufzte schwer. »Sie waren so entstellt, da gelang die Identifizierung nur durch DNA-Analyse. Es war furchtbar.«

»Es fanden sich keinerlei Hinweise auf den Täter?« Jetzt flüsterte Conny beinahe.

»Nein. Zumindest keine direkten. Es ist nicht einmal klar, ob es sich um einen Einzeltäter handelte.«

Die Tür öffnete sich und plappernd kamen zwei weitere Kursteilnehmerinnen herein.

»Na, ihr beiden? Was guckt ihr denn so bedröppelt? Sport ist positiv!« Die rothaarige Mitsportlerin ging offensichtlich davon aus, dass alle Aufmerksamkeit auf sie gerichtet werden sollte, sobald sie einen Raum betrat. Die grell gemusterte Sportkleidung hatte Schwierigkeiten, dem Körper Entwicklungsgrenzen zu setzen, der Sport-BH würde Mühe haben, die Kontrolle zu behalten, und die extrem langen, giftgrün lackierten Fingernägel waren beim Sport sicher hinderlich. Eine Hantel konnte man mit diesen Händen nicht mehr fest umfassen, ohne die Nägel ins eigene Fleisch zu bohren. Conny unterdrückte ein Schaudern.

»Und im Anschluss kochen wir wieder. Einige der Rezepte habe ich schon fest in unseren Familienplan eingebaut. Bauchfett weg mag noch dauern, aber es schmeckt auf jeden Fall lecker.« Die Rothaarige war nicht zu stoppen. Bemerkte offensichtlich die Stimmung im Gang nicht. Unsensibel bis ins Mark, konstatierte Conny.

Die beiden Neuankömmlinge lachten laut. »Ist doch komisch, dass offensichtlich nur Frauen Fett am und im Bauch haben. In unserem Kurs ist nicht ein einziger Mann!«, meinte die eher blasse, schlankere Begleiterin der Rothaarigen, die in Schwarz und Grau neben der schillernden anderen wie eine hungrige Krähe wirkte.

»Oh, das kann ich erklären!«, verkündete die Rothaarige. »Männer stört Bauchfett nur an Frauen.«

Die andere fragte: »Conny, wollte dein Mann nicht auch mal mitsporten?«

»Er hat einen Fall«, antwortete die Angesprochene einsilbig.

»Wahrscheinlich geht es um den verschwundenen jungen Mann an der Talsperre«, mutmaßte die Frau mit dem knallroten Haar. »Mensch, Katrin, hoffentlich ist der Kerl nicht wieder zurück, der deine Kleine damals umgebracht hat.«

Diese Taktlosigkeit ließ eine Stichflamme der Wut in Conny Nachtigall aufschießen.

»Sag' mal! Wir alle haben uns an deine blöden Kommentare und albernen Statements gewöhnt, haben vielleicht auch an der Stelle Hornhaut entwickelt. Aber das ist ja wohl das Letzte! Vielleicht kannst du ab und zu dein Hirn einschalten, bevor dein Mund aufgeht und irgendetwas rausschleudert.«

Beleidigt zog sich die andere auf eine entfernt stehende Bank zurück.

Ihre Begleiterin tat es ihr gleich.

Weitere Neuankömmlinge registrierten die Spannung, setzten sich still.

Ein Gespräch kam nicht mehr in Gang.

Als die Kursleiterin eintraf, herrschte zwischen den Kursteilnehmern eine klirrende Eiszeit, die sich auch ihr sofort mitteilte.

Kommentarlos öffnete sie die Tür zum Sportraum und verstaute die Lebensmittel in der angrenzenden Küche.

Was mochte nur vorgefallen sein?

16

Wilhard Kemper blieb unauffindbar.

Peter Nachtigall stand im Dunkel der Zimmer im Dachgeschoss des Hauses in Sielow und sah sich ratlos um.

Wilhards Mutter übergab dem Hauptkommissar den Hausschlüssel, den sie mit Mühe vom Bund gelöst hatte, mahnte eindringlich: »Vergessen Sie bloß nicht, den beim Verlassen des Grundstücks in den Briefkasten zu werfen! Sonst komme ich nach der Arbeit womöglich nicht rein und muss den Schlüsseldienst kommen lassen. Das kostet! Und ich kann mich wohl nicht darauf verlassen, dass mein Sohn dann zu Hause ist.« Wirklich besorgt klang das in den Ohren der Ermittler nicht.

Nun standen Nachtigall und Klapproth zwischen kleinen Plastikfiguren und lebensgroßen Pappnachbildungen von Dracula, Darth Vader, Meister Yoda und Gandalf. Ein *Herr der Ringe*-Schachspiel wartete fertig aufgebaut auf Interessenten, an den Wänden hingen Filmplakate.

Neugierig studierte Maja die Aufzeichnungen, die Wilhard für sein Sachbuch über Geistwesen zusammengetragen hatte.

»Hier steht, die Geister der Natur seien weder gut noch böse. Sie sind wissend und könnten deshalb gute Ratgeber sein. Ihr Erfahrungsschatz sei das, von dem Menschen bei Begegnungen profitieren könnten. Es sei die Chance, für die Lösung jedes Problems einen guten Rat zu bekommen, weil die Geister das Wesen des Menschen durchschauen, verstehen und deshalb richtig beraten könnten.« Sie drehte sich zu Nachtigall um. »Klingt gut. Manchmal würde ich mir auch so einen Kontaktgeist wünschen.«

»Wer nicht?«, gab der Kollege grantig zurück. »Der Computer muss gecheckt werden. Sein Handy konnte nicht geortet werden, er schaltet es vielleicht immer aus, wenn er Kontakt sucht.«

»Den anderen aus der Projektgruppe kam er nicht depressiv vor, er hatte also eher nicht geplant, das Hier mit dem Dort zu tauschen. Er hat in angespannten Situationen immer versucht, ausgleichend zu wirken.«

»Wir können jedenfalls festhalten, dass er neben seiner wissenschaftlichen Welt eine komplett andere Realität lebt. Mir erscheint es befremdlich, dass er die Fenster abdunkelt und mit Vampiren zusammenwohnt. Realitätsverlust? Wie sauber kann er diese Welten trennen?« Der Cottbuser Hauptkommissar klang besorgt. »Es scheint zumindest bisher niemandem aufgefallen zu sein. Doktor Krampes hat jedenfalls nichts Außergewöhnliches an ihm bemerkt.«

Sein Handy klingelte.

»Ja?«

»Mücki Müller ist wieder zurück im Camp. Sie hat es wohl mit den anderen nicht mehr ausgehalten und zog einfach los.« Doktor Ludmilla Krampes klang entnervt. »Wissen Sie, in den Bewerbungsschreiben klangen alle Studierenden wie normale Menschen. Und nun? Ein Sack voller ungezogener Kinder! Sie hat nicht einmal daran gedacht, dass wir uns Sorgen machen könnten. Sogar schwimmen war sie.«

Maja sah den Kollegen neugierig an.

»Die vermisste Studentin ist wieder aufgetaucht. Ich denke, das Ganze war ihr zu viel. Stress in der Gruppe, einer verschwindet … Sie wollte nur noch weg. Am Ende wurde ihr wohl klar, wie kindisch dieses Verhalten war.«

»Es sind junge Menschen. Sie reagieren oft eher emotional denn rational.« Klapproth lachte leise, ergänzte: »Lebenserfahrung kommt mit zunehmendem Leben, weißt du?«

Nachtigall zog eine Schreibtischschublade auf.

Papier quoll ihm entgegen.

Vorsichtig zog er die oberste Seite heraus.

Begann zu lesen.

Zischte laut.

»Du alter Idiot. Was wilderst du in unserem Revier? Such dir gefälligst ein anderes, sonst wird es dir sehr schnell sehr leidtun. Vergiss nicht, dass der See schon immer gefährlich für Typen wie dich war! 14«

Wortlos reichte er den Brief an Klapproth weiter. »Da ist noch mehr von der Art in der Schublade. Die Kollegen sollen alles einpacken. Wilhard war wohl doch nicht bei allen beliebt.«

Maja pfiff leise vor sich hin, nachdem sie die Zeilen überflogen hatte. »Wow! Eine Morddrohung? Von der wilden 14? Würdest du so einen Brief ernst nehmen?«

»Ich weiß nicht. Vielleicht schon. Und er bedeutet möglicherweise auch, dass wir uns tatsächlich Sorgen um Wilhard Kemper machen müssen. Die Kollegen von der IT sollen mal im Maileingang nach dieser Drohung suchen – so könnten wir unter Umständen den Absender identifizieren.« Nachtigall schüttelte den Kopf. »Was wilderst du in unserem Revier? Um Jagd und Wild geht es hier eher nicht.«

*

Am frühen Morgen löste sich Hildegard aus der Umarmung ihres Vincent.

Was für eine Nacht!

Sie hatten geschützt und doch naturnah übernachtet – Test für den Cube, ein Sleeperoo, genauer gesagt. Auf dem Gelände der Sielmann-Stiftung. Verzaubernd, begeisternd, einzigartig waren die Vokabeln, die ihnen beim Aufwachen in den Sinn kamen.

Und nun weckte sie das erste Licht des Tages, natürlich hatten sie dieses Ereignis auf ihre Weise gebührend gefeiert.

»Duhu«, flüsterte sie Vincent zu, »wenn nun in dieser Nacht ein Junge entstanden ist, müssen wir den dann Heinz nennen?«

»Äh?« Es dauerte ein bisschen, Vincent war eigentlich Langschläfer. »Nö. Dann nennen wir ihn Cube oder Roo.« Er lachte leise, zog seine Hildegard fest an sich. »Was für eine wunderbare Nacht!« Er küsste sie zärtlich, überlegte schon, wann sie wohl die Wohnung kündigen mussten, wenn sie nun wirklich in eine auf drei erweiterte Zukunft starten würden. Eine Katze dazu wäre schön. Hildegard liebte Katzen. Das Leben fühlte sich an diesem Morgen weich wie ein Daunennest an. Er seufzte glücklich.

Hildegard schlüpfte in ihre Jogginghose, zerrte ein Shirt ungelenk über den Kopf und schob sich langsam Richtung Tür.

»Komm, wir gucken mal, wer außer uns sonst noch wach ist! Ich kann diverse Vogelstimmen hören.«

Schon sah er sie mit dem Fernglas in der Hand loslaufen.

»Hm. Eigentlich …«, murmelte Vincent, kuschelte sich noch ein letztes Mal unter die Decke.

Plötzlich war Hildegard zurück.

Das Gesicht sah keinesfalls mehr entspannt aus, die gerade noch geröteten Wangen waren blass, die Augen schreckgeweitet. »Da hinten lehnt einer. Und die Vögel, die hier schreien, sind Krähen. Nimm mal dein Handy mit. Du, ich denke, der Typ ist hinüber.«

»Was?« Vincent rappelte sich mühsam auf, zog sich rasch an. »Tot?«

»Echt. Komm mal mit.«

Momente später telefonierte er mit der Polizei und informierte die Stiftung. Wahrscheinlich bliebe der Naturerlebnispark heute geschlossen.

»Sieh nicht hin!«, flüsterte er eindringlich. »Ist echt kein schöner Anblick.«

Das Telefon in Nachtigalls Jacke brummte um Aufmerksamkeit.

»Ja!«

»Wir haben hier eine männliche Leiche. Nicht an der Talsperre. Nein, der Tote sitzt auf dem Gelände der Sielmann-Stiftung, lehnt an einem Findling. Ich schicke euch ein Foto. Ist das der Student, der vermisst wird?«

Nachtigall starrte Sekunden später auf dem Display in ein zerstörtes Gesicht, auf blutdurchtränkte Bekleidung und nackte Füße.

»Tatsächlich kann ich es nicht ausschließen, aber identifizieren erscheint unmöglich. Wir kommen sofort.« Damit schob er das Telefon in die Jacke zurück und nickte der Kollegin zu. »Männlicher Leichnam. Fahren wir hin. Richtung Luckau, Wanninchen.«

17

Conny und Katrin saßen nach Sport und Kochen in Connys Küche.

»Ja, das ist alles richtig. In der Zeitung konnte man ja die meisten Details nachlesen. Offensichtlich hatte der Täter die Mädchenkörper mit Steinen beschwert und im See versenkt. Das Seil lockerte sich, und meine Tochter wurde ans Ufer gespült. Dort hat wohl die Dünung eine Weile mit ihr gespielt, der Hund eines Spaziergängers stöberte sie schließlich auf. Es war inzwischen furchtbar kalt, deshalb waren eben nur wenige Leute unterwegs. Sonst wäre sie sicher früher entdeckt worden.«

»Es gab keine Hinweise auf den Täter?« Conny war betroffen. Mord am Kind, erst glaubt keiner an ein Verbrechen und dann wird der Schuldige nie gefunden. Wie schrecklich für die Eltern, erst nicht ernstgenommen zu werden und dann nie zu erfahren, wer die Verbrechen begangen hat.

»Naja, die drei Mädchen hatten sehr lange im Wasser gelegen. Da war alles weggewaschen worden, was hätte Spur sein können. Die Rechtsmedizinerin schrieb in ihrem Gutachten, eine sexuell ambitionierte Tat sei nicht auszuschließen, es gebe Hinweise auf Gewaltanwendung, doch nach so langer Zeit seien die Spuren nicht mehr eindeutig beurteilbar. Für viele meiner Bekannten war klar: Die drei hatten sich an irgendwelche Lover rangeschmissen und wurden Opfer ihrer ungezügelten, pubertären Libido. War natürlich Quatsch.«

»Alle drei Opfer ein und desselben Täters? Oder gab es Hinweise darauf, dass mehrere Mörder gemeinschaftlich getötet hatten?«, hakte Conny nach.

»Diese Frage wurde ebenfalls nicht abschließend geklärt. Aber ein Täter, der hintereinanderweg drei Mädchen vergewaltigt und tötet, erschien schon damals unwahrscheinlich, wenig plausibel. Schließlich hätte er dann einen Unterschlupf haben müssen, in dem er sie unterbringen konnte, der weitab lag, damit ihre Schreie nicht gehört wurden.« Katrins Stimme wurde tränenschwer. »Klar war nur, dass der Täter nicht aus dem Camp kam. Die hatten alle ein Alibi. Am Tag des Verschwindens meiner Tochter gab es einen Pflichtvortrag. Jeder wurde registriert – nur eben meine Kleine nicht. Und später entdeckte man, das auch die beiden anderen nicht mehr da waren. Erst glaubte man, die Freundin sei aufgebrochen, um meine Tochter zu suchen – doch als dann alle drei … ging man von einer Verabredung zum Abhauen aus.«

Conny legte ihre Hand auf den Arm der anderen. »Ich spreche meinen Mann darauf an«, versprach sie schlicht.

»Meinst du, wir werden je diese Gerichte in unseren Speiseplan einbauen?«, wechselte Katrin mit einem harten Ruck das Thema, kam zu ihrem gemeinsamen Kurs zurück. »Tofu an marinierten Erdbeeren? Ganz ehrlich: Ich mag Tofu nicht. Schon die Konsistenz ist nicht mein Ding.«

»Ich glaube, es ist eine Frage des Wollens. Wenn du wirklich ohne Fleisch kochen und essen möchtest, gewöhnst du dich wahrscheinlich recht schnell dran. Bei uns bestünde das Problem eher darin, Peter dazu zu bewegen, diese Gerichte als Mahlzeiten anzuerkennen.« Conny kicherte leise.

»Und dann müssten unsere Männer auch den sportlichen Teil mitmachen. Bei dieser Käfer-Übung hatten einige schon ziemliche Probleme.«

»Na, ist ja auch blöd, wenn du den Oberkörper abhebst, und du trotzdem nicht richtig hochkommst, weil sich zwischen Rippen und Becken plötzlich ein unüberwindlicher Berg breitmacht. Unsere rothaarige Giftspritze hatte ziemlich zu kämpfen und zu keuchen.« Katrin war ganz offensichtlich noch immer wütend.

18

Vogelgezwitscher und Insektengebrumm hätten eigentlich für eine friedvolle Atmosphäre sorgen können, die Sonne vielleicht für entspannte Gemüter.

Friedvoll und entspannt – nichts davon war hier zu finden.

Das Team der Spurensicherung wirkte in den Schutzanzügen fehl am Platz – an einem Ort, an dem nur Natur sein sollte.

Die Gesichter ernst.

»Tja«, Peddersen, Leiter des Spurensicherungsteams vor Ort, war betroffen, »was soll ich sagen? Auf den ersten Blick könnte man glauben, er sei von einem schweren Fahrzeug überrollt worden – aber bisher konnten wir keine passenden Profilabdrücke finden. Natürlich ist denkbar, dass er auf dem Weg hierher angefahren wurde und vielleicht im Schock die Verletzung gar nicht richtig wahrnahm. Er kam noch bis hierher, wollte sich nur ausruhen … aber das halte ich für unwahrscheinlich. Der Rechtsmediziner ist unterwegs, müsste gleich eintreffen.«

Nachtigall und Klapproth schlüpften ebenfalls in Schutzanzüge. Traten dann näher an die Gruppe der Mitarbeiter des Erkennungsdienstes heran. Ein Fotograf hielt den Tatort mit verschiedenen Kameras aus unterschiedlichen Positionen fest. Ein anderer sorgte dafür, dass die Sonne die Aussagekraft der Bilder nicht beeinträchtigen würde, hielt eine ausgespannte Stofffläche in immer neue Winkel.

Von der allgemeinen Bewegung unbeeindruckt, lehnte ein Körper an einem großen Stein.

Die Beine lang ausgestreckt, die Hände lagen auf den Oberschenkeln, der Kopf war leicht zur rechten Seite gesunken. Hose und T-Shirt blutverschmiert, breite bräunliche Bahnen zogen über den Jeansstoff. Blut. Der Tod war vielleicht eher schleichend gekommen.

Zwischen den Angriffen gegen das Gesicht und den weiteren Verletzungen war genug Zeit vergangen, um das Gesicht bis zur Unkenntlichkeit anschwellen zu lassen. Über den Hals kroch eine rote Spur, die Arme wiesen deutliche Abwehrspuren auf.

Nachtigall starrte auf einen dicken schwarzen Käfer, der über die Hände des Opfers huschte.

Er schüttelte sich.

Spürte fast tröstlich die Kollegin neben sich, die interessiert auf den Toten starrte. »Das haben ihm die Geister wohl nicht vorhergesagt. Wollten sie nicht, damit nicht in den Lauf des Schicksals eingegriffen wird, oder konnten sie nicht, weil ihre Fähigkeiten dafür nicht ausreichen?«, flüsterte Maja vor sich hin.

»Warum wurde er gerade jetzt getötet, warum hier arrangiert? Hat sein Tod mit dem Camp zu tun?«

»Auswertungen zum Brutverhalten von Vögeln als Mordmotiv?«, zweifelte Maja.

Ein geländegängiges Fahrzeug wirbelte bei der sportlichen Fahrt auf den Parkplatz Staub auf.

»Thorsten ist da!«, seufzte Nachtigall erleichtert, als er das Motorengeräusch erkannte. »Vielleicht kann er weiterhelfen.«

*

Wilhard schien es, als erwache er aus einem tranceähnlichen Schlaf.

Dunkelheit.

So lange wollte er eigentlich gar nicht im Wald bleiben! Erschrocken warf er einen Blick auf seine Armbanduhr. »Verflixt. Hoffentlich war Doktor Krampes nicht im Camp. Wäre nicht günstig, wenn sie bemerkt hat, dass ich …« Beim Abklopfen der Taschen stellte er fest, dass sein Handy verschwunden war. Mist, dachte er, naja, wäre wohl auch zu einfach gewesen.

Er rappelte sich auf.

Sah sich verwirrt um.

Hier stimmte etwas nicht.

Ganz und gar nicht.

Dies war weder seine Meditationsstelle noch sein Wald.

Als er um die eigene Mitte wirbelte, wurde ihm schwindlig.

»Ich bin am Rand einer Straße«, murmelte er etwas verunsichert. »Einer Straße, von der ich nicht weiß, woher sie kommt, wohin sie führt. Hm. Im Grunde ist das gleichgültig. Straßen führen nicht ins Leere, also werde ich irgendwo ankommen, wenn ich stur weitergehe.«

Seinen Beinen fehlte diese Zuversicht. Sie setzten nur mühsam die geforderte Gehbewegung um.

Wilhard begann, sich Sorgen zu machen.

Hinter ihm schwoll ein diffuses Geräusch zu Motorenlärm.

Vielleicht würde der Fahrer ihn mitnehmen und an der nächsten Bushaltestelle aussetzen. Wieder klopfte er seine Taschen ab – oje, der Fahrer würde ihm auch das Geld für das Ticket vorstrecken müssen!

Ein Überfall? Man hatte ihn ausgeraubt?

Er signalisierte ins Scheinwerferlicht, dass er Hilfe benötigte. Dringend.

Was zum Teufel kam da die schmale Straße entlang?

Er rieb sich die Augen. Für Erntemaschinen dieser Art war es doch zu früh im Jahr – oder?

Wilhard versuchte zu beschleunigen.

Leider fiel ihm zu spät ein, dass das dornige Gestrüpp am Rand geringfügigere Verletzungen hervorrufen würden als die seltsamen Anbauten einer monströsen Erntemaschine.

Entschlossen drehte er sich um, wollte den Fahrer auf die Gefahr aufmerksam machen. Hielt beherzt auf das Licht zu.

Der Schlag gegen Brust und Kopf fühlte sich an wie von einer Ramme.

Klar, dabei war etwas Entscheidendes kaputtgegangen. Warme Flüssigkeit lief über seine Haut. Blut!

Was sollte das? Hatte der Fahrer ihn wegen seiner Unaufmerksamkeit oder mit voller Absicht übersehen?

Offensichtlich war zumindest der Zusammenstoß nicht unbemerkt geblieben.

Als Wilhard dem Blick des Mannes begegnete, der aus dem Führerstand sprang, rollte er sich über die Kante der Straße, hoffte, mit dem Untergrund zu verschmelzen.

Ihm war durchaus bewusst, dass so eine Aktion im wahren Leben nie funktionieren würde. Er war kein Ork, kein Waldläufer, kein Zauberer …

Der Fremde hatte ihn mit wenigen Schritten erreicht.

Sah aus wie ein Alien – wenn man davon ausgehen wollte, dass es einige Spezies gab, die nur Augen hinter Glas und ansonsten kein Gesicht hatten. Seitliche Filteranlagen dort, wo man eine Mundöffnung vermuten würde, sprachen dafür, dass er mit der Luftzusammensetzung nicht klarkam.

Was trug der da eigentlich?

Einen Schutzanzug?

Als der möglicherweise Außerirdische eine kurze Eisenstange aus dem Gürtel zog, wurde Wilhard klar, dass dies seine letzte Begegnung in diesem Leben sein würde.

Das linke Jochbein brach widerstandslos, der Kiefer ergab sich ohne Gegenwehr.

Die Arme konnten keinen der machtvollen Schläge gegen den Körper abmildern oder gar abwehren.

Er war ohne jede Chance.

Die Schmerzen wurden unerträglich, Wilhard ließ sein Leben fast erleichtert zurück.

19

Ein dicker Brummer summte über den Campingtisch, an dem Bruno mit seinen Söhnen saß.

Er umsurrte die Biergläser, inspizierte die vorbereiteten Brote, die mit Leckereien belegt waren, wurde von Menschenhänden verscheucht, kehrte zurück.

»Mann! Wir sollten das Mistvieh erschlagen«, knurrte Kyle.

»Man kann nicht alle Probleme mit Gewalt lösen«, beschied ihm der Vater mit balsamierter Stimme. »Es ist nicht sinnvoll, zu allererst an die Vernichtung des Störenfriedes zu denken.«

»Ach ja? Wenn ich eine Scheibe Salami rauslege, dann lassen sie unser Essen nicht in Ruhe, sondern laden Gäste ein, die sich an der Einladungsscheibe gütlich tun und dann doch zu meinem Brot zurückkehren!«

»Musst einfach schneller essen«, kommentierte Bernhard trocken.

»Guck mal, da sind die Typen wieder!« Kyle zeigte wild auf Nachtigall und Klapproth.

»Sieht nicht aus, als hätten die gute Nachrichten«, diagnostizierte Bruno. »Vielleicht ist der Geisterfreund ja einem der Bösen der Zunft begegnet.«

Er erhob sich langsam.

Als stünde er nicht aus dem Campingstuhl auf, sondern einem gepolsterten Sessel für Ehrengäste, bezogen mit rotem Samt.

Gemessenen Schrittes, erhobenen Hauptes, bedeutungsvoller Köperhaltung und mit besorgter Miene überquerte er das Stück Rasen, das ihn vom Bio-Camp trennte.

Ging den Ermittlern entgegen.

»Die anderen sind gerade nicht da.« Er warf einen Blick auf seine Smartwatch. »Müssten aber gleich wieder eintrudeln. Ich glaube, die wollten noch Proviant für die nächsten Tage besorgen. Und ein paar sind wohl noch mit ihren Proben befasst. Kann ich Ihnen irgendwie helfen? Bruno Heil. Ich gehe mal davon aus, dass Sie den vermissten Studenten gefunden haben.«

»Ja«, antwortete Nachtigall einsilbig.

»Gab ja heute Morgen gleich die nächste Aufregung hier. Da war die eine junge Frau plötzlich weg. Mücki. Hysterische Reaktionen bei allen. Und dann war die nur in aller Frühe zum Schwimmen gegangen. Als gäbe es hier nicht genug Schwierigkeiten.«

»Schwierigkeiten? Man hat sich gestritten?«

»Nun ja. Es kam zu einigen unschönen Verbalitäten, wenn Sie verstehen, was ich meine. Heutzutage wird sich ja nicht mehr geprügelt, aber ich hatte schon den Eindruck, dass der eine oder andere auch gern mal schlagkräftige Argumente eingesetzt hätte. Dieser Friedemann, der ist ein schwieriges Kerlchen. Schon gleich am ersten Abend haben die sich Schauergeschichten aus ihrer Vergangenheit erzählt. Das ist leichtsinnig, wo die sich doch angeblich gar nicht kannten. Ich bin dann rüber und habe versucht, dem Gespräch eine neue Richtung zu geben. Aber der Friedemann hätte besser seinen Mund gehalten – das entspricht wohl eher nicht seinem Naturell.«

»Es ging um Straftaten?«, hakte Maja nach.

»Das kann ich nicht sagen, ich war ja nicht den ganzen Abend dabei. Aber am Morgen beim Duschen schwelte irgendwas weiter. Da war manches aufgebrochen und noch nicht erledigt. Geheimnisse sollten eben lieber geheim bleiben, sonst generieren sie Probleme.«

»Giftige Dämpfe?«

»Ja. So könnte man es vielleicht nennen.« Bruno machte auf dem Absatz kehrt, warf einen Blick über die Schulter des Hauptkommissars. »Fragen Sie doch die Herrschaften selbst danach. Die kommen sicher bald zurück. Ist ja gut, wenn Sie ihn gefunden haben. Dann werden sich alle wieder entspannen.«

»Das glaube ich eher nicht«, gab Nachtigall trocken zurück.

Nachtigall und Klapproth kehrten zu ihrem Wagen zurück.

Sie würden warten, bis die Gruppe sich wieder komplett eingefunden hatte.

Bruno kehrte derweil zu seinen Söhnen zurück. Platzierte sich so, dass er von seinem Klappstuhl aus alles im Blick behalten konnte.

»Sie haben den verschwundenen Studenten gefunden«, gab er die Information an Bernhard und Kyle weiter, setzte dann sein Headset auf und schloss die Augen, als lausche er entspannender Musik.

Die Brüder grinsten sich hinter seinem Rücken zu.

»Er wurde von seinen Geistern im Wald versteckt und nun haben sie ihn wieder gehen lassen? Vielleicht brauchen sie menschliches Sperma zur Fortpflanzung.« Bernhard lachte zu laut.

»Mag ja sein, aber dann nehmen sie ausgerechnet das von Wilhard?«, prustete der Bruder.

»Ach, hättet ihr beide gern gespendet? Ja? Das ist doch nicht zu fassen, so ein blödes Gerede!« Bruno schaltete sich zornig in das Geplänkel ein. »Wahrscheinlich ist die Gruppe schnell vollzählig, dann kann er ja erzählen, warum er nicht hier war.« Er seufzte tief. »Ihr könnt euch schon mal ums Essen kümmern. Wäre ausnahmsweise was Sinnvolles.«

Dann schloss er die Augen.

Kyle und Bernhard trollten sich.

Wenig später kamen Eirik, Baldur und Friedemann zurück.

Schweigend brachten sie ihre Proberöhrchen in den Wohnwagen, verstauten ihre Gerätschaften. Eirik setzte sich in sein Zelt, startete die Wiedergabe seiner Kamera. War offensichtlich zufrieden mit dem Ergebnis des Tages. Die Kamera wanderte in eine spezielle Hülle und dann in eine große silbern glänzende Metallkiste, die mit einem Schloss gesichert war. Elektronisches Codeschloss.

»Ich geh mal eben duschen!« Eirik verschwand mit einem Kleiderbündel im Sanitärgebäude. Lautes Rauschen bezeugte eine gewisse Gründlichkeit bei Eiriks Vorgehen.

Maximilians Wagen wurde schwungvoll abgestellt.

Doktor Krampes kehrte mit Camilla und Mücki auf den Platz zurück.

Das Team sammelte sich.

Bruno stand auf, ging mit gemessenen Schritten zur Studentengruppe hinüber.

Trat nah heran.

Wurde nicht als störend empfunden.

»Hallo zusammen!« Maja und Peter traten zu den Heimkehrern.

»Ah, die Polizei, Freunde und Helfer des Establishments, sind auch schon da«, grüßte Friedemann weder freundlich noch höflich zurück. »Sie haben Wilhard gefunden? Ist er krank?«

Eirik gesellte sich zu den anderen. Feuchte Flecken auf dem T-Shirt belegten, dass er sich nicht einmal Zeit fürs Abtrocknen genommen hatte.

»Wir haben ihn gefunden. Er befindet sich in der Rechtsmedizin.«

»Ach was! Studiengang gewechselt und keinem ein Wort davon gesagt. Erscheint mir typisch für einen, der am liebsten mit Geistern talkt.« Friedemann eben.

»Sie haben ihn gefunden?« Baldur war sofort alarmiert. »In der Rechtsmedizin? Er hatte einen schrecklichen Unfall?«

»Mit einem Unfall fing es wohl an.« Nachtigall blieb vage.

Doktor Krampes fragte: »Wissen Sie, was heute Morgen bei der Stiftung passiert ist? Die ganze Straße war gesperrt, ich konnte meine Studentinnen nicht dort absetzen. Wir waren dann bei Frau Lehmann und Herrn Hilpert in Gräbendorf.«

»Es tut uns leid. Wir müssen Sie darüber informieren, dass wir Ihren Partner Wilhard Kemper tot aufgefunden haben. Die Umstände seines Todes legen nahe, dass er getötet wurde. Im Moment gehen wir von absichtsvollem Handeln aus – von Mord«, eröffnete Nachtigall der Gruppe. Er hasste diese Situation, in der er Endgültiges mitteilen und als Trost nur die vage Hoffnung anbieten konnte, dass man den Täter fassen würde. Was nicht immer gelang.

Erschrockene Geräusche im Rund.

»Wilhard? Warum, zum Teufel, sollte jemand ausgerechnet Wilhard ermorden?« Doktor Krampes war schockiert. »Er konnte keiner Fliege etwas zuleide tun! Immer war er um Ausgleich bemüht, nie wurde er aggressiv. Das ist mir unbegreiflich.«

»Wir anderen kannten ihn erst seit ein paar Tagen.« Miltraud schniefte, schnäuzte sich diskret. »Heuschnupfen.«

»Denken Sie, jemand könnte neidisch auf ihn und seine Fähigkeiten gewesen sein? Er lebte zum Teil in einem Paralleluniversum. Manche können so etwas nur schlecht akzeptieren.« Camilla war deutlich angespannt, vermied auffällig den Blickkontakt zu Friedemann. »Er war ja nicht einmal in das Projekt eingebunden, sondern unser Kontaktmann zur BTU.«

»Wir gehen davon aus, dass man ihn äußerst brutal getötet hat. Der Rechtsmediziner wird in seinem vorläufigen Bericht sehr deutlich.« Klapproth hatte nicht vor, die jungen Leute zu schonen.

Camilla schrie unterdrückt auf, atmete mehrfach tief durch, Miltraud wandte sich ab. Mücki starrte unbewegt vor sich hin, Tränen rollten über ihr Gesicht. Sie wischte sie mit dem Handrücken energisch weg, doch es rollten immer neue nach. Eiriks Miene blieb unbeteiligt, Friedemann unterdrückte mit Mühe einen bissigen Kommentar und ein dazu passendes Grinsen, Maximilian ächzte laut, und Baldur fragte als Einziger: »Wo haben Sie ihn denn gefunden und wie wurde er getötet? Er wirkte nicht wie einer, der Ärger magnetisch anzieht.«

»Wir haben ihn auf dem Gelände der Sielmann-Stiftung gefunden. Erst sah es nach einem Unfall aus, unser Rechtsmediziner hat allerdings schon vor Ort festgestellt, dass es ein Gewaltverbrechen war. Es tut uns sehr leid. Über das Wie werden wir keine Auskunft geben.«

»Wir müssen natürlich von Ihnen allen genau wissen, was Sie seit gestern Abend getan haben, wo Sie waren. Sie kennen das Prozedere ja sicher aus dem Fernsehen. Und wir wüssten gern, aus welchem Grund Herr Kemper sich in Wanninchen befand. Hatte er einen Auftrag dazu?«

»Müssen wir hier abbrechen?«, erkundigte sich Ludmilla Krampes nervös. »Und haben Sie auch irgendwelche Hinweise, die darauf hindeuten, dass der Täter aus unserer Gruppe stammen könnte?«

»Solang wir keine belastbaren Erkenntnisse haben, die belegen, dass sein Tod mit dem Camp in Verbindung steht, sehe ich keinen Grund, Ihnen die weitere Arbeit zu untersagen. Allerdings möchten die Teilnehmer vielleicht lieber nicht bleiben?«

Doktor Krampes' Blick wanderte von einem zum anderen. »Wir bleiben«, entschied sie dann.

»Bisher wissen wir noch nicht viel über die Tat selbst

oder die Motivation des oder der Täter. Es ist also überhaupt nicht gesagt, dass der Mord mit dem Projekt in irgendeiner Verbindung steht. Ausschließen können wir es allerdings auch nicht.« Majas Blick strich aufmerksam über die Gesichter der Versammelten. Schrecken, Angst, Abscheu fand sie darin, in einigen jedoch auch Arroganz und fast etwas wie Befriedigung. Das Opfer war augenscheinlich nicht bei allen beliebt gewesen.

»Egal, was Sie am Ende herausfinden werden: Es ist allein meine Schuld, dass Wilhard Kemper hier im Camp war. Ich hatte ihn gedrängt, diesen Job als Kontaktmann zu übernehmen, weil ich volles Vertrauen in ihn setzen konnte. Freiwillig wäre er nicht hergekommen, er hat nicht darum gebeten, für die Gruppe Kontaktperson zu sein – im Gegenteil. Ihn zu überreden, war gar nicht einfach.« Doktor Krampes' Stimme war ein tonloses Flüstern geworden, sie hielt den Blick gesenkt.

Klapproth beobachtete sie interessiert, erklärte dann unterkühlt: »Wir gehen bisher nicht davon aus, dass Wilhard Kemper getötet wurde, um Sie persönlich zu treffen, Frau Doktor Krampes, oder gar, um dieses Projekt auszuhebeln. Wir ermitteln selbstverständlich in alle Richtungen.«

»Wir sprechen mit Ihnen in unserem Büro, nehmen Ihre Aussagen zu Protokoll. Unsere Kollegen werden uns unterstützen. Das kann eine ziemliche Weile dauern, richten Sie sich darauf ein, dass Sie nicht in einer Stunde wieder hier sind.« Klapproth machte eine einladende Geste, und die Projektteilnehmer beeilten sich, ihre Taschen und Jacken aus den Zelten zu holen.

»Warum sollte jemand ausgerechnet Wilhard töten wollen? Harmonie im Team war ihm wichtig. Ein Raubmord?« Doktor Krampes schüttelte den Kopf. »Ich kann es nicht begreifen.«

Als sie keine Antwort bekam, fragte sie: »Wir alle? Na gut. So lange wird das ja wohl nicht dauern. Ich schlage vor, dass wir uns auf dem Rückweg Pizza mitnehmen, zum Beispiel aus dem *Roma*. Ich habe einen Styroporbehälter im Auto, da bleibt alles warm.« Sie nahm zu niemandem Blickkontakt auf, griff nach ihrer Tasche, signalisierte, sie nehme ihr eigenes Auto, damit niemand befürchten müsse, nicht wieder zum See zurückzukommen.

»Wir verteilen Sie auf einzelne Kollegen. Denen beantworten Sie bitte alle Fragen. Wir möchten genau wissen, wer, wann wo wen gesehen, gesprochen oder beobachtet hat, wann genau die Gruppe Herrn Kemper aus den Augen verloren hat, was Sie von ihm gehalten haben, wirkte er ängstlich und viele Dinge mehr. Es wird ein Protokoll Ihrer Aussagen geben, das Sie unterschreiben müssen. Danach können Sie wieder zu Ihren Zelten aufbrechen. Wenn sich für uns aus Ihren Aussagen Fragen ergeben, kommen wir wieder auf Sie zu.« Damit war die Sache für Maja Klapproth erledigt.

Camilla drehte sich um, entdeckte Bruno. »Ist doch schrecklich. Es fällt mir immer schwer zu glauben, dass jemand nie mehr wiederkommt. Auch innerhalb der Familie stirbt ja mal jemand. Gestern hast du noch mit ihm oder ihr gesprochen, und nun ist dieser Mensch für immer fort.« Sie schluchzte leise.

Bruno nahm ihre Hand, drehte die Innenfläche nach oben, legte eine Packung Taschentücher hinein. »Trost zu finden, ist in diesen Momenten schwer. Der Schmerz ist erst heiß, doch oft kühlt er schneller ab, als man glauben möchte.« Bruno schloss Camillas Finger sanft über der knisternden Packung. »Schuld hat viele Gesichter. Oft ist der Mensch von nebenan ein Feind.«

Camilla zuckte heftig zusammen.

»Wenn du nachher jemanden zum Zuhören brauchst, kannst du jederzeit bei mir klopfen.«

Die junge Frau nickte dem asketischen Mann dankbar zu.

Folgte dann den anderen zum Parkplatz.

Bruno sah der Gruppe lange nach.

Schrak zusammen, als eine Stimme neben ihm fragte: »Na, was ist denn diesmal passiert?« Bernhard grinste seinen Vater an. »Ist wieder einer tot?«

20

Doktor Pankratz erwartete die beiden Ermittler neben dem geschundenen Körper des jungen Mannes.

»Namen, Alter und so weiter haben wir diesmal. Immerhin. Das ist mehr, als ihr beide mir normalerweise anbieten könnt«, erklärte er statt einer Begrüßung.

Während sich die Ermittler Schutzkleidung überzogen, fasste er die ersten Ergebnisse zusammen.

»Er wurde von etwas Schwerem gerammt. Für ein Auto erscheint die Aufprallstelle zu hoch. Der erste massive Schlag ging gegen Kopf und Brustkorb. Danach wurden ihm die anderen Verletzungen zugefügt. An der Kleidung waren Erdanhaftungen, Analyse ist veranlasst. Sah für mich aus wie Ackerkrume. Der Platz, an dem er gefunden wurde, ist von Gras und in der Nähe des Steins von feinem Sand bedeckt. Die Schuhe zeigten einen deutlichen Abrieb an der Ferse. Daraus könnte man schließen, er sei zum Fundort geschleift worden. Gestorben ist er tatsächlich erst dort. Er hat seine Hände fest in den Untergrund gebohrt, unter seinen Nägeln findet sich diese Sandmischung. Ein gezielter Angriff, kein Versuch der Vertuschung oder Inszenierung eines Unfalls.«

Die drei traten an den Edelstahltisch.

»Du lieber Himmel!«, entfuhr es Nachtigall, als er all die Verletzungen sah.

»Und das ist erst die Bauchseite, am Rücken sieht es ähnlich aus.« Doktor Pankratz warf einen schnellen Seitenblick auf seinen Freund. Er wusste sehr genau, dass Nachtigall mit dem Tod auf dem Obduktionstisch große Akzeptanzprobleme hatte.

»Da hat jemand sehr konsequent und hartnäckig an der Umsetzung der Tötungsabsicht gearbeitet«, stellte Klapproth fest und ging in die Hocke, um die Schädelverletzungen über dem linken Ohr genauer inspizieren zu können. »Sind das Metallsplitter?«

»Ja«, bestätigte der zweite Obduzent. »Wir haben auch schon einige mit Pigmentanhaftung gefunden. Gelb und grün.«

»Das heißt, die Kollegen können möglicherweise Typ und Baujahr des Wagens herausfinden? Das ist schon mal ein Ansatz.« Nachtigall drehte sich so, dass er Wilhard Kemper nicht mehr direkt im Blickfeld hatte.

»Wie gesagt, ich glaube nicht an ein gewöhnliches Fahrzeug. Eher eines mit hohen Reifen, viel Bodenfreiheit und einem Queraufbau, der Brustkorb und Kopf treffen konnte.« Er griff nach einem Zollstock. Faltete die Gelenke auf, stellte ihn mit der Metallkante gegen den Boden und zeigte die ungefähre Höhe an, die er vermutete.

»So hoch?« Der Cottbuser Hauptkommissar runzelte die Stirn. »Mais ist noch lange nicht erntereif. Spargel wird gestochen – Getreide? Ist das schon reif?«

»Vielleicht wurde das Fahrzeug eigens für die Tat aus der Scheune gefahren.«

»Gut. Bin gleich zurück.« Klapproth zog ihr Handy aus der Tasche und deutete an, dass sie zum Telefonieren vor die Tür gehen wolle.

Der Kollege seufzte.

»Sollen wir warten, bis sie zurück ist? Oder können wir anfangen?« Der Rechtsmediziner griff nach einem der Skalpelle, die auf einem schwenkbaren Tablett bereitlagen. »Äußere Inspektion des Leichnams ergab eine Fülle verschiedenster Verletzungen vom Kopf bis zu den Beinen. Wir haben sowohl Metall- als auch Holzpartikel in den Wunden gefunden. Die Verteilung ist auffällig. Tatsächlich sieht es so aus, als habe der Angreifer Schlagwaffen aus unterschiedlichem Material verwendet.« Der Rechtsmediziner deutete auf die Wunde am Schädel und die auf der Brust. »Hier wurde er von dem Gefährt getroffen. Es finden sich Lacksplitter in den Wunden. Auch auf der Kleidung. Diese breiten Hämatome wurden dem Opfer mit einem runden Instrument zugefügt. Hier, hier, hier und hier kann man die Wulstbildung als Grenze gut erkennen. Auf dem T-Shirt entdeckten wir in diesem Bereich einzelne Holzsplitter, manche haben sich durch den dünnen Stoff bis in die Verletzung gebohrt, lackiert, zum Teil mit Farbresten. Und hier, hier und dort ist Metall nachzuweisen. Wer auch immer der Angreifer war – er hatte entweder ein ganzes Arsenal dabei oder eine runde Metallstange mit sprödem Holzgriff. Er hat dann wohl ab und an die Waffe gewendet. Die Gesichtsverletzungen – Splitterbruch der Orbita links, des Jochbeins rechts, Nasenbeinbruch, Kieferbruch – sind das Ergebnis von brutalen Schlägen mit dem Metallrohr. Der Täter hat weit ausgeholt und kraftvoll zugeschlagen. Da war jede Menge Emotion im Spiel.«

Klapproths Stimme war noch immer aus dem Gang zu hören.

Thorsten Pankratz sah den Freund an, zog eine Augenbraue bis zum Rand der Haube, die sich durch die Hautbewegung auf der Glatze hin und her schob.

»Ja, ich verstehe schon. Fangen wir an«, gab sich Nachtigall tapfer, seine Augen irrlichterten durch den Raum, suchten nach einem Punkt, den sie unauffällig fixieren konnten.

Fanden die Tafel an der Wand, auf der schon Größe, Gewicht, Alter des Opfers notiert waren.

»Ich glaube nicht, dass er um diese Zeit so weit von der Talsperre entfernt sein wollte. Die Gruppe kam zusammen, die Leiterin des Projekts wurde erwartet, sicher hätte es eine kurze Auswertung des ersten Tages geben sollen. Er wollte bestimmt dabei sein.« Klapproth war zurück, stellte sich dicht neben den Kollegen. »Ich lasse gerade Silke bei den umliegenden Bauern nachfragen, ob Erntemaschinen vermisst werden oder über Nacht draußen standen. Mal sehen.«

»Du meinst, der Täter hat eines dieser Geräte zufällig entdeckt und benutzt?«

»Nein. Ich glaube, er hat recherchiert, ob eines draußen oder in einem zugänglichen Verschlag steht. Wenn das so ist, wurde er möglicherweise beim Ausbaldowern beobachtet. Wahrscheinlich war er fremd in der Gegend. Ist aufgefallen. Silke kümmert sich ...«

»27-jähriger männlicher Patient in gutem AZ und EZ. Trainierter Körper, Haut, abgesehen von den Verletzungen, ohne krankhaften Befund. Verletzungen am Schädel im Stirnbereich, am Hinterkopf leichte Hautabschürfung mit anhaftenden Vegetationsanteilen, Schlagmarke gegen den Hals links, oberflächliche Schnittwunde quer über den Hals, Humerusschaftfraktur links«, diktierte der Rechtsmediziner und bewegte dabei vorsichtig den betroffenen Arm. Wandte sich dann dem anderen zu. »Subcapitale Humerusfraktur rechts. Rippenserienfraktur rechts. Großflächige Prellmarken an Brustkorb und Oberbauch. Prellmarken an beiden Oberschenkeln, abgerundete Schlagwaffe, vielleicht Beibringung mit einem Baseballschläger, Metallrohr mit Holzgriff oder Vergleichbarem.« Das unangenehme Knirschen des Skalpells, das durch Haut und Fleisch fuhr, führte die Aufmerksamkeit der Ermittler wieder auf den kalten Körper zurück.

Maja wusste längst, dass ihr Kollege sich in diesem Moment den Autoschlüssel in den Oberschenkel bohrte, um Abstand vom Tod zu bekommen. Abgeklärt ging sie davon aus, es sei besser, ohne emotionale Beteiligung alle

Informationen zum gewaltsamen Tod eines anderen zu sammeln, um den Fall schnell aufklären zu können.

Sie selbst glaubte fest, keine Probleme mit der Endlichkeit des Seins von Menschen zu haben. Und wenn sie Mordopfer wurden, galt es, den Täter zu finden und zur Rechenschaft zu ziehen.

Interessiert beugte sie sich etwas weiter vor.

Mit einem Schnitt hatte Doktor Pankratz den Körper vom Kinn bis zum Schambein eröffnet.

»Kehlkopfquetschung mit deutlichen Schleimhauteinblutungen. Schlagmarke gegen den linken Hals, deutlich sichtbar bis Kehlkopf, Schnittwunden nur oberflächlich.« Er löste das betroffene Gewebe heraus, legte es in eine Edelstahlschale, öffnete dann gegen den knirschenden Protest der Rippen den Brustkorb. Sein Blick suchte die Augen des Hauptkommissars. »Rippenserienfraktur rechts, erste bis fünfte links, zwölfte und 13. Rippe multipel frakturiert, Milz rupturiert. Deutliche schmale Prellmarke, überlagert von einer breiteren. Materialreste im Gewebe. Analyse steht aus.«

Mit einer Pinzette hob er einen winzigen Partikel aus dem Verletzungsbereich, legte ihn in eine extra Schale.

Arbeitete sich weiter abwärts.

»Unterer Bauchraum unauffällig. Blase leer.«

Eine große Wanne nahm die Innereien aus dem Bauchraum auf.

»Toxikologische Analyse läuft bereits, die Kleidung ist bei den Kollegen zur DNA-Analyse. Wenn der Täter dem Opfer so nahekommt, können die Kollegen womöglich Täterspuren an der Kleidung des Opfers sicherstellen. Haare, Haut, Speichel. Am Opfer selbst haben wir nichts entdeckt. Wäre gut, wenn ihr dieses Fahrzeug findet, dort ist die Wahrscheinlichkeit groß, Täterspuren sichern zu können.«

Nachtigall war unnatürlich blass.

Doktor Pankratz führte die beiden Ermittler in einen angrenzenden Raum, während der zweite Obduzent die gesicherten Ergebnisse an der Tafel festhielt und sich um die entnommenen Proben kümmerte. Danach würde der Körper wieder verschlossen, das Opfer bis zur Freigabe in die Kühlung gebracht.

»Es ist ein ziemlicher Aufwand betrieben worden, um uns zu zeigen, dass es sich hier ganz klar um Mord handelt. Erst wurde das Opfer angefahren, danach verprügelt, es wurde ein Schnitt über den Hals gesetzt, vom Tatort entfernt und für den potenziellen Finder so arrangiert, dass dieser gleich die Polizei verständigen würde. War es wirklich nur ein Täter?« Der Rechtsmediziner war hörbar gereizt. »Wenn Wilhard Kemper *nur* getötet werden sollte, warum dann diese ganze Inszenierung?«

»Wir werden es wissen, wenn wir das Motiv kennen.« Nachtigall sprach leise, als wolle er die Ruhe der Toten, die hinter ihm in Kühlfächern lagerten, nicht stören. »Bisher haben wir nur in Erfahrung gebracht, dass er ein Freund von Waldgeistern, Vampiren und Zauberern war. Selbst die Fenster in seinen Zimmern waren mit schwarzer Folie abgeklebt.«

»Wegen der Vampire wahrscheinlich«, steuerte Klapproth bei, »die ja bei Sonnenlichtkontakt zu Staub zerfallen.«

Der Rechtsmediziner nickte verstehend.

»Er hat offensichtlich stundenlang mit Geistern kommuniziert. Das hat er am ersten Abend im Camp den anderen erzählt. Es seien Wesen, die Probleme lösen helfen können, weil ihnen nichts mehr fremd ist.« Der Cottbuser Hauptkommissar zuckte mit den Schultern. »Seinen Tod haben sie wohl nicht gesehen – oder ihn nicht gewarnt.«

»Peter, viele Menschen mögen Vampire, Werwölfe und andere Zwischenwesen. Der Mensch braucht sie zur Personifizierung des Bösen und um es besiegen zu können. Es gibt Rezepte gegen das Böse, die uns aus der Literatur oder Filmen bekannt sind, man kann sich wehren, muss nicht vor Angst erstarren. Das erscheint vielen Menschen beruhigend.«

»Aber mal ehrlich, Thorsten: Welcher Vampir stellt sich schon freiwillig so hin, dass du ihn in die Sonne bugsieren kannst? Und wer hat einen mit geweihten Silberkugeln geladenen Revolver im Schrank?«

»Sieh mal an, du weißt auch ganz gut über diese Wesen Bescheid.« Doktor Pankratz zog die Haube von der spiegelnden Glatze.

»Übrigens: Wasser geht auch. Bei Vampiren«, wusste Klapproth. »Du kannst deinen Gast auch unter die Dusche locken. Es muss fließendes Wasser sein.« Sie schmunzelte.

»All das hat aber mit dem Tod dieses jungen Mannes nur am Rande zu tun«, brachte Nachtigall die Diskussion auf den Punkt zurück. »Nur weil du Wesen aus dem Bereich der Fantasy bei dir wohnen lässt, ist das kein Grund, ermordet zu werden. Es muss für eine solch brutale Tat ein weltliches Motiv geben. Silke ist zur Mutter gefahren. Vielleicht kann sie uns weiterhelfen. Wie lang wird deine Auswertung dauern? Toxikologie und Reihenfolge der Angriffe? Das Fahrzeug hat ihn niedergestreckt, nicht getötet. Das war die erste Waffe. Danach?«

Der Rechtsmediziner nickte.

»Ein bisschen Zeit musst du mir schon noch geben. Ich melde mich, wie immer, sobald ich hilfreiche Neuigkeiten habe.«

Nachtigall und Klapproth wandten sich zur Tür.

»Bis demnächst!«, verabschiedete sie Doktor Pankratz, setzte dann mahnend hinzu: »Ihr müsst nicht morgen gleich mit dem nächsten Opfer zu mir kommen!«

21

Silke drückte bewusst sehr kurz auf den Klingelknopf.

Als wolle sie der Bewohnerin des Hauses eine gute Chance geben, das Geräusch zu überhören.

Doch es dauerte nur wenige Sekunden, und der Summer öffnete ihr die Tür.

Im Flur stand eine Frau in den besten Jahren, von normaler Gestalt, die nervös ein Küchenhandtuch in den Händen zu einem dicken kurzen Strick drehte.

»Ja?« Die Stimme war nur ein Hauch.

Sie ahnt es schon, registrierte Silke, beschloss, sich diesmal mehr Mühe um Empathie beim Übermitteln der traurigen Nachricht zu geben. Doch wie verpackte man »Wir haben Ihren Sohn tot aufgefunden« so, dass es nicht schmerzhaft für die Mutter war?

»Mein Name ist Silke Dreier«, begann sie auf sicherem Terrain. »Kriminalpolizei Cottbus.«

»Ach, Kollegin von den beiden anderen, die heute am Vormittag schon hier waren? Gibt es Neuigkeiten?«

»Es tut mir leid, Frau Kemper, wir haben Ihren Sohn tot aufgefunden. Wir müssen von einem Tötungsdelikt ausgehen.« Immerhin bekam die Mutter keinen Schreianfall. Sie wurde blass, drehte sich um und kehrte in die Küche zurück, fiel auf einen der Stühle.

»Wo?«

»Ich war nicht dabei. Der Kollege meinte, man habe ihn an einen Stein gelehnt entdeckt. Wussten Sie, dass er nach Wanninchen wollte?«

»Nein. Mir hatte er nur gestern erzählt, er wolle zwei Studentinnen dort absetzen.« Die Mutter schwieg. »Tötungsdelikt? Man hat meinen Sohn umgebracht?«

»Es liegt Fremdverschulden vor. Und es war wohl kein Unfall.«

»Wo ist er denn jetzt?«, bohrte die Mutter weiter.

»Er wird rechtsmedizinisch untersucht. Das ist in solchen Fällen üblich.« Silke hoffte, die harmlose Formulierung könnte weiteres Nachfragen verhindern.

»Er wird obduziert, ja?«

»Ja. Wir müssen das Tatgeschehen rekonstruieren können, um den Täter zu fassen.« Selbstbewusster Ton konnte doch nicht verkehrt sein, überlegte die Ermittlerin, schließlich will ich hier die Fragen stellen. »Ihr Sohn hat die Studierenden im Camp an der Talsperre betreut. Wurde ihm das angetragen oder hat er sich darum beworben?«

»Frau Doktor hat ihn angesprochen, weil sie ja weiß, dass er so gern im Wald dort unterwegs ist. Er sollte die anderen unterstützen und sie von a nach b bringen, wenn das nötig werden sollte. Und natürlich war er das Bindeglied zwischen den Teilnehmern des Camps und Frau Doktor. Gestern klang er sehr begeistert, fand die meisten Teilnehmer ganz nett, befürchtete Schwierigkeiten bei einem Friedemann, der partout keine Regeln befolgen wollte. Ach ja, und es gab einen Eirik, der gar nicht auf der Liste stand und doch dabei war.«

»Die Teilnehmer kannten sich vorher nicht? Eine neu zusammengewürfelte Forschergruppe?«

»Ja. So hat es mein Sohn jedenfalls gesagt. Frau Doktor hat die Gruppe zusammengestellt. Mein Sohn war an der Auswahl nicht beteiligt.« Sie schniefte, zog ein Papiertaschentuch aus der Hosentasche.

»Kann ich meinen Wilhard noch einmal sehen?«

»Das wird Ihnen mein Kollege sagen können. Peter Nachtigall.« Sie reichte der Mutter eine Visitenkarte. »Wenn Sie mir noch etwas Wichtiges sagen möchten, rufen Sie mich gern an. Die Karte des Kollegen haben Sie ja sicher schon.«

Frau Kemper nickte abwesend, stand schwankend auf. »Ich wäre jetzt gern allein. Bitte gehen Sie!«

»Kann ich jemanden verständigen, der zu Ihnen kommt und Ihnen beisteht?«, erkundigte sich Silke besorgt.

»Nein.«

»Ich brauche noch eine Zahnbürste, die Ihr Sohn benutzt hat. Das Bad ist …?«

Frau Kemper wies mit dem Zeigefinger nach oben. »Nehmen Sie, was Sie brauchen. Gehen Sie dann einfach leise, ziehen Sie die Tür ordentlich ins Schloss. Auf Wiedersehen.«

Irritiert lief die junge Polizistin die Treppe hoch, sah sich ratlos in den dunklen Räumen um, fand das Badezimmer, steckte Zahnbürste und Haarbüste in geeignete Asservatenbeutel und schlich sich zur Tür hinaus.

Am Auto angekommen, atmete sie durch.

»Hoffentlich kann das beim nächsten Mal ein anderer übernehmen.«

Nach einer Pause setzte sie hinzu: »Und hoffentlich gibt es nicht so schnell ein nächstes Mal.«

22

»Okay, was haben wir?«, eröffnete Nachtigall wie immer die Informationsrunde.

»Diese Mücki wirkte auf mich sehr betroffen. Ihre Aussage zeugt von Mitgefühl.« Nachtigall runzelte die

Stirn. »Wobei ich es tatsächlich sehr eigenartig finde, dass sich eine junge Frau in diesem Alter mit Mücki vorstellt. Ihrer Meinung nach kannte keiner den anderen, eine zufällig zusammengewürfelte Gruppe.«

»Dennoch: Sie sind kaum ein paar Stunden zusammen, schon ergeben sich Spannungen. Aber einen solch brutalen Mord …? Würdest du eine solche Tat einem der Studierenden zutrauen?« Silke war skeptisch. Ihrer Meinung nach mussten der oder die Täter aus einem anderen Beziehungshintergrund stammen.

»Das ist gar nicht der Punkt. Wir wissen noch nicht genug über die Einzelnen, um das beurteilen zu können.« Nachtigall trat an das Flipchart, setzte eine erste Markierung. »Diese Erntemaschine. Die stand vielleicht zufällig sichtbar auf einem Hof. Aber um das zu wissen, muss man sie gesehen haben. Camilla und Mücki waren bei der Heinz-Sielmann-Stiftung. Wilhard hat sie gefahren. Haben sie irgendwo das Fahrzeug stehen sehen, beschlossen, es zu benutzen? Aber warum? Für einen Spaß oder einfach nur, um mal so ein Ding zu fahren – Lust auf Abenteuer? Und dann: Wie ist Wilhard am Nachmittag oder Abend dort hingekommen? Sein Auto stand die ganze Zeit auf dem Parkplatz am See. Es wurde nicht mehr bewegt, nachdem er von der ersten Tour zurückkam. Welcher Bus fährt dorthin? Wie oft, um welche Zeit? Ist Wilhard Kemper jemandem aufgefallen?« Nachtigall zählte die Punkte an seinen Fingern ab.

Silke sammelte Stichpunkte am Flipchart.

»Doktor Pankratz hat multiple Verletzungen gefunden. Einige wurden mit links, andere mit rechts zugefügt. Tatwaffe war eine Metallstange, rund, Durchmesser etwa drei Zentimeter, wahrscheinlich mit Holzgriff, ebenfalls rund. Im Bericht steht, dass es sich wahrscheinlich um diesen Holzgriff handelt, der ebenfalls als Waffe verwendet wurde, weil sich an der Stelle des Übergangs von Metall auf Holz ein etwas breiterer Ring findet. Der zeichnet sich bei einigen Verletzungen deutlich ab. Gehen wir von mehreren Tätern aus?« Silke war ratlos. »War das Opfer Mitglied irgendeiner Verschwörertruppe und wollte sich lösen? Eine Verbindung zum Drogenmilieu? Schulden? Könnte doch sein, dass er für den Kontakt zu Elben und Nymphen eine Unterstützung bei der Bewusstseinserweiterung benutzt hat.«

»Dazu haben wir noch gar keine Informationen«, stellte Klapproth gereizt fest. »Er ist für uns noch nicht greifbar. Höflich, angepasst, ausgleichend – nicht die Art Persönlichkeit, die nun ständig in Konflikte gerät. Aber vielleicht hat er sich früher völlig anders verhalten.«

»Die Mutter konnte auch nicht weiterhelfen. Vielleicht kann ich sie morgen noch einmal genauer befragen.« Silke notierte sich das auf ihrer Liste.

»Ich habe das Protokoll von Camilla gelesen. Sie hat eine Einschätzung des jungen Mannes versucht. Die Falten um seine Augen, die Form der Brauen … Ihrer Meinung nach war er ein unglücklicher Mensch, hatte ein Problem mit seiner Mutter, das ihn belastete.«

»Die Falten um seine Augen?« Nachtigall runzelte die Stirn.

»Ja. Eine Tante von ihr liest aus körperlichen Merkmalen. Sein linkes Lid hing etwas, das deutet auf Probleme mit der Mutter hin. Solche Dinge.«

»Wir checken Freunde und Bekannte. Vielleicht ist er in einem Klub für *Herr der Ringe*-Fans oder Ähnlichem.

Es sollte schon möglich sein, etwas über ihn in Erfahrung zu bringen. Eine solch brutale Tat …«

»Ja, der Täter wollte sicher sein, dass sein Opfer ausgeschaltet war.«

»Übertöten, ja. All diese unterschiedlichen Angriffe und Verletzungen wären gar nicht nötig gewesen. Der Täter hat einfach immer weiter auf das Opfer eingeschlagen. Spricht eher für ein persönliches Motiv denn für eine zufällige Begegnung mit tödlichem Ende.«

»Silke, bitte frage an der BTU nach. Es gab vielleicht ein gemeinsames Projekt mit anderen Studierenden. Irgendjemand wird uns doch mehr über den jungen Mann erzählen können. Es ist ja nun wirklich sehr unwahrscheinlich, dass sich die Gruppe gleich am ersten Abend so zerstritten haben sollte, dass mehrere dem Opfer nach dem Leben trachteten.« Nachtigall machte eine kurze Pause. »Es sei denn«, setzte er gedehnt hinzu, »der Täter oder mehrere haben sich schon mit der Absicht, Wilhard Kemper zu töten, um Teilnahme an diesem Projekt beworben. Wir brauchen mehr Informationen von Doktor Krampes.«

Maja Klapproth war schon aufgesprungen, bevor der Kollege an ihr vorbeistürmte.

*

Der Mann, der sich als Schicksal definierte, checkte seine Einsatzkleidung.

Alles da. Alles gereinigt.

Er würde später wiederkommen und sich umziehen.

In den Ganzkörperanzug zu schlüpfen, war keine Kleinigkeit, mit Unterstützung weiterer Hände wäre es kein Problem gewesen.

Aber das schied natürlich aus. Sein Unternehmen war geheim.

Brille, Handschuhe, Überschuhe mit hohem Schaft, die Halterung für das Werkzeug, die er am Unterschenkel befestigen würde.

Alles vorbereitet.

Es konnte wieder losgehen.

23

Doktor Krampes öffnete die Tür.

Jogginganzug, die Haare mit einem schwarzen Band aus dem Gesicht verbannt, abgeschminkt.

Offensichtlich hatte sie an diesem Abend nicht mehr mit Besuch gerechnet.

Ihre Stimme klang schwer.

Zu schnell zu viel Alkohol, diagnostizierte Nachtigall, und Klapproth zog missbilligend die Brauen hoch.

»Wir wüssten gern ein bisschen mehr über die anderen Teilnehmer und Teilnehmerinnen an diesem Sommerprojekt.«

Doktor Krampes trat leicht schwankend zur Seite und machte eine wenig einladende Geste, um die Ermittler in die Wohnung zu bitten.

»Sie können sich ja bestimmt denken, dass mir der gewaltsame Tod dieses unauffälligen Studenten zu schaffen macht. Kontaktstelle zwischen dem Camp und mir zu sein – das kann doch nicht der Grund für diesen schrecklichen Mord sein!«

Ein Wohnzimmer gab es in dieser Wohnung nicht.

In einem Kombiraum aus Arbeitsbereich mit Couch bot sie den Besuchern an, Platz zu nehmen.

»Wir stehen noch am Anfang der Ermittlungen. Kannten Sie einzelne der Studenten schon, bevor Sie das Camp organisierten?« Maja steuerte gern zielstrebig auf ihr Anliegen zu.

»Nein. Ich bekam die Bewerbungen, suchte nach geeigneten Teilnehmern, verteilte paritätisch nach Geschlecht – und lud dann ein. Gut, ein bisschen habe ich darauf geachtet, dass sie aus der Lausitz stammten oder hier vorübergehend gelebt hatten. Erleichtert das Miteinander – dachte ich jedenfalls.«

»Sie haben die Teilnehmer am Bahnhof getroffen. Kam es Ihnen dabei so vor, als gäbe es ein Wiedererkennen?« Nachtigall musterte die Professorin aufmerksam. Fahrtüchtig wäre sie mit Sicherheit nicht mehr, konstatierte er.

»Nein. Jeder stellte sich kurz vor, stieg ein, und schon waren wir auf dem Weg. Gesprochen wurde während der Fahrt nicht, aber das ist normal, wenn die Gruppe sich zum ersten Mal begegnet. Dieser Friedemann, der war von Anfand an auffällig. Ich ahnte den Ärger schon. Auch Miltraud kam mir gleich beim Begrüßen zickig vor. Camilla eher still, diese junge Frau, die Mücki genannt werden will, eine Ich-habe-immer-gute-Laune-Person. Das kann natürlich auch nerven. Ich ging davon aus, dass die Teilnehmer alt genug waren, sich für das Projekt zusammenzuraufen.«

Schweigen breitete sich aus – begann wie ein verstopfter Abfluss zu stinken.

Nachtigall signalisierte Klapproth, sie sollten still abwarten, die Zeugin habe noch mehr zu sagen.

Und tatsächlich, nach einer gefühlten Ewigkeit, begann Doktor Krampes leise: »Ich hatte die Teilnehmer vor zu viel Alkohol gewarnt, ihnen nahegelegt, darauf zu verzichten.«

Die beiden Ermittler wechselten einen kurzen Blick. Blieben stumm.

»Das wurde nicht beherzigt. Und so kam es wohl am ersten Abend dazu, dass Gruselgeschichten zum Besten gegeben wurden. Angeblich konnte sich am nächsten Morgen keiner mehr an das Gerede der anderen erinnern. Mag ja stimmen. Und gesungen hat man ebenfalls. Bruno, aus dem Wohnmobil in der Nähe, erzählt von einem ausgelassenen Abend. Danach seien alle in ihre Zelte gekrochen.«

»Bruno? Das ist der Mann, der mit seinen Söhnen dort dauerwohnt?« Maja bemühte sich um einen neutralen Ton.

»Ja. Er hatte sich für eine Weile zu den jungen Leuten ans Feuer gesetzt. Stockbrotatmosphäre. Hat ihm gefallen.« Doktor Krampes blieb ernst. »Auch er hat keine Missstimmung bemerkt. Alles nett, alles friedlich.« Sie stand etwas ungelenk von ihrem Schreibtischstuhl auf, griff nach einem dicken Ordner, der im Regal über ihrem Arbeitsplatz lag. »Hier sind die Bewerbungsunterlagen. Nur Eirik hat sich nicht beworben, den habe ich eingeladen. Er wird Unterwasseraufnahmen machen, einen kleinen Werbefilm für den Lehrstuhl drehen. Er dürfte der Älteste sein. Ein vernünftiger, in sich ruhender Charakter.« Sie reichte Nachtigall den Ordner. »Sie werden sehen, alles ganz normale Studierende. Sie suchen an der falschen Stelle.«

24

»Der Landwhale ist nicht da!«, verkündete Kyle, als er sich zum Frühstück an den Tisch setzte. »Die anderen wissen das noch nicht. Aber ich habe gesehen, dass sie nicht in ihrem Zelt ist.«

»Ach, hast du reingeguckt?« Bernhard grinste anzüglich. »Da hätte sie natürlich laut aufgeschrien. Also kann sie nicht da sein.«

»Ne. Das Zelt ist leer – die Plane wurde auf die Seite geklappt, man kann im Vorbeigehen sehen, dass niemand da ist.«

Bruno warf einen prüfenden Blick auf die beiden Söhne. »Landwhale? Ich dachte, ich hätte mich klar und deutlich ausgedrückt!«

»Na, die kleine Dicke, die immerzu lacht. Die ist nicht mehr da, glaub's mir«, versicherte Kyle. »Schwimmen ist sie auch nicht. Der Badeanzug liegt im Zelt. Und so ganz ohne ist die ja sicher nicht zum See losgezogen.« Kyle kicherte.

»Na, dann wird die Polizei ja heute auch wieder auf der Matte stehen. Tolle Sache!«, brummte Bernhard gereizt.

»Lass mal gut sein. Für deine Drogen im Schlafsack interessieren die sich nicht – oder hast du mehr als den Eigenbedarf dabei?« Bruno musterte den Sohn scharf.

»Nö, nicht direkt. Ich habe eben einen ziemlich hohen Eigenbedarf!«, maulte der weiter. »Ist doch bei jedem anders, der Grundbedarf.«

Camilla und Miltraud waren im Sanitärbereich, als es aufgeregt an der Tür klopfte.

»Hey! Habt ihr Mücki gesehen?« Die Stimme gehörte zu Eirik, erkannten die beiden Frauen, schlüpften schnell in ihre Jogginganzüge und öffneten.

»Was soll die Frage?«, knurrte Miltraud, die Störungen vor dem ersten Kaffee am Morgen gar nicht leiden konnte.

»Sie ist nicht bei euch – oder?«

»Nein. Vermutlich schläft sie noch.« Camilla sah Eirik verständnislos an. »Schlaftablette nach dem hektischen Tag? Oder doch Schwimmen?«

»Sie ist nicht in ihrem Zelt. Zum Joggen am Morgen

wird sie nicht aufgebrochen sein, sie treibt keinen Sport.« Eirik wirkte zunehmend besorgt. »Nach der Sache mit Wilhard …«

Camilla schüttelte sich abwehrend. »Das kann nicht sein. Die beiden hatten sicher kein gemeinsames Geheimnis, die kannten sich nicht einmal. Verbündete, die nun nacheinander … Nein! Das will ich auch gar nicht glauben!« Sie wickelte ein Handtuch um die nassen Haare und stürmte an Eirik vorbei in Richtung Zelte.

»Wie soll es ausgerechnet Mücki gelungen sein, sich nachts lautlos aus dem Staub zu machen? Um ein geheimes Stelldichein wahrnehmen zu können? Mücki?« Miltraud schüttelte den Kopf. »Wir hätten doch etwas hören müssen!«

Camilla kam zurückgerannt.

Ihre Gesicht hatte sich vor Aufregung rot verfärbt, das Handtuch hatte sie offensichtlich verloren, ihr Blick hatte etwas Gejagtes und Gehetztes an sich. »Sie ist weg! Alle privaten Dinge sind da, sie nicht. Es gibt auch keine Nachricht an uns. Nichts!«

Fünf Minuten später telefonierte Eirik mit Doktor Krampes und der Polizei.

*

Mücki erwachte.

Ein erster Blick ins Rund offenbarte dichte Dunkelheit.

Der Boden unter ihr war hart, es roch nach Moder.

Ein bisschen auch nach Tod.

Was sie, seltsam genug, zunächst gar nicht auf sich bezog.

Ein kurzer Check: Bewegen ging nicht. Fast gar nicht.

Kopfschmerzen der übelsten Art beeinträchtigten das Denken!

Wo war sie?

Wie konnte sie hierhergelangen?

Vorsichtig schlich sich ihr Denken an das heran, was als Erinnerung an diesen grässlichen Abend geblieben war. Die Tatsache, dass Wilhard gestorben war, hatte alle mitgenommen. Mehr oder weniger. Mord! Und dann auch noch ein brutaler. Sie hatte nicht schlafen können, obwohl die Polizei keine Details zum Mord bekannt gegeben hatte. Schreckliche Bilder stiegen in ihr an die Oberfläche des Bewussten, sicher fantasiegespeist und dennoch – so real. Sie war zu Bruno gelaufen, brauchte jemanden zum Reden. Der wunderliche Mann hatte ihr aufmerksam zugehört, war freundlich und zugewandt. Er verstand, warum sie den Tod Wilhards so schrecklich fand, wenngleich sie sich doch erst kurz kannten. Bruno konnte in Worten ausdrücken, was ihr selbst nur wie ein harter Knoten in Magen und Hirn vorkam. Dankbar war sie wieder zu ihrem Zelt aufgebrochen, überzeugt, jetzt einschlafen zu können.

Was war danach passiert?

Warum lag sie nun hier?

Somnambul?

Sie spürte fast so etwas wie Stolz, weil ihr dieses schwierige Wort sofort eingefallen war.

Schlafwandlerisch hatte sie diesen Ort hier entdeckt. Wilhards Geister wachten über sie. Sie waren also tatsächlich nett, wie er es beschrieben hatte.

Offensichtlich wollten sie die junge Frau noch nicht gehen lassen.

Bei Tagesanbruch dürfte sie sicher ins Camp zurückkehren, schloss sie ihre Überlegungen ab und überließ sich dem Wald.

Als die Sonne die Studierenden im Camp aus den Zelten scheuchte, tat Mücki gerade ihren letzten Atemzug.

25

Das Telefon klingelte unangenehm laut.

Nachtigall meldete sich knapp, ahnte schon, dass dieser Morgen nicht so ablaufen würde, wie sie es am gestrigen Tag geplant hatten.

»Noch ein verschwundener Teilnehmer? Becky Müller! Sie haben nichts gefunden? Keine Nachricht? Auch keine *WhatsApp*? Hm. Wir sind schon unterwegs!«

Maja sah den Kollegen neugierig an. »Noch einer?«

»Eine! Becky Müller. Heute Morgen war ihr Zelt verwaist, es gibt keine Nachricht, keinen Kontakt. Sie haben nichts durchwühlt, warten auf uns. Ruf bitte beim Erkennungsdienst an.«

»Becky Müller? Die war doch schon mal weg! Sicher, dass sie nicht wieder zum Schwimmen gegangen ist?«, rief Klapproth dem Kollegen nach.

Der tat, als habe er nichts gehört, machte sich auf die Suche nach Silke.

Fand sie an der Kaffeemaschine.

»Wir müssen los, es ist erneut eine Studentin aus dem Camp verschwunden. Ich melde mich, sobald wir einen Überblick haben.«

»Ich arbeite meine Liste ab. Vielleicht können wir später schon Ergebnisse auswerten.«

Vor dem Zugang zum Campingplatz am Spremberger See herrschte helle Aufregung.

»Das ist sicher derselbe Täter! Wenn die Polizei besser gearbeitet hätte, säße der Kerl nun schon lange ein!«, keifte eine Frau die Ermittler an. »Aber es finden sich gern Ausreden für den unerträglichen Schlendrian bei euch! Die Mörder laufen frei rum, da kümmert sich keiner um die Sorge der Menschen hier. Aber wehe, du parkst mal falsch – dann findet sich immer ein übereifriger Polizist, der genug Zeit hat, um dir ein Knöllchen an die Scheibe zu stecken!«

»Genau! Als sie die drei Frauen gefunden haben, da war erst jede Menge Action. Aber nach drei Tagen hat man hier kaum noch mal einen Beamten rumkriechen sehen. Deshalb haben sie den Mörder nie gefasst! Nun vergammelt der Fall zwischen Aktendeckeln!«, wusste ein älterer Herr mit Rollator.

»Der Fall ist noch nicht aufgeklärt, das ist wahr. Und ja, es hat Spuren gegeben, keine davon hat uns zum Täter geführt. Aber solche Fälle vergammeln nicht zwischen

Aktendeckeln, sondern sie werden permanent weiter bearbeitet. Mord verjährt nicht. Wann immer wir den Täter fassen, wird er auch vor Gericht gestellt.« Nachtigalls Bass donnerte laut über die Köpfe der kleinen Versammlung. »Ob es eine Verbindung zwischen den Fällen gibt, wird sich im Zuge der Ermittlungen erweisen!«

»Beim letzten Mal hat die Polizei nicht einmal an ein Verbrechen glauben wollen!«, schimpfte eine schrille Stimme aus dem Hintergrund. »Immerhin scheint ihr ja diesmal gleich von Mord auszugehen!«

»Am besten kommen Ermittlungen voran, wenn die Polizei bei ihrer Arbeit nicht behindert, sondern unterstützt wird. Deshalb werden wir Ihre Zeugenaussagen aufnehmen.« Klapproth gab einem der uniformierten Beamten ein Zeichen. Sofort trat der junge Mann zu einem der Rufer.

»Guten Morgen. Sie wohnen hier?«, erkundigte er sich höflich, wartete auf das Nicken des älteren Herrn und fragte: »Ist Ihnen heute Nacht oder in den frühen Morgenstunden etwas Ungewöhnliches auf dem Campingplatz oder der näheren Umgebung aufgefallen? Ein wegfahrendes Auto zum Beispiel?«

Nachtigall und Klapproth beeilten sich, erreichten die Projektteilnehmer und stellten fest, dass nun große Nervosität herrschte.

»Guten Morgen.« Nachtigall sah in blasse Gesichter, bemerkte zitternde Finger um große Kaffeebecher.

»Was hat das alles zu bedeuten?«

»Warum sind nun gerade wir ins Visier eines Spinners geraten?«

»Ist nun das ganze Projekt gefährdet – oder geht es hier um persönliche Angelegenheiten?«

»Stopp!«, unterbrach Nachtigall.

Beinahe sofort wurde es still.

»Wir wissen noch gar nicht, was mit Frau Müller passiert ist. Möglicherweise ist sie zu einem späten Schwimmen aufgebrochen, hatte einen Badeunfall. Dass Herr Kemper getötet wurde, steht außer Frage, aber über die Umstände des Verschwindens von Frau Müller fehlen alle Informationen.«

»Ich habe gesehen, dass sie zu Bruno gegangen ist. Er meinte, wir könnten bei Problemen zu ihm kommen. Mücki war sehr verstört.« Baldur klang bekümmert. »Vielleicht hätte ich ihr auch meine Hilfe anbieten sollen, aber ich bin nicht sehr geschickt in solchen Dingen. Weder beim Anbieten noch beim Helfen.«

»Wann hat sie Bruno besucht? Wissen Sie das noch?« Klapproths harter Ton erschreckte die Studierenden gewaltig.

»Wir haben nichts damit zu tun!«, rechtfertigte sich Maximilian prompt. »Man kann sich in solch einer Situation Hilfe suchen, wo man sie zu finden glaubt. Es ist nicht unsere Schuld, dass Mücki sich lieber an einen älteren Herrn gewandt hat und nicht an einen von uns.«

»Hat jemand auch gesehen, dass Frau Müller zurück in ihr Zelt ging?«

»Ja.« Miltraud zuckte mit den Schultern. »Im Sanitärbereich sind wir uns zufällig begegnet und von dort aus zu unseren Zelten zurückgegangen. Ich habe gesehen, wie sie den Reißverschluss zugezogen hat, und bin selbst in meinen Schlafsack gekrochen.«

»Niemand von Ihnen hat bemerkt, dass Frau Müller

das Camp verlassen hat.« Nachtigall war unüberhörbar gereizt.

»Müssen wir hierbleiben?« Baldur flüsterte fast.

»Nun, das ist Ihre Entscheidung. Sollten Sie sich von diesem Projekt verabschieden, teilen Sie uns bitte mit, wo wir Sie erreichen können.« Klapproths Stimme. Emotionslos.

»Ey! Wir wissen doch gar nicht, was hier abgeht. Hat mit dem Projekt vielleicht gar nichts zu tun. Ich denke, wir sollten jetzt nicht wie aufgescheuchte Hühner davonflattern, sondern bleiben. Notfalls schlafen wir reihum, einer hält Wache. Oder wir installieren einen Bewegungsmelder.« Eirik, die Stimme der Vernunft.

»Haben Sie Frau Müller inzwischen gefunden?« Doktor Krampes kam auf ihre Studierendengruppe zu gehetzt. »Du liebe Güte, in all den Jahren hat es nie so ein verflixtes Theater gegeben!«

»Ihnen auch einen wunderschönen Morgen!« Friedemann eben.

»Ja, so gut ist er ja wohl nicht gestartet, der Morgen!« Doktor Krampes machte nicht nur äußerlich einen aufgelösten Eindruck. »Gibt es irgendeine Idee, wo Mücki abgeblieben ist?«

»Nicht direkt«, gab Maximilian Auskunft.

»Herr Nachtigall, glauben Sie nicht auch, dass dies schlicht die Fortsetzung der alten Mordserie ist?« Die Leiterin des Projekts funkelte den Cottbuser Hauptkommissar giftig an. »Die Menschen hier sagen, wenn die Polizei ...«

»Ja, das sagen sie«, unterbrach Eirik die Professorin, legte seine Hand auf ihren Unterarm und bugsierte sie vorsichtig aus dem Kreis, schob sie Richtung See. »Kommen Sie, ich erkläre Ihnen, was wir bisher an Wissen zusammengetragen haben.«

»Wir bleiben, denke ich.« Friedemann sah von einem zum anderen.

»Ja, sehe ich auch so«, räumte Miltraud ein, und die anderen schlossen sich dieser Auffassung an.

»Gut. Wie können wir Sie erreichen?«, erkundigte sich Klapproth.

»Über Handy. Wir geben Ihnen unsere Nummern. Ist wohl die einfachste Lösung.«

»Sie ist einfach weg.« Eirik führte die beiden Beamten wenige Minuten später zum Zelt der Vermissten. »Genau so habe ich es heute Morgen vorgefunden. Ich hatte nur zwei Frauen vorbeigehen sehen – und tatsächlich war Mücki nicht zum Sanitärbereich aufgebrochen.«

Klapproth ging in die Hocke, warf einen Blick auf ordentlich aufgestapelte T-Shirts, einen Koffer und ein Laptop. Die Isomatte mit Schlafsack war zusammengerollt an die Seite geschoben worden.

»So haben Sie es vorgefunden?«, staunte sie.

»Ja. Deshalb dachte ich ja, dass sie mit den anderen beiden … ging vorsichtshalber nachfragen. Und bei denen war sie nicht.«

»Gab es einen hinwes darauf, dass Wilhard und Mücki scih kannten oder kennenlernen wollten?«, bohrte Nachtigall.

»Nein. Gar nicht. Im Gegenteil. Es kam mir vor, als sei sie ganz froh darüber gewesen, dass sie nicht mit ihm zusammenarbeiten sollte.«

»Ich habe gesehen, dass sie gestern mit Bruno geredet hat. Vielleicht kann der weiterhelfen.« Baldur zuckte mit den Schultern. »Naja, er ist so eine Art Prediger ohne Glaubensbindung, er hat uns angeboten, wir könnten mit Problemen zu ihm kommen.«

»Wie kam er auf den Gedanken, jemand aus dem Team könne Beistand nötig haben?«, hakte Nachtigall nach.

»Das war am ersten Abend schon so ein bisschen eigenartig, und nach Wilhards Verschwinden wurde es deutlich spürbar. Bruno erklärte, Schuld sei ein seltsamer Begleiter, koche zur Unzeit hoch. Längst vergangene Dinge könnten relevant werden. Und für manche Schuld gebe es keine Absolution auf Erden. Keine Ahnung, worüber er da gesprochen hat.«

»Klar nicht.« Friedemann mischte sich ebenfalls ein. »Am ersten Abend haben wir uns sonderbare Geschichten erzählt. Ich kann mich noch daran erinnern, dass auch Leichen darin vorkamen. Das ruft natürlich einen wie Bruno sofort auf den Plan. Wir hatten auf jeden Fall zu viel Alk, deshalb kann sich aus unserer Gruppe keiner so genau an die erzählten Katastrophen erinnern.«

Doktor Krampes kam im Laufschritt näher. »Haben Sie sie gefunden?«, rief sie von Weitem. »Es gibt noch immer keine Nachricht von ihr? Gar nichts? Und sie ist ganz sicher nicht schwimmen gegangen? Vielleicht hat sie sich übernommen und ist womöglich ertrunken!« Kurzatmig und hysterisch erreichte die Leiterin die Gruppe vor dem Zelt. »Obwohl mir das unwahrscheinlich vorkommt. Nach all dem Ärger beim letzten Verschwinden. Sie hat gewusst, dass sie so was nicht noch einmal durchziehen kann«, schlussfolgerte sie abschließend. »Glauben Sie, jemand will uns boykottieren? Daten, die umweltschutzrelevant sind, könnten natürlich zu Maßnahmen führen, die andere einschränken.«

»Mord gegen Wasseranalysewerte? Tod dem Badeverbot – mal ganz wörtlich genommen?« Ein echter Friedemann. Mal wieder.

Kollektives genervtes Stöhnen antwortete ihm.

»Sie ist doch keine Joggerin – oder?« Doktor Krampes' Blick irrlichterte über die Studierenden. »Sie hat sich nicht verlaufen?«

»Sie ist unsportlich. Total. Und es stört sie kein bisschen, dass sie schneller außer Puste kommt als andere.« Miltraud war offensichtlich nicht emotional involviert. Maja Klapproth registrierte, dass ihr das Verschwinden der anderen restlos gleichgültig war. Seltsam, dachte sie, eher selten.

Auch Nachtigall hatte die kühle Gleichgültigkeit registriert.

»Sie kennen sich erst seit wenigen Tagen«, stellte er unkommentiert in den Raum.

Eirik sah ihn durchdringend an. Schwieg.

»Ja, klar. Aber eine Meinung zu jemandem bildet sich schnell. Alltagspsychologie heißt das. Und deshalb kann man entscheiden, ob man Abstand hält oder Nähe zu jemandem sucht.« Friedemann war offensichtlich immer für einen Kommentar gut.

»Und diese Studentin mochten Sie nicht so sehr.«

»Nun, sie war schwierig. Ist nicht jedermanns Sache, so einen in der Gruppe zu haben. Womit ich nicht sagen möchte, dass sie verschwinden sollte.«

»Ich denke, Sie gehen heute ganz normal Ihren Aufgaben nach. Ihre Handynummern hat die Polizei ja bereits. Sollte sich die junge Dame einfinden, gebe ich Ihnen Bescheid. Camilla, Sie bringe ich nach Wanninchen.« Doktor Krampes versuchte offensichtlich, Frau der Lage zu werden.

»Wir nehmen Camilla mit«, entschied Maximilian. »Ist nur ein kleiner Umweg. Wenn der Weg überhaupt schon wieder freigegeben ist. Wenn nicht, nehmen wir dich mit zum Gräbendorfer See – und selbstverständlich fährst du auch mit uns zurück ins Camp. Kein Problem.«

26

Bruno sah die Ermittler kommen.

Rasch verstaute er seine Mini-Abhöranlage in der Tasche der schwarzen Jeans, warf seinen Söhnen einen warnenden Blick zu.

Es klopfte kurz und hart.

Kyle öffnete die Tür nur einen Spaltbreit. »Hä?«

»Kriminalpolizei Cottbus. Wir haben ein paar Fragen an Sie und die anderen Bewohner.« Nachtigall beobachtete interessiert das Mienenspiel des anderen, das von genervt über wissend zu arrogant wechselte. Die Lippen grinsten abschätzig.

»Ach, wegen der Aufregung da drüben? Ja? Ist denen schon wieder einer abhandengekommen?«, feixte der junge Mann gut gelaunt. »Wir gucken schon die ganze Zeit zu. Rennen rum wie Hühner, die Besuch von einem Marder hatten.«

»Kann man so ausdrücken, sollte man aber nicht!«, mischte sich Klapproth in scharfem Ton ein.

Der Cottbuser Hauptkommissar warf einen schnellen Blick ins Innere des Wohnmobils und entschied dann: »Ich würde gern zuerst mit Ihrem Vater sprechen. Und da der Innenraum mit drei Leuten schon mehr als gut gefüllt scheint, werde ich das Gespräch hier draußen führen.« Er nickte Bruno auffordernd zu.

Klapproth nahm am Tisch bei Bernhard und Kyle Platz. »Na dann!«, verkündete sie, schob den Stuhl so weit zurück, dass sie freie Sicht auf die Körper der beiden Brüder hatte. Die würden zu ihr sprechen, selbst wenn die Brüder nur schwiegen.

»Und was wollen Sie mir oder meinen Söhnen konkret vorwerfen?«, fragte der Prediger übellaunig.

»Nichts. Wenn wir Ihnen etwas vorwerfen, sagen wir rechtzeitig Bescheid. Noch sind Sie Zeugen.« Klapproth konnte auch patzig, die drei Männer und ihr arrogantes Gehabe ließen ihren Adrenalinpegel steigen, und sie hatte nicht vor, diese Tatsache vor ihnen zu verbergen.

»Ja, ja. Weiß man«, knurrte Bruno.

»Eben!« Nachtigall trat einige Schritte zur Seite.

»Und?«

»Sie hatten gestern Abend Besuch von einer der Studierenden aus dem Projekt.«

»Ja. Ist das verboten?«, zickte der Zeuge zurück.

»Nein. Was wollte die junge Frau von Ihnen?«

»Sie hatte ein Problem, konnte es mit niemandem besprechen, kam zu mir, weil ich angeboten hatte, man könne bei Gesprächsbedarf vorbeikommen.« Er verschränkte die Finger hinter dem Rücken ineinander und begann, langsam mit verschlossener Miene von den Hacken auf die Zehen und zurück zu wippen.

»Worüber wollte sie mit Ihnen sprechen?«

Bruno breitete theatralisch die Arme aus, die Hände zum Himmel geöffnet, zuckte dabei mit den Schultern.

»Sie quälte eine alte Schuld, wusste aber nicht, ob sie sich richtig erinnerte. Und durch den Tod des jungen Mannes waren Bilder ›nach oben geschwappt‹, wie sie das ausdrückte. Wir hatten ein langes Gespräch über Schuld, Vergebung, und haben über Verzeihen gesprochen. Die jungen Leute hatten am ersten Abend die Kontrolle verloren, erfundene und wahre Geschichten erzählt. Manche blieben bruchstückhaft im Gedächtnis. Gitarre, Stockbrot, Lagerfeuer. In Verbindung mit zu viel Alkohol ergibt sich eine seltsame Mischung.«

»Sie sind geschickt darin, viele Worte zu machen, ohne etwas Konkretes zu sagen.«

»Es ging um eine Geschichte aus der Erinnerung einer anderen Studentin aus der Gruppe.«

»Es war eine Erinnerung, die auch Frau Müller betraf?«

»Nun, das blieb im Dunkeln. Weil sie sich eben nicht sicher war. Es gab nur nebulöse Andeutungen, Fetzen von Bildern. Ich sagte ihr, sie solle die Bilder, die nun ins Bewusstsein drängten, zulassen und genau betrachten, bevor sie sie bewertet.«

»Das war Ihr ganzer Rat? Ehrlich gesagt, das glaube ich nicht.« Nachtigall fixierte sein Gegenüber.

»Sie wollte wissen, ob Schuld vergeht. Quasi verjährt.«

»Ein neuer Gesichtspunkt. Was haben Sie ihr erklärt?«

»Nun, das ist eine komplexe Angelegenheit – oder? Schuld ist nicht gleich Schuld, und die Belastung durch Schuld muss mit deren objektiver Schwere nichts zu tun haben.« Brunos Stimme klang nun deutlich wie die eines Predigers, der über ein ernstes Thema zu seiner Gemeinde spricht. Getragen, beseelt, belehrend, beschwörend.

Nachtigall verstand, warum sich viele Menschen diesem Mann nicht entziehen konnten.

»Aber die Schuld der jungen Frau wog tatsächlich schwer«, stellte er sachlich fest.

»Ja. Falls sich alles so abgespielt hatte, wie sie befürchtete. Eine längst vergangene Zeit drängte empor. Kindertage. Schwer zu beurteilen, was wirkliche Erinnerung, was Berichte von Dritten sind. Es mischt sich leicht. Ich riet ihr, sich an die betroffene Person zu wenden. Wenn die Situation es erlaube, sich ihr zu offenbaren.«

Nachtigall wartete.

Schweigend.

Bruno konnte diese plötzliche Stille nicht gut ertragen, er schluckte nervös, drehte den Kopf in verschiedene Richtungen, hustete. Seine Augen wanderten unentschlossen umher, wollten nirgendwo pausieren.

»Jemand war gestorben. Meiner Überzeugung nach sind in solch einem Fall die Eltern gefordert. Wenn Kinder Schuld auf sich laden, ist es Aufgabe der Väter und Mütter, sie vor den Folgen zu beschützen. Ich mache Ihnen einen Vorschlag: Wenn Sie herausfinden, dass die junge Frau nicht mehr am Leben ist und sich ihr Tod mit einem Tod in ihrer Kindheit in Verbindung bringen lässt, erzähle ich Ihnen haarklein, was sie mir gebeichtet hat. Ich weiß, dass es zu dieser Aussprache kam. Möglich, dass sich derjenige, der von der Geschichte betroffen ist, Ihnen öffnet und von sich aus alles zu Protokoll gibt.«

»Was soll das heißen, na dann?«

»Ich brauche erst einmal Ihre Namen und Daten. Dann möchte ich wissen, ob Sie Kontakt zu den Leuten aus dem Uni-Camp haben.« Klapproth zückte ihr Handy und aktivierte das Mikrofon. »So! Ihr Name …«

Nachdem diese persönlichen Daten gesichert waren, fragte sie nach den jungen Leuten aus dem Camp. »Haben Sie vielleicht mit einem oder einer von den Studierenden gesprochen?«

»Klar. Sind ja so was wie Nachbarn. Bruno war gleich am ersten Abend drüben bei denen am Feuer. Er weiß gern, wer neben ihm wohnt, ist immer neugierig. Ich habe am nächsten Tag einen von denen am See getroffen. Blondes Haar, blaue Augen – ein Chad eben. Im Ganzkörpergummianzug. Wahrscheinlich hat der Kerl 'ne Blasenschwäche!« Kyles Lachen klang unmelodisch und giftig. Er hatte die Arme vor der Brust verschränkt und sich so weit wie möglich auf dem Stuhl nach hinten gelehnt.

»Den habe ich auch gesehen!« Bernhard nickte heftig, schlug die Beine übereinander und schob die Hände unter den Oberschenkel, als sei ihm kalt. »So ein Typ, ey! Wie aus einem Magazin für Wassersport entsprungen. Und die Ausrüstung – der hatte ein halbes Filmstudio im Schlauchboot. Lauter teures Equipment.«

»Und die anderen waren schwer beeindruckt. Besonders die älteste, die ist wohl die Leiterin da drüben. Die umwedelt den Blondling wie eine Fliege die Straßenlaterne. Aber die anderen sind auch hin und weg, wenn der nur auftaucht. Manche Typen …« Er beendete den Satz nicht, als er dem warnenden Blick des Bruders begegnete. »Sonst hatten wir keinen Kontakt. Sind ja erst kurz hier. Natürlich wissen wir, dass einer von denen ausgeknipst wurde. Unterdurchschnittstyp.«

»Sie wissen, warum ich hier bin?«

»Ja, klar. Seit heute, schon früh am Morgen, herrscht da drüben Aufregung. Der Landwhale ist weg.«

»Landwhale?«, bohrte Klapproth nach, hoffte, ihr Zusammenzucken sei unbemerkt geblieben.

»Na, so eine dicke Kleine mit einem Body-Mass-Index der Oberklasse und einer nervigen Dauergutelaune. Ständig ein Grinsen im Gesicht. Bloß gestern Abend mal nicht, als sie mit Bruno sprechen wollte.«

»Worum ging es denn bei dem Gespräch?«

»Wollen Sie, dass Bruno seine Söhne rausschmeißt? Sie glauben nicht im Ernst, dass wir Ihnen so was erzählen würden? Selbst wenn wir es wüssten – wir sind ja nicht lebensmüde!« Kyle war offensichtlich entsetzt. »Vertrauensbruch! Verrat! Ne!«

Maja überquerte den Campingplatz, kehrte zu den Studierenden zurück.

»Hat sie sich gemeldet?«

»Nein, dann hätten wir sofort Bescheid gegeben.« Baldur war tief besorgt.

»Kannten Sie sich vielleicht doch?«, bohrte Klapproth nach.

»Nein. Aber sie ist so ein fröhlicher Mensch. Mit ihr hat man immer einen Grund zu lachen. Natürlich weiß ich, dass manche Menschen damit nur ihrer tiefen Depression eine Maske aufsetzen, um sich selbst nicht zu begegnen. Aber wenn man den ganzen Tag nur Zynikern über den Weg läuft, ist eine solch fröhliche Natur ein echtes Geschenk. Und wir kannten uns ja noch gar nicht, mag sein, sie war wirklich einfach immer gut drauf.«

»Manchmal können diese permanent gut gelaunten Typen, egal ob Mann oder Frau, unglaublich nervtötend sein. Das war bei ihr nicht so?«

»Ich kann mir gut vorstellen, dass einer wie Friedemann davon genervt ist. Ich mag es.«

»Wo sind denn die anderen?«, fragte Maja. »Sind zu ihrem Einsatzgebiet gefahren?«

»Ja. Ich arbeite hier. Eirik und Friedemann auch. Eirik filmt. Ich bin sehr gespannt auf das Ergebnis seiner Tauchgänge.«

»Ich habe gehört, der erste Abend war Kennenlernabend mit Lagerfeuer, Stockbrot und Ihrer Gitarre.«

»Ja, das ist schon richtig. Fing gut an. Sie wissen ja schon, es wurde zu viel getrunken – und zwar kein Wasser. Es passiert dann immer das Gleiche: Eine oder einer erzählt von seinem schlimmsten Erlebnis. Der Nächste will das toppen, der Übernächste setzt noch einen drauf … Ich glaube, es fing damit an, dass der Hamster eines Kindes gestorben war. Er hatte sich an einem Spielzeug erhängt, ein Geschenk des Kindes an den geliebten Nager. Irgendwann hatte jemand eine echte Leiche gesehen. Von da an kann ich mich an nichts mehr konkret erinnern.«

»Wer hatte die Geschichte mit der Leiche eingebracht?«

»Darüber denke ich auch schon die ganze Zeit nach. Eine der Damen. Glaube ich jedenfalls.«

Nachtigall wartete am Parkplatz auf die Kollegin.

»Und?«

»Tja, am ersten Abend wurde viel geredet, getrunken, Ferienlagerfeeling mit Gitarre. Sehr angenehm. Aber ich denke, selbst wenn hier Geheimnisse ausgeplaudert wurden, waren es doch Erlebnisse von Kindern oder Jugendlichen. Wahrscheinlich eher harmloser Natur. Wir werden ein Motiv für den Mord und das Verschwinden anderswo suchen müssen. Wir können nicht einmal fundiert behaupten, die Fälle hätten miteinander zu tun. Eine zweite Leiche haben wir nicht – und vielleicht gibt es die auch gar nicht.« Maja schob sich hinter das Lenkrad. »Komm, wir fahren ins Büro. Möglich, dass Silke neue Informationen hat. Erzähl mir auf dem Weg von Bruno. Seine Söhne waren ausgesprochen seltsam und sehr wortkarg. Über der Tür hängt eine 14, die jungen Männer benutzen Worte einer einschlägigen Gruppensprache. Echt, ich glaube das sind Incels – oder würden liebend gern zu denen gehören. Stärkt wohl nach ihrer Ansicht das eigene Selbstwertgefühl, wenn man zu einer Gruppe gehört, die eine eigene Sprache hat, die Attentäter hervorbringt, deren schreckliche Taten viele Leben kosten. Oft gezielt gegen Frauen gerichtet sind. Presse ohne Ende, und man selbst ist Teil davon. Nervenkitzel, Adrenalin. Vielleicht auch nur Protest gegen diese heilige Vaterfigur, die unantastbar über ihrem Leben schwebt. Muss ziemlich schwierig für die beiden sein.«

27

Katrin und Conny begegneten sich zufällig.

»Hallo, Conny!«

Die Gerufene drehte sich verblüfft um, traf sie doch sonst beim Einkaufen selten Bekannte.

»Ach! Katrin!«

»Na, dein Mann ist mit dem Fall betraut, oder? Eine Bekannte von mir hat mich angerufen, er war heute Vormittag an der Talsperre. Es gab wohl einen ziemlichen Ärger dort, weil eben die ungeklärten Morde die Menschen noch immer beschäftigen. Und nun … in der Zeitung war die Rede von einem jungen Mann, der bei Wanninchen aufgefunden wurde, von vielen schweren Verletzungen, Todesursache sei noch ungeklärt. Das ist der verschwundene Student aus dem Bio-Camp, oder?«

»Das weiß ich nicht. Wenn es ein Mordopfer ist, muss das Ergebnis der Obduktion abgewartet werden. Vorher weiß ein Ermittler gar nicht, was er im Auge behalten muss.« Conny konnte es überhaupt nicht leiden, wenn jemand versuchte, sie über die Fälle ihres Mannes auszuhorchen.

»Nun sei doch nicht gleich so patzig!« Katrin hatte die ablehnende Haltung also bemerkt.

»Ich verstehe ja, dass die Betroffenen, so wie du, sich wünschen würden, dass die Ermittlungen zu einem Täter führen. Aber woher wollt ihr denn wissen, dass es sich um denselben Täter handelt? Drei Frauen damals, nun gibt es ein männliches Opfer. Warum sollte das zueinanderpassen?«

»Sie sind vom selben Campingplatz verschwunden.«

»Das ist doch kein Beweis.« Conny schüttelte den Kopf. »Der Platz ist gut besucht.«

»Die Leute sind verbittert – ich auch. Erst wollte uns keiner glauben, und dann wurde der Täter nicht ermittelt. Eine Schande. Man hat uns nicht einmal einen Seelsorger geschickt! Dafür immer wieder mal jemanden, der die Familien verdächtigte, die Mädchen aus dem Haus getrieben zu haben. Nach dem Motto ›Es muss ja einen Grund geben, wenn die drei weglaufen‹.« Katrins Hände ballten sich zu Fäusten, und ihr Gesicht verzerrte sich vor Wut.

Conny legte ihr beschwichtigend die Hand auf den Arm. »Wenn es eine Verbindung gibt, wird man sie sicher entdecken«, behauptete sie mit der notwendigen Zuversicht.

»Du hast gut reden! Mit deiner neuen Familie hast du sogar Enkelchen. Und ich? Meine Ehe besteht nur noch auf dem Papier, ich habe mein einziges Kind verloren, werde niemals ein Enkelkind im Arm halten, seit Jahren interessiert sich niemand für mich oder den Mord und der Täter läuft frei rum! Was für eine Lebensbilanz.« Damit wandte sie sich ab und stürmte davon.

Conny sah ihr sprachlos nach.

28

Marko und Bettina hatten es sich vor ihrem Camper gemütlich gemacht.

Die Sonne schien vom blauen, wolkenfreien Himmel, vor ihnen standen zwei Becher Eiskaffee mit Sahne.

Bettina seufzte zufrieden. »Ach ja. So lässt sich der Sommer genießen.«

»Ein bisschen weniger Tumult würde nicht schaden«, kommentierte Marko. »So ein Theater. Ein junger Mann wird ermordet, und schon fangen die Leute an, alle Toten der letzten Jahre in einen Sack zu stecken. Es nervt!«

»Bruno meint auch, man solle jetzt einfach mal entspannt die Ermittlungen abwarten«, murmelte Bettina schlafschwer. »Selbst seine Söhne wurden heute befragt.«

»Wir ja auch. Aber was sollten wir schon darüber wissen? Der junge Beamte meinte zwar, es sei Routine, alle würden nun Besuch bekommen. Könne ja sein, dass einer was beobachtet hat.«

»Ja«, gähnte seine Frau, griff nach dem Eiskaffee, lehnte sich zurück und trank hörbar einen großen Schluck durch den Halm. »Mmhhhhhmmmm!«

»Wir könnten ja auch mal selbst ein bisschen überlegen«, begann Marko erneut. »Weißt du, vielleicht haben wir doch etwas bemerkt und es nur nicht richtig bewertet.«

»Ach?«

»Alle haben damals gedacht, die Mädchen seien einfach abgehauen. Heute ist klar, sie wurden getötet. Haben wir damals jemanden bemerkt, der öfter bei den Dreien war? Dann sollten wir ein wachsames Auge auf die Gruppe haben, die ja nicht wissen kann, dass derjenige vor ein paar Jahren auch schon hier war.«

»Marko! *Wir* waren zum Beispiel hier!«

»Nun, das ist leicht aufzulösen: Ich weiß, dass du es nicht warst, und du weißt, dass ich es nicht war. Alles gut. Bruno war natürlich auch hier, der kommt jedes Jahr. Der Wilbert, der Jürgen und der Klaas sind auch raus, die sind immer hier. Ich denke, es war jemand, der damals neu herkam.«

»Oh, Maigret! Ich denke, es ist einer von denen, die nicht mehr kommen! Weil derjenige Angst hat, sich zu verraten.«

Marko schwieg nachdenklich. Minutenlang.

»Wäre es nicht schlauer, jedes Jahr wiederzukommen? Das sieht weniger verdächtig aus, als nach Jahrzehnten plötzlich wegzubleiben.«

»Und schon gehören wir mit dazu!«

Marko brütete weiter schweigend vor sich hin.

»Ich könnte mir vorstellen, wer der Täter ist. Vielleicht weiß ich es sogar ganz genau. Aber das kann ich niemandem erzählen«, flüsterte er schließlich seiner Frau zu.

Merkte gar nicht, dass Bettina längst eingeschlafen war.

29

»Man hat die Erntemaschine gefunden!« Silke kam in den Besprechungsraum und legte einen Kartenausschnitt auf den Tisch. »Etwa hier.« Sie kreiste einen kleinen Bereich rot ein. »Hier ist das Gelände der Sielmann-Stiftung. Der Bauer hatte die Maschine als gestohlen gemeldet. Ein Freund hatte sie bei ihm untergestellt, weil größere Bauarbeiten am Dach des Nebengebäudes notwendig waren. Die Traktoren passten in einen alten Stall, aber diese Maschine nicht. Er hat sie vor etwa drei Wochen mit einem Tieflader bringen und einstellen lassen.«

»Und?« Nachtigall sah von einem Stapel Papier auf.

»Es handelt sich um eine Soja-Erntemaschine. Der Freund bemerkte gestern gegen Mittag, dass das riesige Ding nicht mehr auf dem Hof stand, und meldete den Diebstahl. Und heute hat er in den lokalen Nachrichten von der Suche nach dem Besitzer und dem Mord gehört.«

»Hast du ihn einbestellt?«

»Ja. Er sitzt im Gang vor deiner Tür.«

»Wie vorausschauend«, feixte der Hauptkommissar und zwinkerte.

»Der Freund, um dessen Maschine es sich handelt, hat mir schon telefonisch bestätigt, dass er sie eingestellt hatte. Er wollte wissen, ob sie etwa stark beschädigt worden sei.« Silke grimassierte. »Echt, da wird jemand damit angefahren, stirbt im weiteren Verlauf der Attacke, und der Typ hat nur Sorge, dass das Gerät eine Beschädigung aufweisen könnte!«

»Der Erkennungsdienst ist …«

»… schon vor Ort. Logisch.«

»Gut. Ich spreche mit dem Zeugen und komme dann zurück. Wie heißt er?«

Silke zog schwundvoll einen Zettel aus der Gesäßtasche: »Janosch Krumm.«

Janosch Krumm erwies sich als hochgewachsener, sehr schlanker Mann, dessen Hände von grober Arbeit und dessen Gesicht vom langen Aufenthalt in der Sonne zeugten. Tiefe Falten hatten sich in die Wangen gegraben, führten von den Kiefer- über die Wangenknochen bis zu den Falten um die hellgrünen Augen, die beständig umherhuschten. Als seine schwieligen Hände Nachtigalls Finger schmerzhaft quetschten, war klar, dass Herr Krumm harte Arbeit nicht scheute – oder eben nicht scheuen konnte.

»Ich war noch nie bei der Kriminalpolizei«, erklärte der Zeuge statt einer Begrüßung. »Also, ich meine, man hat ja schon mal mit der Streife zu tun, aber dieses Gebäude kenne ich nur von außen. Ist ja ziemlich neu. Meine Schwester wohnt in Burg, und wenn ich vor einem Besuch bei ihr in Cottbus Halt mache, fahre ich durch den Kreisverkehr. Daher kenne ich dieses Haus von außen. Steht ja auch groß ›Polizei‹ dran.«

Offensichtlich war der Zeuge entweder geschwätzig oder nervös.

»Nehmen Sie doch bitte Platz.« Nachtigall deutete einladend auf den Besucherstuhl vor seinem Schreibtisch.

»Sie vermissen eine Erntemaschine.«

»Ja, die war bei mir untergestellt und plötzlich – weg! Na, das war mir unangenehm.«

»Ihr Hof ist gesichert? Tor? Hund?«

»Selbstverständlich sind alle Nebengelasse verriegelt. Der Hund schlägt an, wenn sich jemand übers Gelände bewegt, der dort nichts verloren hat.«

»Und doch …«

»Ja! Nur weiß ich nicht genau, wann man sie geholt hat. Und natürlich hat sie auf dem Feld da hinten gar nichts verloren. Ist nicht einmal mein Land.«

»Ist es schwierig, diese Maschine zu fahren?«, bohrte Nachtigall.

»Nein. Eigentlich nicht schwieriger, als einen Trecker zu fahren.«

»Aber sie macht ziemlich Lärm.«

»Klar, die meisten landwirtschaftlichen Fahrzeuge schleichen sich nicht an die Arbeit ran. Der Boden bebt bei manchen sogar. Zum Beispiel bei den Maiserntern.«

»Warum hat niemand gehört, dass der Sojaernter vom Hof fuhr?«

»Weil alle naselang irgendetwas vom Hof fährt oder zurückkommt. Da dreht man sich nicht ständig um und guckt, was da rumpelt.«

»Der Schlüssel hat gesteckt?«

»Logisch. Sonst wären wir den halben Tag damit beschäftigt, den passenden Schlüssel zum Gerät zu suchen. Bei uns wird die Arbeit verteilt, jeder geht zu seinem Gerät und los! Da kann ich nicht auch noch einen Schrank für die Schlüssel haben. Und stellen Sie sich vor, der eine Traktorfahrer zieht den versehentlich am Abend ab, steckt ihn ein und ist am nächsten Morgen krank! Ne! Besser, jedes Gerät ist sofort einsatzbereit.«

»Der Hund hat nicht angeschlagen, als die Maschine aus dem verschlossenen Nebengelass gefahren wurde. Warum nicht?«

»Woher soll ich das wissen? Er ist ein Hund! Vielleicht hatte er gerade den Duft einer Ratte in der Nase und scherte sich keinen Deut um seine Wachaufgaben!«

»Ein Wachhund?«

»Naja, mag ja sein, dass den jemand betäubt hat.«

»Wirkte das Tier benebelt auf Sie? Gestern irgendwann?«

»Nein. Naja, vielleicht doch, schon, am Vormittag.«

»Das Schloss am Gelass war aufgehebelt?«, erkundigte sich Nachtigall.

»Ja, ist so ein Riegel, über den wir ein Vorhängeschloss einschnappen lassen. Jemand hat den an der Tür angeschraubten Teil des Riegels abgehebelt, er hat gar nicht erst versucht, das Schloss zu knacken.« Janosch Krumm kicherte leise. »Wäre ziemlich laut gewesen. Die Schrauben rauszuhebeln, ist viel leiser.«

»Ihr Wachhund hört schwer?«, fragte Nachtigall freundlich. »Das ist natürlich bei älteren Tieren immer möglich.«

»Der Jüngste ist er nicht mehr. Aber ich auch nicht. Wo ist denn die Maschine jetzt? Ich muss mal gucken, was daran kaputtgegangen ist. Mein Freund ist sicher sauer, wenn sie sehr beschädigt ist.« Er rieb die Handflächen aneinander. Es klang wie Sandpapier, das auf Sandpapier hin und her geschoben wird. »Das Ding ist neu!«

»Unsere Fachleute suchen nach Spuren des Täters an dem Gerät. Wir rufen bei Ihnen an, wenn Sie das Ding abholen lassen können.«

»Aha. Und was sage ich nun meinem Freund? Was, wenn der die Maschine braucht und die immer noch bei Ihnen steht?« Krumm stotterte leicht.

»Wir machen es so: Hier ist meine Karte. Sollte Ihr

Freund das Erntegerät früher brauchen, kann er mich direkt anrufen. Ich kläre das dann mit ihm.«

Krumm atmete tief durch. »Das ist gut! So machen wir das! Prima!« Eilig ließ er Nachtigalls Karte in der Jacke verschwinden.

Stand langsam auf. »Schönen Blick haben Sie von hier.«

Dann machte er sich auf den Heimweg.

Die beiden Kolleginnen hatten in der Zwischenzeit viele Informationen an der Wand zusammengetragen.

Silke erläuterte: »Ich habe einige Kommilitonen nach Wilhard gefragt. Er sei sehr verschlossen gewesen, habe in seiner Welt gelebt, Tierschutz war ein wichtiges Thema für ihn. Er hat davon geträumt, später einmal einen Vier-Seiten-Hof zu kaufen und dort vielen Tieren ein neues, besseres Zuhause geben zu können. Zum Beispiel wollte er über einen Hühnerrettungsverein Tiere vor dem Tod nach einem kurzen und freudlosen Dasein als Legehennen in Bodenhaltung bei sich aufnehmen und ihnen für den Rest ihres Lebens traumhafte Daseinsumstände bieten. Quasi als Ausgleich für erlittene Qual und Unrecht. Und Katzen sollten bei ihm wohnen, Hunde aus Tierheimen oder Laboren, die keiner wollte … ein Retter durch und durch.«

»Manche sagten wohl auch Spinner«, warf Klapproth ein. »Er versuchte, so viel Geld zur Seite zu legen wie nur möglich. Außer dem kleinen Auto gönnte er sich wenig. Und, wie wir schon wissen, er war Fantasy-Fan durch und durch.«

»Das passt zum Tierretter. Diese edlen Figuren setzen sich für Schwache ein. Das ist kongruent. Nur Dracula passt nicht ganz.« Nachtigall runzelte die Stirn, entdeckte etwas anderes in der Stichwortsammlung. »Probleme mit seiner Mutter?«

»Ja. Das war ein Hinweis aus dem Camp. Vielleicht sollten wir dem nachgehen.« Klapproth griff nach ihrem Handy, warf einen Blick auf das Display, legte es zurück.

»Wäre ein Indiz dafür, dass er grundsätzlich mit Frauen nicht gut klarkam?«, mutmaßte Silke.

»Der Vater?«

»Sitzt in Haft. Wegen Mordes. Das scheint allerdings im Umfeld des Studenten niemand zu wissen. Ex-Ehefrau und Sohn haben den Mädchennamen der Mutter angenommen. Die Ehe wurde vor Jahren geschieden, es gibt keinerlei Kontakt.«

»Das müssen wir überprüfen. Gar nicht so selten nehmen die Kinder hinter dem Rücken der Mutter wieder vorsichtig Kontakt auf.« Nachtigall unterstrich diesen Punkt in der Sammlung.

Silke nickte. »Kläre ich. Ich habe noch etwas gefunden: Er selbst ist kein unbeschriebenes Blatt. Drei Jugendstrafen, in der Regel gab es eine Verurteilung zu sozialer Arbeit.«

»Ach, und um was genau hat es sich dabei gehandelt?«

»Hm. Er hat allerhand Schabernack, wie er das wohl nannte, getrieben. Verstoß gegen das Betäubungsmittelgesetz – zum Beispiel Drogen im Orangensaft bei einer Party. Verleumdung und üble Nachrede, das waren Fake News im Netz über Dritte. Mobbing vielleicht. Ganz so harmlos war das alles wohl nicht. Sieht so aus, als sei er in den letzten Jahren ruhiger geworden.« Silke schüttelte den Kopf. »Manche Leute hat er in echte Schwierigkeiten gebracht. Soll ich das Material zusammentragen?«

Nachtigall nickte, fragte dann: »Von ›Mücki‹ Müller gibt es noch immer keine Spur?«

»Hubschrauber sind im Einsatz, der See wird abgesucht. Leider hat uns dieser Prediger ja nicht erzählt, was sie so belastet hat. Wir können also das Risiko für einen Suizidversuch nicht einschätzen.« Klapproth war offensichtlich ehrlich besorgt. »Gerade in so einer Situation, weit weg von zu Hause …«

»Die Eltern haben keine Nachricht von ihr. Die Mutter meinte, ihre Tochter sei sehr sensibel. Gemeldet hat sie sich aber nicht. Auch nicht bei Freunden, das hatte die Familie schon gecheckt.« Silke zuckte mit den Schultern. »Vielleicht trampt sie nach Hause. Die Streifen wissen Bescheid und würden sie sicher einsammeln.«

»Es bleibt seltsam, dass gleich zwei Personen aus diesem Camp verschwinden. Wir können nur hoffen, dass wir nicht noch eine Schreckensnachricht bekommen.« Nachtigall seufzte. »Was ist so besonders an jungen Leuten, die Vogelpopulationen beobachten und Daten dazu auswerten wollen?«

»Möglich, dass es noch ein anderes verbindendes Element gibt, das wir noch nicht kennen.«

»Ihr Handy hat Mücki Müller auch nicht mitgenommen. Wir haben es im Zelt zwischen ihren T-Shirts gefunden.« Maja war unzufrieden, checkte das Display ihres Mobiltelefons, legte es seufzend wieder auf den Tisch zurück.

*

Baldur Hermfried

Ich habe früher gern geangelt. Dazu benutzte ich ein unmotorisiertes Schlauchboot, mit dem man auf jedem See unterwegs sein darf.

Als mein kleiner Bruder geboren wurde, war ich schon zehn.

Ein echter großer Junge. Durchaus zuverlässig, durchaus verantwortungsvoll.

Von Anfang an habe ich mich gern um den Kleinen gekümmert.

Ein solcher Sonnenschein! Immer zum Lachen aufgelegt, wenn der große Bruder Späße machte.

Beim Angeln musste er natürlich leise sein.

In unserem letzten gemeinsamen Sommer war es früh im Jahr heiß geworden – die Touren auf dem See waren unser Männerabenteuer. Toll!

Eines Tages waren wir unterwegs, als plötzlich ein eigenartigen Schlag gegen das Boot zu intensivem Schlingern führte. Wir hielten uns fest, die Angel fiel ins Wasser. Luft entwich aus der Bootshaut. In atemberaubender Geschwindigkeit. Mein Bruder kippte über Bord, ich sprang hinterher.

Doch er wehrte sich vehement, ich bekam ihn nicht sicher in den Griff. Die Angelschnur verhedderte sich um uns.

Als es um uns herum dunkel wurde, erkannte ich, dass die Bootshülle uns zu umwickeln drohte.

Ich kämpfte für uns. Um unser Leben!

Doch am Ende tauchte ich halb bewusstlos mit leeren Händen auf!

Der Kleine wurde später von professionellen Tauchern geborgen.

Der Psychiater, mit dem ich über das Unglück sprach, erklärte mir immer wieder, Eifersucht unter Geschwistern sei normal, gerade auch bei dem Altersunterschied. Ich solle mir keine Sorgen machen, ich hätte nur meinem natürlichen Drang nachgegeben, als ich meinen Bruder dem Tod überließ. Und er fragte auch, woher ich denn das Messer gehabt hätte, das die Bordwand im unteren Teil komplett aufgeschlitzt hatte.

Meine Eltern sahen es wohl ähnlich.

Nicht einmal mit der Katze durfte ich allein in einem Zimmer bleiben.

Für sie war es Brudermord.

Niemand hörte sich meine Version der Geschichte an – sie war ohnehin gelogen, so die gängige Auffassung.

Ich lebe mit dem Stigma.

Aber es lebt sich schlecht damit.

Natürlich steckten sie mich in ein Internat. Teuer. Mit gutem Ruf. Weit weg von meiner Familie, meinen Freunden.

Selbstverständlich wusste man dort über meine Tat Bescheid.

Ein Psychologe wollte mit mir meine Schuld aufarbeiten, die Lehrer und Gruppenbetreuer sorgten dafür, dass ich nie mit einem anderen Schüler allein … man konnte ja nie wissen.

Das Messer, das ich angeblich benutzt haben sollte, wurde nie gefunden.

Das hat der feige Taucher, der mein Boot aufschlitzte, natürlich mitgenommen.

30

Bruno setzte sich wie selbstverständlich zu den Studierenden.

»Keine Nachricht?«

Kopfschütteln.

»Als sie noch hier war, konnte sie die anderen mit ihrer chronisch guten Laune so sehr nerven! Mir fehlt ihr Geplapper sehr«, seufzte Baldur. »Ich hoffe, dass ihr nichts zugestoßen ist.«

»Das hoffen wir alle, würde ich meinen.« Camilla schnäuzte sich leise, schob das Taschentuch in ihren Ärmel. Sie wusste, sie würde es in absehbarer Zeit wieder brauchen.

»Dachtet ihr denn, sie habe so was wie Heimweh?« Maximilian sah in ratlose Gesichter. »Also eher nicht. Vielleicht ist sie also doch nicht zurück nach Hause getrampt.«

»Getrampt?« Miltraud schüttelte den Kopf. »Nein. Jede junge Frau weiß, dass das eine echte Scheißidee ist.«

Bruno meinte: »Ihr kennt euch nicht. Das macht es schwer, den anderen zu beurteilen. Ja!« Er hob die Hand, als sich Widerspruch regte. »Ich weiß, dass einige ganz gut andere durchschauen. Aber das allein reicht eben manchmal nicht. Verborgenes bleibt verborgen.«

»Was wollte sie denn gestern bei dir?« Friedemann, wie immer aggressiv.

»Das ist nichts für eure Ohren. Ich bin kein geweihter Priester, aber auch ich behalte Dinge, die man mir anvertraut, für mich. Wie beim Beichtgeheimnis.«

»Du willst es uns also nicht verraten. Prima! Dann können wir ja auch nicht erraten, was sie vielleicht vorgehabt hat, als sie deinen Wagen verließ.« Camilla warf Friedemann einen warnenden Blick zu, den dieser allerdings komplett ignorierte. »Dir hat sie gesagt, was sie nun tun will, und du lässt uns im Ungewissen. Wir machen uns Sorgen, du könntest sie uns nehmen. Doch tatsächlich siehst du lieber zu, wie wir schmoren. Hast du Spaß an so was?«

Darauf antwortete der selbst ernannte Prediger nicht.

»Was tun wir, wenn sie bis heute Abend nicht hier ist, die Polizei keinen Anhalt dafür hat, wo sie sein könnte?« Eiriks Stimme der Vernunft. »Brechen wir ab? Fahren nach Hause und warten dort auf einen Anruf von Doktor Krampes? Oder rücken wir zusammen und bleiben? Ich denke, wir sollten das gemeinsam entscheiden. Das Camp funktioniert nicht, wenn nur Einzelne bleiben. Und immerhin ist schon ein Drittel der Teilnehmer tot oder anderweitig verschwunden.«

Schweigen breitete sich aus.

Wurde schnell lastend.

Eiriks Diskussionsbeitrag nahm alle in die Pflicht. Wer packte, gefährdete das gesamte Projekt.

Wer wollte dafür die Verantwortung übernehmen?

»Das ist eine schwierige Entscheidung, zumal nicht klar ist, ob diese Vorkommnisse mit dem Camp in Verbindung stehen oder nicht.« Brunos Beitrag war nicht wirklich hilfreich.

»Okay, einer muss den Anfang machen. Ich bleibe.« Camilla klang entschlossen. Ihr innerer Disput war beendet.

»Ich auch. Ich bin keiner, den man so einfach vertreibt.« Baldur nickte Camilla zu.

»Ich bleibe auch!« Eirik wusste, dass das von den anderen auch nicht anders erwartet worden war. Er, der Macher, würde doch nicht kneifen.

Miltraud nickte ebenfalls. »Okay.«

Friedemann seufzte. »Na gut. Gruppenraison? Dann bleibe ich auch. Wo soll ich auch hin. Ins Storage? Zu meinen paar Klamotten, die dort im Dunkel schon auf mich warten?«

Aller Augen waren auf Maximilian gerichtet. »Ich bin ein Kind vom Land. Mir ist nichts fremd, auch nicht der Tod. Ich bleibe. Aber wenn wir so entscheiden, sollten wir Vorkehrungen treffen. Ich lasse meine Herde Schafe auch nicht ohne Hütehunde und Anti-Wolfs-Zäune draußen, schon gar nicht bei Nacht.«

»Und die wären?«

»Wachen? Wie in einem mittelalterlichen Lager? Damit man nicht im Schlaf von den feindlichen Soldaten geweckt wird?«

Friedemann lachte laut. »Das ist vorsintflutlich!«

»Aber möglicherweise lebensrettend.« Bruno warf Maximilian einen anerkennenden Blick zu.

Als Doktor Krampes wenig später zu den Studierenden stieß, waren die grundlegenden Fragen schon geklärt.

Nur Mücki , von der sie nun alle wussten, dass sie in Wahrheit Becky hieß, fehlte noch immer.

31

Maja checkte ihr Handy.

Nichts.

Das konnte nicht sein. Ihr Bruder Fabian hatte versprochen, sich zu melden, sobald der neue Betreuer bei ihm eingetroffen war. Sein Freund Chris, der sich sonst als Pfleger liebevoll um ihn kümmerte, musste zur Beerdigung seiner Großmutter nach Belgien reisen.

Maja wurde unruhig. Schließlich war Fabian ohne Unterstützung weitgehend hilflos.

Nachtigall beobachtete die Kollegin. »Probleme?«

»Hoffentlich nicht. Fabian … du weißt, er ist nicht immer zuverlässig.«

»Heute sollte der Vertreter für den Pfleger kommen, oder?«

»Ja. Und nun höre ich gar nichts.«

»Fahr schnell nach Hause. Dein Kater will dich auch mal wieder sehen. Und nebenbei kannst du checken, ob bei deinem Bruder alles nach Plan läuft. Silke und ich laden uns einen Teil der Opfer von Kemper ein. Mal sehen, was die über ihn sagen.«

Maja rannte schon über den Gang, hörte den letzten Satz nur noch von fern.

Es klopfte.

»Ja, bitte!« Nachtigall wartete.

Langsam und vorsichtig schob eine blonde Frau die

Tür auf, lugte vorsichtig in den Raum, als erwarte sie ein Hindernis, gegen das sie stoßen könne.

»Kommen Sie ruhig näher.«

Der Aufforderung kam die Frau nach. Bewegte sich allerdings so, als sei hinter jedem Aktenordner ein Feind versteckt.

Nachtigall stand auf, ging ihr entgegen.

Doch seine schiere Größe verstärkte eher das Unbehagen der Blonden.

Er streckte freundlich die Hand zur Begrüßung in ihre Richtung. »Guten Tag. Mein Name ist Nachtigall.«

»Ich bin Clothilde Munz.«

»Wie schön, dass Sie gleich kommen konnten. Nehmen Sie doch Platz.« Er dirigierte sie zum Besucherstuhl, zog seinen hinter dem Schreibtisch vor und setzte sich so der Zeugin schräg gegenüber. Sie konnte jederzeit seine Bewegungen sehen. Keine Überraschung, die sie befürchten musste, kein Angriff, der sich nicht angekündigt hätte.

Die Frau entspannte sich etwas.

»Wäre Ihnen wohler, wenn die Tür zum Gang offen stünde?«, erkundigte sich Nachtigall empathisch.

»Nein, nein. Ist gut so.«

»Wir haben Sie herbestellt, weil Wilhard Kemper Opfer eines Übergriffs wurde. Wir versuchen, uns ein Bild von seinem Wesen zu machen.«

»Wer ihn nicht gut kannte, wird glauben, er sei ein harmloser Spinner gewesen.« Ihre Stimme beinahe ein Hauch.

»Und wenn man ihn näher kannte?«

»Wusste man, dass er gefährlich war. Wenn Sie mich wegen Wilhard herbestellt haben, wissen Sie doch schon, was passiert ist.«

»Ja«, räumte Nachtigall ein. »So ungefähr.«

»Was also wollen Sie nun von mir hören?« Ihre dunkle Vorahnung klang in Tonlage und Sprechweise deutlich durch.

»Er wurde damals mit sozialer Arbeit belegt.«

»Ja! Prima, nicht wahr? Ich wurde mit Panikattacken und vielen anderen Störungen ›belegt‹, die mein Psychiater gern für Sie auflistet.« Sie flüsterte fast. »Ich werde wahrscheinlich nie ein normales Leben führen können.«

»Sie trugen damals erhebliche Verletzungen davon. Physische wie psychische.«

Stummes Nicken musste als Antwort genügen.

»Hatten Sie nicht manchmal ein Bedürfnis nach Rache?«

»Nein. Dazu fehlt mir die Kraft, fürchte ich. Und um jemanden zu beauftragen, fehlt es mir an Geld.«

»Hätten Sie denn gern jemanden beauftragt? Scheiterte es nur am Honorar für die Tat?«

Die junge Frau zögerte mit der Antwort. Nachtigall wartete. Sie nestelte ein Taschentuch aus der Jacke. Er kommentierte nicht.

»Ja, na gut!«, seufzte sie schließlich. »Es scheiterte nicht nur daran. Ich war nicht davon überzeugt, dass sein Tod meine Probleme lösen würde. Die beziehen sich ja längst auf Männer im Allgemeinen – haben sich von Wilhard gelöst und verselbstständigt.«

»Können Sie mir sagen, wo Sie gestern Abend waren? Ich frage nur, weil es zur Routine gehört – Sie sind nicht einer Straftat verdächtig.«

»Ich war gerade wieder für ein paar Tage stationär. Heute Morgen hat man mich entlassen. Brauchen Sie einen Beleg dafür?« Sie begann, in der Handtasche zu suchen, zog einen Zettel hervor. »Dies ist der Brief für meinen behandelnden Arzt.«

Nachtigall schüttelte den Kopf.

»Ich muss Sie das fragen, weil Wilhard Kemper einem Mord zum Opfer gefallen ist. Aber, diese Befragung ist Routine, in weiteren Zimmern sitzen andere Bekannte von ihm, die ebenso wie Sie ein paar lästige Fragen beantworten müssen.«

»Dann kann ich jetzt gehen?«, fragte die junge Frau, sah sich hektisch um, und war aus dem Zimmer geflohen, bevor Nachtigall antworten konnte.

»Silke Dreier.«

»Manuel Hans.«

»Herr Hans, Sie sind hier, um ein paar Fragen über Ihr Verhältnis zu Wilhard Kemper zu beantworten.«

»Ach was? Das ist jetzt aber nicht Ihr Ernst, oder? Ich habe ihn seit seiner Verurteilung vor Jahren nicht mehr gesehen. Und das ist auch gut so! Wer weiß, was mir eingefallen wäre!« Manuel Hans war rot angelaufen, hektische Flecken liefen blitzschnell über seine Wangen, seinen kraftvollen Hals, verschwanden unter dem Kragenbündchen des T-Shirts, breiteten sich bestimmt auf seinem eindrucksvollen Brustkorb aus, wie Silke Dreier nur vermuten konnte.

»Er wurde damals verurteilt, weil er sich Ihr Auto ›geliehen‹ hatte.«

»Nein. Deswegen nicht. Er hatte mit dem Auto einen Unfall verursacht. Deshalb wurde er zu einer läppischen Jugendstrafe verurteilt.«

»Er hatte Ihnen die Schlüssel entwendet?«

»Kann man so sehen. Ich sehe es heute noch so. Der Richter damals behauptete, da Wilhard gesehen hatte, dass ich die Wagenschlüssel in meine Manteltasche gesteckt hatte, sei ich von einer Mitschuld nicht freizusprechen. Ich sei derjenige, der ihn dazu verführt hatte. Unfassbar. In der Begründung hieß es, obwohl mir Wilhards Hang zum ›Ausleihen‹ von Autos bekannt gewesen sei, habe ich nicht sichergestellt, dass meine unerreichbar waren. So eine Frechheit. Er hatte mir eine seiner Drogen in meinen Kaffee gekippt – ich muss sofort eingeschlafen sein. Als ich aufwachte, war er weg.«

»Es kam zu einem Unfall.«

»Er überfuhr eine Fußgängerinsel und legte das Verkehrsschild um. Im Internet postete er Fotos von der Sache, behauptete, er sei zufällig vorbeigekommen, habe den Unfall gesehen. Und am Steuer habe Manuel Hans gesessen, der sich nun vor der Polizei verstecke. Er wüsste, wo. Die Beamten kamen in unsere Cafeteria gestürmt, nahmen mich mit. Einen Moment lang glaubte ich fast selbst, ich sei gefahren. Der war so ein perfekter Lügner. Allerdings nicht genug über die Methoden der Forensik informiert. Er wurde als Fahrer überführt und verurteilt.«

»Damit war der Kontakt zu ihm beendet?«

»Klar! Was glauben Sie, wie lange es dauert, um den Ruf des Unfallflüchtlings wieder loszuwerden, wenn der erst mal im Internet grassiert? Manchmal kommen heute noch Kunden, wollen wissen, ob an den Gerüchten was Wahres ist. Das ist noch immer geschäftsschädigend.«

»Kann ich mir vorstellen. Sie arbeiten als Kundenbetreuer bei einer Bank. Da ist so ein Verdacht schlecht für Ihr Image und das der Bank.« Silke signalisierte Mitgefühl.

»Hier geht es doch nicht um den alten Fall. Was wollen Sie wirklich von mir wissen?«, bohrte der Zeuge, plötzlich gereizt, mit kaum verhohlener Ungeduld nach.

»Ich wüsste gern, wo Sie gestern Abend waren. Sie werden keiner Straftat beschuldigt, wir klären im Moment nur Fakten.«

»Okay …«

»Wilhard Kemper wurde ermordet. Ein bisschen mehr als ›Okay‹ sollten Sie mir vielleicht anbieten.« Silke zeigte ihm, dass sie in diesem Punkt keinen Spaß verstand.

Sofort reagierte Manuel Hans auf den neuen Ton. »Ja, das wusste ich nicht. War er der Tote draußen in Wanninchen? Nun, falls ich ein Alibi brauche – ich habe keines. Tatsächlich war ich den ganzen Abend allein, im Home-Office sozusagen, und habe mich auf ein Kundengespräch vorbereitet. Es hat mich niemand angerufen, und wenn ich arbeite, ist das Handy immer aus. Sonst kann ich mich nicht richtig konzentrieren. Ist eine Schwäche von mir.«

»Gut. Ihre Daten haben wir. Falls wir weitere Fragen haben, werden wir uns melden. Fürs Erste wären wir hier fertig.«

Sofort sprang Herr Hans auf, klopfte auf Silkes Schreibtisch und war mit langen Schritten auf und davon.

Als Nachtigall die nächste Zeugin zu sich rufen wollte, klingelte sein Handy.

»Hallo, Maja! Alles in Ordnung bei dir?«

»Nein, kann ich nicht sagen.« Er hörte die Tränen, die sie zu unterdrücken versuchte. Schiere Panik, die sofort auch auf ihn selbst übergriff. »Fabian ist weg. Nichts deutet darauf hin, dass der neue Pfleger überhaupt hier war. Weder in seiner Wohnung noch in meinem Briefkasten wurde eine Nachricht hinterlassen. Er ist weg!«

»Maja, kann es sein, dass er vielleicht zum *Schiller* gefahren ist, um Brötchen zu kaufen? Das tut er doch gelegentlich, einmal habe ich ihn sogar auf dem Heimweg getroffen.«

»Nein. Die Brötchen liegen auf dem Küchentisch. Er hat nicht einmal gefrühstückt. Peter! Er ist weg. Entführt!«

»Komm her. Ich schicke Jannik zu Fabians Wohnung. Er wird ein Team des Erkennungsdienstes rufen, falls er Hinweise auf eine Entführung entdeckt.«

»Du glaubst doch auch, dass es derselbe Kerl ist! Er hat Fabian mitgenommen, weil ich nicht stark genug auf die anderen Taten reagiert habe, den Fall nicht selbst übernehmen konnte. Nun will er mich zwingen, ihm in die Augen zu sehen!« Maja schluchzte laut.

»Okay, ich komme.« Nachtigall sprang auf, fischte seine Jacke von der Rückenlehne.

Öffnete die Tür gegenüber.

»Silke, ich muss schnell weg. Kannst du dich bitte um die letzte Zeugin kümmern?«

Überrascht nickte die Kollegin, sah dem Gesicht Nachtigalls an, dass etwas Schreckliches geschehen sein musste.

Eine weitere Tür wurde geöffnet, und Silke hörte, wie Jannik Peters aufgefordert wurde mitzukommen.

»Ach so. Das betrifft den anderen Fall. Ich habe schon befürchtet, sie hätten die vermisste Studentin gefunden.«

Entschlossen stand Silke auf und bat die letzte Zeugin zu sich.

32

Der Mann, dem man nicht entkommen konnte, schlüpfte in seinen Neoprenanzug.

Es war noch nicht erledigt, schließlich war es seine Aufgabe, der Polizei Beschäftigung anzubieten.

Natürlich stellten die schon Verbindungen her.

Unter den Opfern der beiden Serien gab es keine, da war er sich sicher.

Bei den anderen schon. Auch dessen war er sich sicher.

Jugendliche Wichtigtuer auf dem Weg zur wissenschaftlichen Karriere, Scheuklappen, wo andere Empathie empfanden. Andere Menschen waren Konkurrenten, keine Mitwesen. Universitär erworbene Idiotie nannte er das. Seine Taten richteten keinen Schaden für die Menschheit an.

Sein Blick wanderte in die Weite der Landschaft. Brandenburg eben. Natur und Freiheit bis zum Horizont.

Zwei hatte er schon.

Nummer drei stand aus.

Darum würde er sich jetzt kümmern.

Und die anderen? Das würde er danach entscheiden.

33

Der Angler lauerte in der freigegebenen Zone.

Schon seit Stunden wartete er nun darauf, dass die Partyüberraschung endlich anbiss.

Heute Abend. Großer Aufzug.

Naja.

Kleiner Aufzug.

Runder Geburtstag. Seine Isabella! Eine echt starke Frau, dachte er und schmunzelte zufrieden. Die war nicht zimperlich, nicht empfindlich, nicht allergisch. Toll. Heutzutage eher selten.

Und sie liebte frischen Fisch. Gern erlegte sie den auch mit ihren eigenen Händen. Nahm ihn aus, entschuppte. Berührungsängste kannte sie nicht.

Als die Sonne im Zenit stand, beschloss er, es sei die richtige Zeit für eine Pause.

Zwei stattliche Beutefische hatte er schon sicher, ein dritter, ein echter Superfang wäre schön.

Langsam zog er die Angel ein. Ruderte zum Ufer, suchte einen schattigen Platz.

Seine Isabella war auch toll im Packen von Proviantkörben!

Neugierig öffnete er die beiden Klappen aus Weidengeflecht.

»Mmmmmmhhhhhmmmm! Du hast mir doch tatsächlich ein ganzes Hähnchen eingepackt! Wann hast du die Henne denn geschlachtet, ich habe gar nichts davon bemerkt.« Fast andächtig hob er den verführerisch duftenden, braungebratenen Vogel hoch. Zog die Alufolien auseinander, legte das Päckchen auf die zweite Bank. »Bier! Und was ist hier drin? Oh! Pudding! Was für ein Menü!«

Während er sein Mittagessen genoss, erfüllte ihn glückliche Erwartung. Denn er hatte ein Geschenk für Isabella, das ihr den Atem würde stocken lassen. Schon stellte er sich ihr Gesicht vor, wenn sie erst entdeckte, was er da …

Zum runden Geburtstag durfte man sich nicht lumpen lassen!, das hatte seine Mutter ihm schon früh eingetrichtert. Das sei so wichtig wie ein runder oder halbrunder Hochzeitstag. Also sehr wichtig.

Er sah mit dem Fernglas rüber zur Vogelinsel.

Aufregung herrschte dort.

Die Möwen kreischten und flogen so etwas wie Scheinangriffe.

Fliegen summten um ihn herum, die Mahlzeit wirkte wohlig in der Körpermitte, das Bier tat sicher ein Übriges.

Der eifrige Angler döste ein.

Als er aus wilden Träumen, die vom Gezeter der Vögel beeinflusst waren, aufschreckte, waren die Tiere tatsächlich noch immer aufgeregt.

»Na, da wird doch wohl nicht irgendein Spinner auf die Insel gefahren sein! Vogelschutzgebiet.« Schnell räumte er die Reste in den Korb und zog seinen Feldstecher aus der Hülle, setzte ihn an die Augen.

Nichts.

Zumindest ging niemand über die Insel – auf dieser Seite.

Er suchte weiter den Uferbereich ab.

Ein Abschnitt schien den Vögeln besonders interessant zu sein.

Überhaupt viel Aktivität, stellte er fest. Selbst bei ihm, in direkter Nähe zum Boot.

Noch einmal kontrollierte er mit dem Glas den gesamten Uferabschnitt.

Stellte schärfer – entdeckte etwas Buntes.

Ein Sack!

Der sich bewegte.

Bestimmt jemand, der nach den Ziegen sehen sollte, deren Aufgabe es war, den Bewuchs auf der Insel so kurz wie möglich zu halten. Möwen lieben eine freie Rundumsicht, hatte er bei einem der Vorträge im Gemeinde- und Begegnungszentrum erfahren.

Beruhigt setzte er das Fernglas ab.

Fuhr mit einem leisen Aufschrei zurück, wäre beinahe über Bord gefallen.

Am Bug reckte sich eine Hand aus dem Wasser, versuchte, sich festzukrallen.

Erschrocken griff er danach, wollte denjenigen, der wohl ausgeglitten und in den See gestürzt war, retten.

Doch die Hand war zu einer Krallenhand verformt und kalt.

Schnell lockerte er seinen Griff, warf einen Blick über die Bordkante.

Haare umspielten einen Kopf.

Er entdeckte bei jedem Blick, zu dem er sich zwang, etwas mehr des Körpers.

Mit bebenden Fingern tippte er den Notruf.

»Hallo. Falls Sie gerade ein bisschen Zeit haben … ich mache gerade Mittagspause am Gräbendorfer See. Und ich bin nicht mehr allein. Hier schwimmt was Totes im

Wasser. Möglicherweise menschlich. Schon ziemlich angehackt. Möwen oder Krähen waren dran.«

Mit Angeln von Nummer drei würde es heute wohl nichts mehr.

Und ehrlich gesagt war ihm auch nicht mehr danach.

34

Nachtigall stand in Fabians Wohnung.

Aufgeräumt wie immer.

Die Zeitung wartete auf dem Tisch, das Mittagessen im Topf auf Erwärmung.

»Er ist nicht hier. Kein Zettel, keine *WhatsApp*.« Maja war außer sich.

Ein durchtrainierter Mann, kurze graue Haare, gepflegte Erscheinung, legte seine Hand auf Klapproths Schulter. »Er wird sich sicher wieder einfinden. Vielleicht ist er gleich mit dem Neuen losgezogen und hat ihm die Stadt gezeigt. Akku ist leer, er hat das unter Umständen noch gar nicht bemerkt«, erklärte der Fremde mit warmer, sympathischer Stimme.

Auf Nachtigalls fragenden Blick antwortete er: »Ferdinand. Ich bin eine Art Hausmeister hier im Komplex. Ansprechpartner bei Problemen aller Art.«

»Aha.«

»Ja, Ferdinand kümmert sich um alles und alle. Geht mit Hunden spazieren, wenn die Besitzer krank sind, hat einen wachen Blick auf uns Bewohner«, ordnete Maja ein.

»Bei dir oben hat Fabian auch nichts hinterlegt?« Nachtigall konnte nur schwer verbergen, wie besorgt er war. Majas Bruder versuchte, Ärger mit der großen Schwester zu vermeiden, er hätte nie vergessen, sich bei ihr abzumelden. Fabian hatte in den letzten Monaten gelernt, dass es besser war, sich an die innerfamiliären Spielregeln zu halten.

»Nein. Jeffrey hat auch nichts zu fressen bekommen. Das vergisst Fabian nie, er liebt den Kater.« Maja war ratlos.

»Und keine Spur von dem jungen Mann, der heute seinen Dienst hätte antreten sollen.« Nachtigall sah sich um. »Kein Koffer, keine fremde Jacke. Wenn Fabian entführt worden wäre, um dich zu treffen, warum hat der Täter dann keinen Hinweis hinterlassen? Man verschleppt andere Menschen, um etwas zu erreichen. Bloß, was genau man möchte, muss man kommunizieren.«

»Fabian hatte schon seit Monaten den Eindruck, er werde verfolgt. Das konnte er aber nicht verifizieren. Mir legt ein Mörder Geschenke von seinen Tatorten auf den Fußabtreter, hat meine Wohnung und dein Haus verwanzt. Was soll das?«

Als es klingelte, signalisierte Ferdinand, er werde sich darum kümmern.

Nur Sekunden später kehrte er mit einem jungen Mann zurück, der sich irritiert in der Wohnung umsah: »Äh, ich weiß jetzt gar nicht, ob ich hier richtig bin. Von Ihnen ist ja keiner auf einen Rollstuhl angewiesen – oder? Ich sollte mich bei einem Fabian Klapproth melden. Vielleicht hat man mich zum falschen Patienten geschickt?«

»Sie sind die Vertretung des Pflegedienstes?«, ächzte Maja und fiel in die Couch. »Mein Bruder wurde vielleicht entführt.« Sie hörte selbst, wie unwahrscheinlich das in den Ohren des Neuankömmlings klingen musste. Ungläubiges Staunen breitete sich auf dessen Mondgesicht aus.

»Das hatte ich jetzt auch noch nie!« Mit einer schwungvollen Bewegung strich er die kinnlangen Haare zurück. »Echt jetzt? Ich bin Klaus Brand. Seit wann ist er denn verschwunden?«

Nachtigalls Handy brummte laut. »Ja, Nachtigall!«, meldete er sich fast unfreundlich.

»Wir haben eine weibliche Leiche am Gräbendorfer See.« Die gesichtslose Stimme am anderen Ende klang irritiert. »Sie ermitteln doch in einem Fall, in dem eine junge Frau vermisst wird, oder?«

»Ja, das ist richtig. Entschuldigung. Ich stehe hier an einem anderen Tatort. Bin in etwa einer halben Stunde da. Wo genau …«

Klapproth entspannte sich etwas. Eine weibliche Leiche.

»Vielleicht Becky Müller?«, fragte sie.

»Möglich. Du bleibst hier, ich fahre allein. Vielleicht beobachtet uns der Entführer, von dem ich noch immer hoffe, dass es ihn nicht gibt, und meldet sich erst bei dir, wenn ich weg bin.«

Der Fundort war leicht zu finden.

Auf dem Parkplatz bei Laasow standen mehrere Einsatzfahrzeuge der Polizei, ein Forensik-Team war schon vor Ort und die Rechtsmedizin offensichtlich ebenfalls.

»Na toll. Der ermittelnde Beamte kommt mal wieder ganz zum Schluss«, maulte Nachtigall vor sich hin, als er ausstieg.

»Nanu, wo ist Maja?«, fragte Thorsten Pankratz, der wie aus dem Nichts überraschend neben ihm auftauchte.

»Wir haben uns aufgeteilt«, blieb der Freund vage. »Was finden wir hier vor?«

»Eine junge Frau. Sie trieb leblos im Wasser, ein Angler hat sie entdeckt. Meine erste Vermutung: Handkantenschlag gegen den Hals wie bei der ersten Leiche. Eine Stichwunde oberhalb des Nabels, tief, die Obduktion wird klären, was dabei verletzt wurde. Rigor mortis voll ausgeprägt.«

Nachtigall ging neben dem hochgewachsenen, asketischen Rechtsmediziner her.

Ähnliche Größe, völlig andere Statur, registrierte der Hauptkommissar mit leisem Ärger. Ein bisschen mehr Sport … nahm er sich mal wieder vor.

»Der Angler feiert heute mit seiner Frau deren runden Geburtstag. Wollte fürs Abendessen einen Fisch mitbringen. Er war eingeschlafen, als er aufwachte, ragte eine Hand über die Bordkante. Er sah nach …«

Der Körper der Toten war inzwischen geborgen, lag auf einer großen Plastikplane.

Der Rechtsmediziner sorgte dafür, dass niemand versehentlich zu nah an den Leichnam herantrat.

Nachtigall starrte in das Gesicht – und erkannte nur mit Mühe die Züge der jungen Frau, die offensichtlich meist guter Dinge war, Witze machte, die anderen mit ihrem Lachen anzustecken vermochte.

»Tja, das ist wohl die junge Frau aus der Studierendengruppe«, murmelte er betroffen. »Wie groß ist die Wunde, die ihr zugefügt wurde?«

Thorsten Pankratz deutete mit den Fingern die Breite an.

»Was? So breit?«

»Ja. Etwa vier Zentimeter. Genau kann ich es erst …«

»Ja, ich weiß.« Der Hauptkommissar sah sich suchend um. »Wo ist denn der Angler?«

Der Rechtsmediziner deutete auf eine zusammengesunkene Gestalt, die etwas abseits des Spurensicherungstrubels auf einem Findling saß. »Andreas Zurl. Wohnt hier um die Ecke.«

»Herr Zurl?«

Der Angler sah auf. Tränen standen in seinen Augen.

»Sie wurde umgebracht, oder?«, wisperte er.

»Was genau passiert ist, wissen wir noch nicht. Zum jetzigen Zeitpunkt können wir nichts ausschließen.«

Nachtigall wies seinen Ausweis vor. Der Mann sah gar nicht hin, sondern sank langsam wieder in sich zusammen.

»Das arme Mädchen.«

»Sie kennen das Opfer?«, staunte der Ermittler, setzte sich auf einen anderen Findling, um nicht neben dem verzweifelten Mann wie ein Riese auszusehen.

»Ja. Mücki.«

»Sie sind sich begegnet? Waren Sie hier verabredet?«

»Nein, wir waren nicht verabredet. Ich wusste aber, dass sie in der Gegend ist. Die Tochter meiner Cousine.«

»Sie kommt hier aus der Gegend?«, bohrte Nachtigall weiter.

»Ja. Naja, nicht so ganz nah. Aber die Familie zog vor vielen Jahren weg. Wir haben nur sporadisch von ihnen gehört.«

»Die Familie ist nach der Wende weggezogen?«

»Kann man so sagen.«

Nachtigalls Augenbraue zuckte leicht. Ihm kam diese Antwort kryptisch vor.

Offensichtlich bemerkte das auch der Angler.

»Nun, mit der Wende hatte das gar nichts zu tun – leider …«, begann er und erzählte die ganze Geschichte.

Der Ermittler hielt den Atem an.

35

Bruno warf seinen Söhnen skeptische Blicke zu.

»Ihr wollt in die Stadt? Wozu?«

»Meine Sneakers sind so was von ausgelatscht«, nörgelte Bernhard, zeigte anklagend auf seine Sportschuhe, die weder Anzeichen von Verschleiß noch Zerfall aufwiesen, und Kyle behauptete, er brauche zwei T-Shirts.

»Die Sneakers haben wir letzte Woche gekauft und du, Kyle, hast deine Reisetasche noch gar nicht komplett ausgepackt. Da wirst du ganz sicher noch ein paar saubere T-Shirts entdecken! Ihr wollt rumstolzieren, von den Mädchen und Frauen hier angehimmelt werden! Deshalb sollen wir nach Cottbus fahren! Gerade jetzt, wo so viel Aufregung über dem Platz liegt?«

»Was hat das denn damit zu tun? Wir wollen anständig angezogen rumlaufen – das kann ja keine Verfehlung sein!« Kyle brauste auf, Bernhard trat ihm unter dem Tisch gegen das Schienbein. Bei ihrem Vater führte aggressives Beschweren nur zur vollkommenen Blockade, das sollte Kyle eigentlich längst wissen.

»Was ist, wenn sich herausstellt, dass die Studentin ebenfalls getötet wurde? Dann seid ihr nicht hier, wenn die Polizei anrückt. Wollt ihr unbedingt in den Kreis der Verdächtigen geraten?« Bruno schüttelte verständnislos den Kopf. »So dumm könnt ihr doch nicht sein!«

Ob das Hoffnung oder Überzeugung war, konnte man aus dem Ton nur schlecht heraushören.

Bernhard beschloss, es sei Überzeugung gewesen.

Warf dann aber einen prüfenden Blick auf den Bruder – für den galt wohl eher Hoffnung.

»Meine Söhne wollen auf den Straßen der Stadt, auf dem Campingplatz und am See unten posen! Während hier in unserer direkten Nachbarschaft Leute umgebracht werden!«

»Bisher wissen wir nur von einem Leut!«, maulte Kyle während er körpersprachlich bereits die Segel strich. »Und wenn der Landwahle nicht wiederkommt, ist das wohl kein Problem für irgendjemanden. So eine Kugel!«

»Halt«, gebot Bruno scharf. »Dann ist es auch kein Problem wenn Blonde … oder Magere … oder Unsportliche … oder Kartoffelfreunde … oder Nudelfans … Apfelesser … Eisgenießer…«

»Ja, reicht schon! Heb dir das Gesülze für deine Predigten auf, alter Mann!« Kyle duckte sich schon vorsichtshalber, bevor er das Ausrufezeichen in seinem Satz erreicht hatte.

Doch Bruno machte einfach nur kehrt.

Verließ das Wohnmobil ohne ein Wort.

Sonderbare Geräusche.

»Du Vollidiot!«, schimpfte Bernhard. »Jetzt packt er zusammen, und wir müssen nach Hause zurück! Große Klasse, oh mutiger Meister!«

36

»Silke, ich brauche dich erst am Gräbendorfer See und dann an der Talsperre. Wir haben die Leiche der Studentin gefunden«, informierte Nachtigall die Kollegin.

»Ich komme. Wohin genau? Becky Müller ist also doch ebenfalls ermordet worden?«

»Ja. Und der Angler, der sie gefunden hat, kennt sie und kann dir eine interessante Geschichte erzählen.«

»Gut, ich habe das mit Wilhards Vater recherchiert. Er sitzt gar nicht bei uns in Brandenburg ein, sondern in Sachsen. Gab Stress hier mit den anderen Häftlingen. Er hat eine Mutter und deren zwei kleine Kinder getötet. Er war der Vater der beiden, sie wollte ihn wegen des ausstehenden Unterhalts verklagen. Dann hätte aber seine Frau von der anderen und deren Kindern erfahren. Das wollte er verhindern. Besuchte die drei und brachte sie um. Erst die Kinder – er zwang die gefesselte Mutter, dabei zuzusehen – dann sie. Nun, so eine Geschichte bringt dir in der JVA nicht nur Freunde ein. Niemals hatte er Besuch von seiner Ex oder von seinem Sohn. Er hat nie an die beiden geschrieben, nie mit ihnen telefoniert. Echte Funkstille.«

»Genau das müssen wir checken. Der Anbieter von Wilhards Handy. Verbindungsnachweise. Und checke doch nochmal das Ergebnis des Trackings. Das Mobiltelefon wurde noch nicht wieder eingeschaltet? Wer weiß, von wo wir dann ein Signal empfangen.«

»Okay. Ich habe alles aufgeschrieben.«

»Hat Maja sich bei dir gemeldet?«

»Nein. Sollte sie das?«

»Nicht direkt. Ich dachte nur, mein Handyempfang sei hier vielleicht gestört. Du fährst am besten Richtung Laasow und dann zur Anlegestelle. Du weißt schon, da, wo die Surfer parken.«

»Ja, kenn ich. Kein Problem. Halbe Stunde werde ich brauchen.«

»Gut. Ich muss mit Doktor Krampes noch einmal über die Auswahlkriterien für die Camp-Teilnehmer sprechen. Offensichtlich kannten sich einige eben doch von früher.«

»Echt? Und das hat keiner aus der Gruppe bemerkt? Ist doch eigenartig.«

»Eben. Deshalb werde ich bei Doktor Krampes nachhaken. Vielleicht hat der eine oder andere sich ja ins Projekt gedrängelt. Ach, und Silke, der Angler war mit Becky Müller verwandt. Bitte …«

»… etwas Mitgefühl, keine patzigen Äußerungen und keine sprachlichen Attacken«, schloss Silke den Satz. »Ich passe auf!«

»Peter hier. Habt ihr inzwischen mehr erfahren? Beobachtungen der Nachbarn oder Ähnliches?«

»Nein. Offensichtlich hat niemand überhaupt gesehen, dass Fabian das Haus verlassen hat. Ein Rollstuhlfahrer fällt auf – das glaubt Fabian jedenfalls. Und nun …«

»Ist Jannik bei euch?«

»Ach, du hast ihn geschickt? Ja, er ist hier und ein Team des Erkennungsdienstes auch. Aber bisher gibt es keinen Anhalt für irgendwelche Unfreiwilligkeiten. Keine Kratzspuren oder solche Dinge. Fingerabdrücke von vielen verschiedenen Menschen wurden gesichert. Deine, meine, Fabians, aber bisher keine, die nicht zu erwarten gewesen wären.« Maja gab sich Mühe, ihre Angst zu verbergen. Doch Nachtigall hörte sie aus jedem Buchstaben, aus jedem Atemzug. »Weißt du, wenn … das könnte ich nicht.«

»Das ist mir bewusst. Es wird nicht passieren. Er wird jetzt nicht zum Opfer deiner Arbeit. Weil du Polizistin bist … das wird nicht passieren!« Er legte jeden Funken Zuversicht, den er mobilisieren konnte, in diese Antwort.

»Ich weiß nicht, wie wir ihn finden wollen. Das Auto steht draußen, sein Handy ist offensichtlich aus. Er hat keinerlei Nachricht hinterlassen. Das ist alles so untypisch.«

»Deshalb ist das Team vor Ort. Weil wir alle wissen, dass Fabian sein Handy immer geladen und auf laut gestellt in der Tasche hat und er auf jeden Fall eine Mitteilung für dich hinterlassen hätte. Mach dir keine Sorgen: Uns allen ist die Gefahr bewusst.« Nachtigall senkte die Stimme, erklärte dann eindringlich: »Es gibt kein neues Tatortfoto für dich. Sollte Fabian von diesem Täter entführt worden sein, dann hast du weder Foto noch Geschenk vom Tatort bekommen, weil es keinen Mord gegeben hat!«

Auf dem Weg zu Doktor Krampes wog Nachtigall verschiedene Möglichkeiten ab.

Der Täter konnte aus dem Projekt stammen – ja.

Aber woher hatte er von der Erntemaschine gewusst?

Und wie hatte er Mücki Müller von den anderen weggelockt?

Bisher wussten sie, dass Wilhard nicht nur nett war – er konnte auch fies, hatte sich Feinde gemacht.

Und Mücki?

»Schatten der Vergangenheit«, murmelte er unzufrieden vor sich hin. »Das ist mir zu pathetisch!«

Doktor Krampes war wenig erfreut, den Hauptkommissar wiederzusehen.

»Im Gräbendorfer See? Wie soll sie denn … ohne Auto? Mitten in der Nacht? Das ist doch alles höchst eigenartig. Niemand kannte die jungen Leute, bevor sie an der Talsperre zu arbeiten begonnen haben. Wer also …?«

»Genau«, unterbrach Nachtigall den Schwall von Fragen. »Das ist der Punkt. Ich möchte gern wissen, nach welchen Kriterien Sie die Teilnehmer ausgesucht haben. Inzwischen gehen wir davon aus, dass die Studierenden sich nicht so fremd sind, wie Sie vielleicht dachten.«

»Nun«, dehnte Doktor Krampes die Antwort wie Kaugummi, »ich habe schon darauf geachtet, dass die einzelnen Studierenden in ihrer Biografie einen Bezug zur Lausitz, zu Brandenburg hatten. Ich war nicht daran interessiert, einen Ost-West-Konflikt heraufzubeschwören. Das beeinträchtigt die Arbeit am Thema. Deshalb sollten die Wurzeln wenigstens stimmen. Davon, dass sich einzelne Teilnehmer kannten, konnte ich nicht ausgehen, und das wäre auch für mich eher ein Ausschlusskriterium gewesen, bei gleichen Leistungsparametern. So was lenkt ab.«

Sie zog einen Arbeitsplan hervor, legte ihn auf den Tisch. »Das ist die Aufgabenverteilung für die einzelnen Tage. Sieht nach viel aus. Das täuscht. Ich habe natürlich genug Freizeit eingeplant – und wer stringent bei der Sache bleibt, erschafft zusätzlichen Freiraum für individuelle Aktivitäten.« Ihre Augen begegneten denen des Hauptkommissars, ein dunkler Rotton überzog ihr

Gesicht, ließ die Ohren leuchten. »Damit, dass vielleicht jemand die freie Zeit zum Morden nutzt, konnte ich nicht rechnen!«, setzte sie eilig hinzu.

»Es steht fest, dass Frau Müller und Frau Schneider sich kennen. Es gab in der Kindheit von Frau Schneider einen dramatischen Todesfall. Ihr Vater kam ums Leben, alle beschuldigten die kleine Tochter, schuld an den tragischen Ereignissen gewesen zu sein. Nun gibt es einen Zeugen, der erzählt diese Geschichte völlig anders. Sollte also Frau Schneider herausgefunden haben, dass sie sich ein ganzes Leben lang ungerechtfertigte Vorwürfe gemacht hat und machen lassen musste, wäre das in meinen Augen vielleicht ein Motiv für einen Mord.« Nachtigall beobachtete die Mimik der Professorin genau. Das Entsetzen in ihrem Gesicht schien ihm echt zu sein.

»Was? Wie furchtbar.« Sie atmete tief durch. »Aber welches Motiv sollte Frau Schneider für den Mord an Herrn Kemper gehabt haben?«

»Bisher sehen wir keines«, räumte Nachtigall ein. »Aber wir wissen inzwischen, dass es auch Menschen gibt, die Herrn Kempers Tod nicht allzu sehr bedauern. Wussten Sie, dass er in seiner Jugend durchaus ›eine wilde Zeit‹ hatte?«

»Ja. Nicht im Detail, aber er war wohl nicht immer nett, das deutete er einmal an. Mein Fehler ist: Ich habe nicht nachgehakt. Offensichtlich geht es nicht um ein paar Tütchen Marihuana?«

»Nein. Tatsächlich nicht. Die Zeugen berichten über vollkommen andere Dinge.«

»Es fällt mir schwer, das zu glauben. Ich dachte, wer Gandalf und Hobbits mag, der ist einer von den Guten. Zu naiv, ich weiß!«

»Silke Dreier, Kriminalpolizei Cottbus.«

»Ach, eine junge Dame! Ist ja mal was anderes als die griesgrämigen Kommissare in den Fernsehkrimis.«

»Herr Nachtigall hat mit Ihnen gesprochen. Ich werde das Protokoll aufnehmen, wenn Sie sich in der Lage fühlen, mir noch mal alles zu erzählen.«

Der Angler nickte. Schluckte. Nickte.

»Es ist ein ziemlich unerwartetes Wiedersehen gewesen. Ich wollte, wir hätten enger Kontakt gehalten – aber die Familie war dagegen.«

»Allgemeine Entfremdung? Ist ein Problem in vielen Familien.« Silke bemühte sich um einen mitfühlenden Ton. »Die Situation hier ist natürlich besonders schrecklich …«

»Na ja, erst habe ich sie gar nicht erkannt, wissen Sie? Wir haben uns so unglaublich lange nicht gesehen! Aber dann: Das ist doch Becky!, wurde mir klar! Und der Schreck … also, das wünsche ich keinem!«

»Die Familie von Becky war weggezogen?«

»Ja. Vor vielen Jahren schon. Es gab da einen tragischen Unfall. Der Nachbar wurde von einem Auto überrollt. Und unsere Becky war gerade bei dieser Familie. Das Auto – sehen Sie, Berge haben wir jetzt nicht wirklich hier, aber damit so ein Auto losrollt, braucht es nur eine Schräge. Der Nachbar starb noch auf der Straße. Unsere Kleine – nun, sie war noch ein Kind. Aber kräftig! Ihre Mutter erkannte sofort, was passiert war. Ihre Tochter hatte die Bremsklötze weggezogen. Natürlich konnte das Kind nicht wissen, was es damit auslöste. Becky wurde noch vor dem letzten Atemzug des Nachbarn ins Haus gerufen – alles wurde gepackt, man brach sofort auf. Das Haus verkaufte ein Makler, fürs Entrümpeln bezahlte man eine Firma. Weg waren sie. Dem Kind haben sie nie erzählt, was damals passiert ist. Sie strickten für diesen Tag eine völlig neue Geschichte, die Becky wohl nie in Zweifel gezogen hat. Aber natürlich wurde versucht, den Kontakt zu denen zu reduzieren, die von der tragischen Geschichte wussten. Zu uns eben.«

»Und Sie haben gewusst, dass sie hier ist?«

»Ja. Wir wollten uns treffen …« Er verstummte, wischte sich übers Gesicht. »Es ist so traurig.«

Maja Klapproth reagierte auf das Klingeln ihres Handys.

»Nanu, Chris, ich denke, du bist bei der Trauerfeier!«

»Tja – aber die fällt aus. Meiner Großmutter geht es gut. Die Trauerkarte war ein schlechter Scherz. Ich komme sofort zurück. Die Vertretung könnt ihr nach Hause schicken. Ach – und frag Fabian, was er heute zum Abendessen möchte. Wir feiern meine schnelle Rückkehr.«

Maja begann leise zu schluchzen.

»Er ist weg.«

»Was? Der Vertreter? Geflohen?«, kicherte Chris.

»Nein! Fabian ist weg!«

37

Marko stellte sich möglichst unauffällig – was bei seiner Figur nicht ganz einfach war – hinter das Fenster über der Kochfläche, hob den Feldstecher an die Augen, bewegte sich einen Moment suchend hin und her.

»Na, was werdet ihr jetzt unternehmen? Wie eine Gruppe aufgescheuchter Hühner. Tja, euer Wilhard – tot. Eine andere verschwunden. Ist nicht gerade beruhigend«, flüsterte er vor sich hin.

Drehte den Oberkörper, trat einen Schritt zur Seite. »Mist. Ich kriege Bruno nicht ins Visier. Aber wenn ich rausgehe, dann sieht er mich. Mist, Mist, Mist!«

»Was ist Mist?« Marko zuckte heftig zusammen, hätte um ein Haar das teure Fernglas fallenlassen, als Bruno ihn unvermittelt ansprach.

»Die Tür stand offen. Tut mir leid, wenn ich dich erschreckt habe.«

Marko, noch immer darum bemüht, seinen rasenden Puls zu beruhigen, nickte freundlich. »Hallo. Na ist doch Mist für die Gruppe, dass nun schon zwei fehlen. Und dann wurde der Wilhard … hu, das mag man sich nun wirklich nicht vorstellen. Hoffentlich hat sich diese Mücki nur irgendwie verlaufen und taucht wieder auf.«

»Ja, hoffen wir mal.« Bruno machte eine kurze Pause, sah sich bei Mirko um. »Äh, eigentlich bin ich hier, um euch zum Treffen heute Abend einzuladen. Bei dem schönen Wetter draußen, am Aussichtsturm. Wenn viele

Zuhörer kommen, dann am Strand. Getränke müsst ihr selbst mitbringen, belegte Brötchen habe ich bestellt.«

Marko versuchte, etwas Begeisterung in seine Mimik zu zwingen, war sich allerdings nicht sicher, ob das gelungen war. Bruno jedenfalls schien nicht den Verdacht zu hegen, der andere könne keine Lust auf diese Zusammenkunft haben. Oder, dachte Marko, vielleicht versuchte der Besucher ebenfalls nur, diesen Eindruck zu erwecken.

»Prima, schön, wenn ihr kommt. Vielleicht wollen die Studierenden ja auch zu uns stoßen – und sei es nur der Ablenkung wegen.« Damit drehte sich der selbst ernannte Prediger um und ging. Die Tür blieb offen.

Bettina kam wenige Minuten später vom Einkaufen zurück.

»Heute Abend. Bruno. Aussichtsturm«, brummte ihr Gatte statt einer Begrüßung. »Wir müssen hin.«

»Aha!« Sie begann, die Einkäufe in den Küchenschränken zu verteilen. Marko wusste, seine Mithilfe war unerwünscht. Er verstaute alles am falschen Platz und stand ansonsten im Weg rum. Da war es besser, am Tisch sitzen zu bleiben.

»Hat er gesagt, über welches Thema er heute sprechen möchte?«

»Na, wie immer, denke ich. Der Untergang unserer Gesellschaft ist nah, er wird uns alle treffen, seid wachsam, haltet euch fern von jenen, die den Untergang beschleunigen«, fasste Marko zusammen.

»Und warum gehen wir hin, wenn du ohnehin schon weißt, was er uns erklären wird?«

»Weil er sonst sauer ist. Er wird die anderen auf dem Platz gegen uns aufwiegeln.«

»Wie soll das wohl funktionieren?« Bettina lachte fröhlich und stellte eine Packung Kekse auf den Tisch. »Die helfen gegen Gehirnverdrehung. Er kann uns doch gar nichts! Wir müssen nicht mit den anderen auskommen. Wenn es so nicht mehr funktioniert, suchen wir uns einen anderen Dauerstellplatz.« Sie beugte sich zu ihrem Mann hinunter und drückte dem völlig verblüfften Marko einen liebevollen Kuss auf die Lippen. »Alles gut!«

Kyle und Bernhard waren schlecht gelaunt. Wenn sie es mit eigenen Worten hätten formulieren sollen, wäre wohl »mies drauf« oder »angepisst« ihre Variante gewesen. Bruno plante schon wieder ein Treffen! Und natürlich war es die Pflicht der Söhne, ihn bei den Vorbereitungen zu unterstützen.

Das bedeutete: bei den Nachbarn Handzettel verteilen.

Gut, bei manchen konnte man den Wisch einfach unter einen Aschenbecher auf einem wackligen Klapptisch klemmen. Bei anderen war persönlicher Kontakt nicht zu vermeiden. Und der war mal mehr, mal weniger erfreulich. Immerhin, die überstürzte Abreise war vom Tisch. Bis auf Weiteres jedenfalls.

Frau Zimmermann freute sich über jede Art von Besuch. Sie steckte den beiden »großen Jungs« Kekse zu oder auch mal ein Stück Kuchen.

Bei Herrn Lehmann bissen sie mit ihrem Zettel in ein Bienennest. »Was soll das? Eine Predigt am Aussichtsturm? Mit belegten Brötchen? Bruno? Der ist nicht einmal wirklich Prediger – nur gefühlt dafür zuständig, Schwachsinn an die Menschen ranzuquasseln. Ich brauche niemanden, der mir verschwurbelten Quatsch ins Ohr dreht! Macht, dass ihr aus meinem Blick verschwindet, sonst könnte es hier gleich jede Menge Ärger geben!«

Und den konnte man schon hören.

Hinter der – zum Glück geschlossenen – Tür zu seinem Campingbus hörte man den Rottweiler Thanatos toben. Dem wollte weder Kyle noch Bernhard zwischen die Zähne geraten. Als sie sich rückwärts bewegten, drohte Bernd Lehmann: »Nehmt den idiotischen Zettel von meinem Tisch. Los! Und sollte ich auch nur ein Wort dieser Predigt bis hier her hören, rufe ich die Polizei. Volksverhetzung ist ein Straftatbestand. Und der passt ganz genau auf euch und euren Vater!«

Mit zitternden Fingern fischte Bernhard den Einladungsschrieb vom Tisch, und die beiden Brüder machten sich überstürzt auf den Weg zum nächsten Wohnwagen.

Bruno hatte die beiden beobachtet.

Ein geringschätziges Grinsen machte sich an seinen Lippen zu schaffen.

»Versager«, wisperte er. »Totale Versager! Aber die 14 über der Tür anbringen und eine Geheimsprache benutzen! Klar, das macht stark! Ich habe zwei Idioten gezeugt.« Er lauschte diesen Worten nach und korrigierte umgehend: »Diese Frau hat zwei Idioten zur Welt gebracht!« Das klang schon eher so, als habe er damit nur sehr wenig zu tun. Was ja, biologisch betrachtet, stimmte. »Ich sage nur: mitochondriale DNA.«

Er verschränkte die Arme vor der Brust, wippte von den Hacken auf die Zehenspitzen und wieder zurück.

Dennoch, sie waren seine Nachkommen. Er war sich dieser Verantwortung bewusst.

Und, dachte er selbstzufrieden, schließlich hatte er sie bisher noch aus jedem Sumpf gezogen – mit allen Mittel ihren Untergang verhindert. Seine Verantwortung nahm er ernster als die meisten anderen Väter, streichelte ein neuer Gedanke seine Seele. Einen Vater wie ihn … gab es selten.

Seine Söhne waren eine einzige Zumutung – und doch, es hätte schlimmer kommen können.

38

Jannik Peters hatte einen Stapel Akten auf dem Schreibtisch.

Links die ungelesenen, rechts die aussortierten, auf dem Mülleimer die, die vielleicht in der engeren Wahl sein würden.

Bei jedem Umblättern schnarrte er leise vor sich hin: »Ein bisschen mehr mithelfen könnte sie ja schon! Der Täter ist so entschlossen, dem muss sie etwas Einschneidendes angetan haben – daran erinnert man sich vielleicht nicht gern – aber vergessen wird man es wohl auch nicht!«

Er angelte die nächste Akte vom Stapel legte die andere nach rechts. »Der hat sicher nichts damit zu tun. Der Fall ist mehr als eine Ewigkeit her! Das ist inzwischen ein älterer Herr. Der entführt doch keinen Rollstuhlfahrer! Viel zu aufwendig. Und sich auf die alten Tage noch mal so richtig mit der Kriminalpolizei anzulegen, ist eine mehr als blöde Idee.«

Es klopfte.

»Herein!« Das klang nicht gerade einladend, seine Stimmung konnte eine Störung nun wirklich nicht aufhellen.

»Oh, Doktor März!«

»Sie kommen voran?«

Wortlos deutete Jannik auf die drei Stapel.

Doktor März zog sich den Besucherstuhl heran, nahm Platz. »Sie glauben, all diese Taten sind nicht beruflich motiviert? Wir sollten lieber das Privatleben der Kollegin Klapproth unter die Lupe nehmen?«

Jannik nickte vorsichtig.

»Gut. Die Kollegin Klapproth arbeitete sehr erfolgreich für die Kriminalpolizei in Köln. Es gibt niemanden dort, der auch nur ein böses Wort über sie verliert. Ihre Unberechenbarkeit und ihr gelegentlich leichtsinniges Agieren waren erwähnenswert. Sie hat nie andere, nur sich selbst gefährdet. Manchmal hat sie eigene Entscheidungen ohne Absprache mit dem Vorgesetzten umgesetzt. Aber ehrlich, das passiert bei Einsätzen regelhaft. Ist nicht immer genug Zeit für umständliche Rückfragen. Suchen Sie in den Fällen nach einer möglichen Verbindung zum Privatleben von Frau Klapproth. Ein Stalker wäre vielleicht zu auffällig – aber möglicherweise hat sie sich gelegentlich über Belästigungen beschwert.«

Jannik staunte. Ausgerechnet Doktor März hatte für eigenmächtige Entscheidungen, gar leichtsinniges, gefährdendes Verhalten Verständnis? Das war neu.

»Langer Rede kurzer Sinn: Ich habe einen Partner für Sie. Zumindest bis Ihr Kollege sich von der OP erholt hat und wieder arbeitsfähig ist. Jens Kruger. Er wartet draußen. Vier Augen sehen mehr, und zweisam arbeitet es sich erfolgreicher.«

Doktor März stand etwas umständlich auf.

»Herr Kruger!«

Jannik starrte den Fremden an. Deutete überrumpelt auf den freien Schreibtisch. Der Mann war superblass, hatte weißblondes Haar, blaue Augen. Wirkte zerbrechlich, ja fast durchscheinend, als sei er aus milchig behauchtem Glas.

»Sie weisen Herrn Kruger in die Fakten ein. Viel Erfolg!«

Doktor März zog die Bürotür leise hinter sich zu, wartete noch einige Sekunden, hatte dabei fast das Ohr an der Tür. Von drinnen war kein Laut zu hören.

Sonderbar.

39

Maja stieß zu Nachtigall, als dieser wieder am Spremberger See mit den Studierenden sprach.

»Ihre Kommilitonin wurde tot aufgefunden. Und nun stellen sich für uns einige völlig neue Fragen.«

Friedemanns Körperhaltung signalisierte umgehend Abwehr. Er lehnte den Oberkörper weit zurück, schob die geballten Fäuste kraftvoll tief in die Taschen seiner Jeans. Aggressiv. Der Blick wurde abweisend, trotzig und kalt. Sein »Aha!« klang abweisend, aggressiv.

»Ja. Wir können nun engere Verbindungen zwischen einzelnen Teilnehmern dieses Projekts nicht mehr ausschließen.«

»Soll das heißen, wir kennen uns von früher, haben das aber verdrängt, treffen uns hier und beginnen sofort damit, Rache zu nehmen?« Eirik schüttelte ratlos den Kopf. »Das müsste ja Dinge betreffen, die ewig zurückliegen! Und ehrlich, mir ist nicht aufgefallen, dass es mehr Spannungen gab als normalerweise in solchen Gruppen.«

»Werden Sie …«, begann Baldur besorgt. »Sehen Sie, ich habe mein Zimmer für den Sommer untervermietet. Wenn wir hier abbrechen, bin ich obdachlos – und einen anderen Ferienjob habe ich natürlich auch nicht.«

Zustimmendes Gemurmel.

»Ich habe auch kein Dach über dem Kopf.« Friedemann lehnte sich womöglich noch weiter zurück. »Meine WG hat mich rausgeschmissen. All meine Habe ist eingelagert.«

Maja warf ihm einen prüfenden Blick zu. »Wo eingelagert?«

»Storage.«

»Wir werden all diese Angaben natürlich überprüfen«, erklärte Klapproth. »Besser, Sie bleiben bei der Wahrheit.«

»Und nun?«, fragte Baldur.

»Wir stellen einen Beamten ab, der auf Sie aufpasst. Es sei denn, es ist nicht Konsens, dass Sie bleiben wollen.« Dabei warf Maja jedem einen prüfenden Blick zu. »Frau Schneider, Frau Lehmann? Von Ihnen habe ich noch gar nichts gehört.«

»Meine Alternative für diesen Sommer?«, fragte Camilla. »Keine. Entweder hier – oder vielleicht in der Kneipe eines Freundes kellnern. Wahrscheinlich sind die Stellen längst besetzt. Sieht nach wenig Geld und viel Langeweile aus.«

»Ist bei mir ähnlich. Ich wohne bei meiner Großmutter. Kost und Logis frei, allerdings heißt das nur, dass es kein Geld kostet, die Pflege und Versorgung sind Miete und Kostgeld. Wenn wir abbrechen, löse ich meine Cousine wieder ab, die zähneknirschend bereit war, mich zu vertreten.«

»Eirik?«, fragte Friedemann.

»Wenn das Camp bleibt, bleibe ich auch. Ich stehe bei Doktor Krampes im Wort.«

»Maximilian? Deine Antwort fehlt noch«, erinnerte Camilla.

»Wenn die anderen bleiben, dann gilt das auch für mich.«

»Wir nehmen Sie noch ein mal mit ins Büro. Besprechen die Fragen, die sich bei unserer Recherche ergeben haben. Danach entscheiden wir, wie es für Sie weitergehen kann. Ist ja eine Frage, die auch die BTU mitentscheiden muss.« Nachtigall gab einem uniformierten Beamten ein Zeichen.

Eirik war etwas irritiert vom Verhalten der Hauptkommissarin.

Sie checkte innerhalb sehr kurzer Intervalle ihr Handy, wirkte, als sei sie mit etwas anderem so beschäftigt, dass sie sich überwinden musste, sich um den Zeugen überhaupt zu kümmern.

Interessiert beobachtete er ihr Mienenspiel.

Als Eirik schon dachte, sie habe ihn vergessen, legte sie das kleine Telefon zur Seite, stützte die Ellbogen auf den Tisch und sah ihm in die Augen.

»Frau Doktor Krampes hat Sie explizit eingeladen. Sie sollen eine Art Werbetrailer drehen?«

»Ja, so ist es angedacht. Ein paar schöne Aufnahmen habe ich schon, aber bisher nur aus dem Stausee. Die anderen beiden Schutzgebiete habe ich noch gar nicht gesehen.«

»Und von den anderen war Ihnen keiner vorher bekannt?«

»Nein. Ich bin deutlich älter als die Studenten. Wenn, dann hätte ich sie vor Jahren getroffen haben müssen, da waren sie noch Kinder. Kann natürlich irgendwie sein, ist aber total unwahrscheinlich. Sicher, gelegentlich war ich hier, habe schon früh damit begonnen zu filmen, dramatische Szenen unter Wasser. War damals so ein Steckenpferd. Heute liegt der Gänsehauteffekt mit Tiefenschauder für die Zuschauer eher im Eindruck der Gefahr. Zusätzliche Dramatik ist nicht notwendig.« Er lächelte gewinnend. Klapproth begegnete dieser Charmeoffensive mit demonstrativer Gleichgültigkeit.

Sie spürte, dass er log. An irgendeiner Stelle versuchte er zu verschleiern.

Sie las das Protokoll langsam, ließ die Worte auf sich wirken, lauschte dem Klang Eiriks Stimme nach.

»Drama unter Wasser. Dazu brauchten Sie Protagonisten.«

»Ja, manchmal.«

Aha, Maja war sicher: Hier lag der wunde Punkt. Es schien, als sei seine aufgesetzte Miene freundlichen Interesses plötzlich entgleist, er fing sie sofort ein und platzierte das Lächeln neu. Doch zu spät. Ungeschehen konnte er es nicht mehr machen.

»Und wenn niemand zur Verfügung stand?«

»Ach, Drama für die Kamera kann ich auch anders erzeugen. Geht schon.«

»Wenn hier abgebrochen werden muss, was unternehmen Sie dann als Nächstes?« Eine Frage zur Ablenkung, Maja wusste, wo sie nachbohren würde.

»Südafrika. Ich habe dort einen Spezialauftrag. Drehbeginn war für September vorgesehen, aber das lässt sich möglicherweise vorziehen.« Erik strahlte die Hauptkommissarin an. »Vielleicht kann ich dann mal Weihnachten in Deutschland feiern. Mit Christbaum, Weihnachtsliedern und Glühwein. Hatte ich schon ewig nicht mehr.«

»Frau Schneider, Sie kannten Becky Müller von früher.« Eröffnete Nachtigall ohne Schnörkel und Umweg.

»Ja. Aber tatsächlich weiß ich das erst seit wir zusammen arbeiten.« Die junge Frau wirkte betroffen.

»Und wie haben Sie davon erfahren?«

Camilla seufzte. Senkte den Kopf, klebte den Blick auf der Tischplatte fest.

Nachtigall wartete. Er wusste, es war eine gute Strategie. Seine Wortlosigkeit drängte den anderen, der die Stille nicht aushalten konnte, der darüber nachdachte, wie sein Schweigen vom Gegenüber gewertet würde – gerade wenn ein Tötungsdelikt zu besprechen war.

Schließlich atmete Camilla tief durch.

Sah den Cottbuser Hauptkommissar nachdenklich an.

»Kennen Sie das, wenn Sie anderen, die Sie vielleicht gar nicht kennen, Dinge anvertrauen, die Sie sonst immer für sich behalten?«

Nicken antwortete ihr.

»So war es am ersten Abend. Sicher, Alkohol spielte auch eine Rolle. Ich denke, es lag auch an dieser Atmosphäre, die wir heimlich schon lange vermisst hatten, die uns durch Studium und Nebenjob irgendwie abhandengekommen war. Lagerfeuer, Stockbrot, Würstchen in den Flammen, geheimnisvolle Stimmung, Gitarre. Wie früher bei Klassenfahrten. Ich glaube, wir alle quatschten viel zu viel an diesem Abend. Ich kann mich dunkel daran erinnern, dass ich vom Tod meines Vaters erzählte, von den Folgen, die das für mich hatte. Andere hatten durchaus vergleichbare Erlebnisse, so ergab eine Katastrophe die andere. Gut, dass wir uns am nächsten Morgen nicht wirklich an Einzelheiten erinnern konnten.« Sie lachte kurz und unfroh auf.

»Mücki kam zu mir und erzählte mir ihren Teil meiner Geschichte. Sie hatte die Bremsklötze weggeschoben. Nur so, weil sie ein bisschen Spaß haben wollte. Die Konsequenzen waren ihr nicht bewusst. Ihre Mutter hatte die Szene beobachtet, das Kind sofort nach Hause geholt, alles Notwendige gepackt und war losgefahren. Mücki sollte eine neue Erinnerung an diesen Tag bekommen, die alles andere überlagerte. Man machte mit ihr einen tollen Ausflug. Blieb zunächst in Leipzig, besuchte den Zoo. Und danach ›machte die Familie rüber‹. Nach diesem schrecklichen Tod meines Vater kam Mücki nie mehr zurück. Mein Schicksal war ein anderes.«

Sie erzählte ihre Geschichte beinahe emotionslos.

»Wir waren als Tandem eingeteilt. Natürlich bot sie mir an, wir könnten uns neu verteilen. Aber mal ehrlich: Was hätte das gebracht? Ihre Mutter wusste, dass sie eine Mörderin war, das belastet. Meine Mutter war sich in diesem Punkt leider ebenfalls sicher – zerstörte jedes Band, ich konnte nicht einmal um meinen Vater trauern. Aber das ist nun alles lange her. Wir waren Kinder. Ich war nicht bereit, die Vergangenheit schon wieder gewinnen zu lassen – jetzt ist meine Gegenwart, ich kann sie selbst gestalten. Diese Erkenntnis ist, wie Sie sich vorstellen können, das Ergebnis jahrelanger Psychotherapie. Wir entschieden, weiter ein Team zu bleiben. Und es lief gut mit uns beiden.«

Das würde er überprüfen, beschloss Nachtigall. Notierte sich: »Nachfragen in Wanninchen.«

Silke sprach mit Miltraud.

»Sie stammen hier aus der Gegend.«

»Ja. Aus einem kleinen Ort bei Senftenberg. Bis zur späten Pubertät lebte ich dort. Abitur machte ich in Hamburg. Eigentlich wollte ich Philosophie studieren – doch ich habe schnell gemerkt, dass ich mein Leben nicht auf einer Schuld aufbauen wollte, die eigentlich keine war. Sicher, gefühlt blieb immer ein Rest. Ich beschloss, mich von diesem theoretischen Überbau nicht erdrücken zu lassen, und wechselte zu den Naturwissenschaften.«

»War Ihre Rückkehr in diese Gegend für Sie belastend?«, bohrte Silke ihren Finger in die alte Wunde, von der sie nicht wusste, wie groß sie wirklich war.

»Nein. Nicht mehr. Vor ein paar Jahren wäre es vielleicht noch anders gewesen, aber heute? Nein. Heute würde ich mir auch keine Schuld mehr einreden lassen, wo keine besteht.« Die Miene der herben Frau verschloss sich weiter.

»Was war passiert?«

»Eine Disco. Eine Freundin und ich gingen gemeinsam hin, wollten gemeinsam wieder gehen. Doch plötzlich war sie weg. Wie in vielen ähnlichen Geschichten. Ich habe nach ihr gesucht, sie nicht gefunden. War schon zu Hause, als ihre Eltern nachfragten, wo Isabell denn sei. Nach Hause kam sie nie mehr. Es dauerte lang bis man sie fand. Tot, vergewaltigt. Man erklärte, ich sei schuld, wenn zwei zusammen zu einer Disco … Man glaubte mir nicht, dass ich nach ihr gesucht hatte, obwohl so viele Zeugen das bestätigten. Wir zogen schließlich um – nach Hamburg.«

»Das muss eine gewaltige Belastung für Sie gewesen sein. Wie alt waren Sie denn?«

»15, fast 16.«

Majas Handy brummte.

Ein Foto von Fabian riss sie aus den Ermittlungen.

Nachtigall hörte die Kollegin über den Gang rennen.

Ihm wurde flau.

Als Klapproth die Tür zu Janniks Büro aufriss und hineinstürmen wollte, erkannte sie zu spät, dass der Kollege nicht allein war.

Sofort bremste sie ab.

Jannik nickte ihr auffordernd zu, meinte: »Komm rein. Das ist Herr Kruger, Jens Kruger. Wir sind ein Team.«

»Oh, willkommen bei uns, Jens.« Sie drehte sich zu Jannik um. »Ich habe ein Foto bekommen«, keuchte sie, öffnete das Bild auf ihrem Handy. Jannik registrierte das Zittern ihrer Hände.

»Maja. Setz dich«, forderte er.

»Wo ist das? Wir müssen hin!« Maja hörte den hysterischen Unterton, räusperte sich, drehte sich zu Kruger um und erklärte ihm die Lage.

»Okay. Das tangiert den Fall, an dem wir arbeiten. Diese Mordserie. Einen Ton zum Bild gibt es nicht? Oder eine Sprachnachricht?«

Maja checkte ihre Kommunikationsdienste. »Nein.«

»Er will, dass wir viel Zeit und Aufwand investieren, um diesen Ort zu finden. Und was will er tun, wenn wir ihn entdecken? Was, wenn wir nicht in der Lage sind, den Ort zu identifizieren? Müsste er nicht wenigstens eine Art Handlungsanweisung schicken, damit wir die reale Bedrohung erkennen?«, fragte Kruger. Dabei strich er sein kinnlanges weißblondes Haar hinter die Ohren, sah Maja aus hellblauen Augen an.

Ein Albino. Ihr fielen die Fantasy-Figuren in Wilhards Wohnung ein. Legolas, der weißblonde Elb, war nicht dabei gewesen.

»Er mordet. Er weiß, dass wir davon ausgehen, er würde auch nicht davor zurückschrecken, meinen Bruder zu töten.« Majas Stimme schwankte.

Plötzlich tauchte Doktor März hinter ihr auf. »Frau Klapproth. Die Kollegen werden sich um diesen Fall kümmern. Sie sind hier nicht eingebunden. Ich glaube, es ist besser, wenn Sie zu Ihrem eigenen Fall zurückkehren.«

Maja taumelte beim Aufstehen.

Jens Kruger erklärte emotionslos: »Sie ist eine unmittelbar involvierte Zeugin. Wir benötigen ihre Unterstützung, um zu verstehen, was der Täter beabsichtigt. Und: Der Täter kommuniziert ausschließlich mit ihr über ihr Handy. Wenn er bemerkt, dass sie nicht mehr nach ihm und ihrem Bruder sucht, könnte das Konsequenzen heraufbeschwören, die wir nicht verantworten wollen.«

Doktor März starrte den Neuen wortlos an.

Nickte kurz.

»Frau Klapproth, wie weit sind Sie im Fall der beiden Morde an den Studierenden am Stausee?«

»Wir wissen nun, dass es Verbindungen zwischen den Teilnehmern gibt, die lange zurückliegen. Daraus könnten sich Tatmotive ergeben. Wir versuchen gerade, alle Verbindungen aufzudecken.«

Maja signalisierte den beiden Kollegen, sie sei jederzeit erreichbar.

Dann kehrte sie zu Nachtigall und Dreier zurück.

»Also, was haben wir?«, startete der Cottbuser Hauptkommissar die Besprechung, warf der Kollegin einen prüfenden Blick zu.

Klapproth nickte ihm zu, was wohl bedeuten sollte, sie sei im Team.

»Okay, bei mir war Eirik Hansen, der Filmer. Er stammt von hier, ja, er hat hier gelernt, was er für seinen Beruf brauchte, bevor er dann endgültig wegzog. Der erzählt, er habe so manches Unterwasserdrama inszeniert, wenn sich nicht von selbst eines einstellen wollte. Und er hat auf den Altersunterschied hingewiesen, meinte, wenn er zu seiner Zeit hier jemanden gekannt habe, hätte das ein kleines Kind sein müssen. Er könne sich jedenfalls an niemanden erinnern«, fasste Maja zusammen. »Ich glaube, er war nicht ehrlich zu mir. Du weißt schon … fast die ganze Trickkiste.«

Silke kicherte.

»Bei mir war Miltraud Lehmann. Ihre Familie stammt auch von hier. Sie hatte mit einer Freundin eine Disco besucht, Absprache wie üblich: gemeinsam hin, gemeinsam weg. Doch die Freundin war nicht auffindbar. Sie hat gefragt, sie hat gesucht – schließlich ging sie allein. Isabell wurde später tot aufgefunden, alle gaben ihr die Schuld. Sie hat lange gebraucht, um sich davon zu befreien. Das ist die Geschichte, von der sie glaubt, sie habe sie am Feuer erzählt. Sicher ist sie nicht. Die Familie zog nach Hamburg, dort leben sie noch immer. Sie hat niemanden erkannt, war wirklich überrascht, dass jemand dabei sein sollte, dem sie schon früher begegnet ist.«

»Ich habe mit Frau Schneider gesprochen. Und tatsächlich erzählte sie die Geschichte, wie ihr Vater den Tod fand, und Frau Müller hatte ebenfalls eine Leiche gesehen. Später wurde Mücki klar, dass sie schuld an den tragischen Ereignissen der anderen war. Sie hatte die Bremsklötze weggeschoben. Noch in der Nacht besuchte sie Camilla Schneider und erklärte sich. Frau Schneider meint, für sie selbst brachte das nun endlich Klarheit, allerdings wollte sie mit der Vergangenheit abschließen, die beiden beschlossen, im Team weiterzuarbeiten. Für die Nacht, in der sie verschwand, hat Camilla Schneider kein Alibi. Für den Zeitraum des Verschwindens von Wilhard Kemper schon. Sie war mit Frau Müller zusammen, kehrte ins Camp zurück, war fortan mit allen anderen ständig in lockerem Kontakt.«

Nachtigall stand auf und legte am Flipchart eine Liste an.

Schrieb die Namen der Teilnehmer in die obere Zeile.

»Frau Schneider hatte ein Motiv, keine wirkliche Gelegenheit, Alibizeugen gibt es auch. Frau Lehmann kennt niemanden? Motiv: Dazu können wir keine Aussage treffen, und Gelegenheit ist schwierig, sie war mit ihrem Teampartner und dann im Camp mit allen zusammen. Gelegenheit, Becky Müller zu töten? Ja, allein im Zelt, keine Zeugen, Motiv? Wilhard Kemper: Motiv? Gelegenheit nein, Alibi ja.

Herr Hansen: kannte niemanden? Wilhard Kemper: Motiv?, Gelegenheit ja, er war am See. Friedemann im Camper, Baldur?, Alibi keines, für die Nacht, in der Frau Lehmann verschwand, hat er weder einen Zeugen noch ein Alibi noch ein Motiv.

Sieht so aus, als kämen wir bestens voran!«

Es klopfte.

Auf ein grantiges »Herein«, schob Couvier, der Fachmann für operative Fallanalyse, seine Kopf durch die Tür. »Hallo in die Runde. Ich hätte ein paar Fragen an Maja. Könnt ihr sie für einen Moment entbehren?«

Nachtigall nickte, und Maja war schon zur Tür raus.

»Da waren es nur noch zwei«, seufzte er. »Gut, machen wir weiter. Wen möchtest du?«

»Baldur Hermfried.«

»Gut, dann nehme ich den Troublemaker Friedemann. Danach treffen wir uns hier und sehen weiter.«

Silke genoss es, den ruhigen jungen Mann befragen zu dürfen. Höflich, ordentlich wohlerzogen.

»Sie haben Ihre Kindheit hier verbracht?«

»Ja, das stimmt. Wasserreiche Landschaft, Seen überall, das war ganz nach meinem Geschmack.«

»Schwimmer?«, fragte Silke freundlich nach.

»Auch. Aber Paddeln und Rudern waren eher meins. Klar habe ich früh schwimmen gelernt, schon damit ich nicht ertrinke, wenn ich mal über Bord gehe.«

»Wir haben herausgefunden, dass einige der Teilnehmer sich aus früherer Zeit kennen. Kam Ihnen einer oder eine der anderen irgendwie bekannt vor?«

»Eirik. Aber ich habe viele Doku-Filme gesehen, die er gedreht hat. Möglich, dass er mir deshalb diffus wie von fern bekannt vorkam. Er ist so gar nicht mein Typ, ich war fast ein wenig enttäuscht. Mag durchaus am Alter liegen. Er ist uns ja ein gutes Stück voraus.«

»An dem Nachmittag, an dem Wilhard Kemper verschwand, wo waren Sie da?«

»Auf dem Platz. Eirik war mit dem Boot rausgefahren. Bei der ersten Tour war ich dabei, die zweite hat er allein unternommen. Friedemann bockte und blockierte den Analysewagen, die anderen kamen erst später. Wilhard hatte einen Streit mit Friedemann, dann ein Gespräch mit Doktor Krampes. Ich legte mich in die Sonne und ging später noch mal duschen. Dann waren alle zurück, und wir suchten Wilhard.«

»Hat Sie jemand beim Sonnetanken gesehen? Oder später unter der Dusche?«

»Mag sein. Sind ja diese Dauercamper da. Und die sitzen die meiste Zeit in der Sonne, Musik im Ohr. Augen zu, ist leider auch Realität.« Er lachte warm. »Dauerurlaub.

Nicht nach meinem Geschmack. Ein paar Tage ist okay, aber dann brauche ich wieder eine Aufgabe.«

Friedemann bereitete erwartungsgemäß etwas mehr Schwierigkeiten.

»Okay, um die Sache abzukürzen: Ich kenne niemanden und ich habe auch niemanden um die Ecke gebracht. Klar, die Liste meiner Jugendsünden ist lang, aber man muss die Zeit nutzen, in der man noch nicht unter die Strafbarkeit der Gesetze fällt. So sehe ich das! Knapp bei Kasse zu sein, ist keine Straftat. Sich Geld im Sommer verdienen zu wollen, auch nicht. Also?«

»Gut. Ein bisschen genauer hätte ich es dann doch gern gewusst. Sie waren im Wohnwagen und haben Proben analysiert, als Doktor Krampes mit Herrn Kemper zusammentraf und man auf den Platz vor dem Aussichtsturm auswich, um sich zu besprechen.«

»Genau. Erst standen die direkt unter dem Fenster. Ich konnte jedes Wort hören! Die fingen an, die einzelnen Teilnehmer durchzuhecheln. Sehr unschön. Also habe ich die Tür kurz aufgemacht und klargestellt, dass ich selbst das Husten der Fliegen im Wagen mitkriege. Deshalb haben sie ja dann den Ort fürs Durchhecheln verlegt.«

»Als die beiden Damen aus Wanninchen zurückkamen, waren Sie noch im Wohnwagen?«

»Ne. Ich war eine Runde Schwimmen. Baldur lag faul in der Sonne und wollte nicht mit. Das Wasser war mir zu warm. Also kam ich fix zurück und ging stattdessen unter die kalte Dusche. Als die anderen zurückkamen, fing ja gleich das Theater um Wilhard an.«

»Maximilian und Miltraud kamen mit dem privaten

Pkw von Maximilian zurück. War das zeitgleich mit den anderen beiden oder später? Früher?«

»Wie glauben Sie wohl, könnte ich das wissen? Ich war duschen! Danach habe ich mich wieder angezogen und ein bisschen gelesen. Plötzlich waren alle zurück, und es hätte gemütlich werden können. Bloß wegen dieses Idioten war die Stimmung gedrückt. Alle schwärmten herum wie lästige Fliegen und fragten harmlose Urlauben nach ihm. Peinlich. Abgesehen davon konnten wir ihn gar nicht finden, wir wissen jetzt, dass er zu der Zeit schon nicht mehr am Spremberger See war. Der hat uns das ganze Camp versaut.«

»Haben Sie bemerkt, dass Mücki Müller sich nachts aus ihrem Zelt geschlichen hat?«

»Yupp. Die war ja etwas – wie soll ich sagen – opulent. Da geht das nicht geräuschlos. Sie ist rausgekrabbelt, hat ein bisschen gekeucht, sich ächzend auf die Beine gestemmt, hat den Reißverschluss zugezogen und ist zu diesem Prediger rüber gestampft. Eigentlich dachte ich, Ihr Team wird noch die Fußeindruckspuren im Boden finden!« Er grinste abschätzig, seine Augen wanderten an Nachtigalls Körper entlang. »Sie werden wohl auch ziemlich tief einsinken, wenn Sie querwiese gehen. Und all die bedauernswerten Krabbeltiere unter den Schuhen. Alle tot.«

Silke zuckte schon mit den Schultern, als sie eintrat. »Nichts. Tut mir leid. Der Einzige, der ihm bekannt vorkam, war Eirik. Aber, meint er, das läge an den Dokumentarfilmen, die er sich gern angesehen hat. Ob er ihn von früher kennt, kann er nicht sagen. Auch er wies auf den Altersunterschied hin. Er selbst müsse ja noch ein

Kind gewesen sein, Eirik dagegen ein erwachsener Mann. Sackgasse. Er hat an jenem Nachmittag, an dem Wilhard verschwand, in der Sonne gelegen.«

»Friedemann war schwimmen, fand das Wasser zu warm, ging lieber duschen. Baldur hat er in der Sonne liegen sehen. Zu jener Zeit war Wilhard schon verschwunden. Was ist mit der Nacht?«

»Baldur hat geschlafen.«

»Friedemann hat gehört, wie Mücki das Zelt verlassen hat, um zu Bruno zu gehen. Danach hat er sie nicht mehr gesehen.«

Wie bei allen anderen. Sie kamen nicht voran.

»Es bleibt dabei. Nur Frau Schneider hat ein Motiv für den Mord an Frau Müller. Gut, fragen wir Maximilian Hilpert. Unsere letzte Chance.«

Maximilian wirkte gehetzt.

»Nehmen Sie Platz, Herr Hilpert.« Silke war etwas irritiert über das sonderbar vorsichtige Verhalten des Zeugen. »Sie sind Zeuge. Niemand erhebt einen Vorwurf gegen Sie«, setzte sie nach.

»Hm, hm.«

»Herr Hilpert, unsere Ermittlungen haben ergeben, dass alle Teilnehmer sich letztlich hätten begegnet sein können. Sich also eventuell im Vorfeld begegnet waren. Deshalb: Kannten Sie einen der anderen Studierenden?«

»Kannten ist zu viel gesagt. Möglicherweise bin ich einem der anderen früher begegnet. Diese Geschichten, die am ersten Abend erzählt wurden, haben letztlich nur von Dingen erzählt, die eben durchaus passieren konnten. Doch wenn man glaubte, die Sache habe mit einem selbst zu tun, konnte man ja unauffällig nachfragen. Das habe ich getan. Ein grober Fehler.« Der junge Mann fuhr durch seine dichten dunklen Haare, schluckte schwer.

Silke warf ihm einen aufmunternden Blick zu.

»Weil ich dadurch in den Kreis der Verdächtigen gerate.«

»Wie gesagt: Sie müssen sich natürlich nicht selbst belasten.«

»Ja, klar. Wenn ich es nicht erzähle und Sie später eine Verbindung zu Wilhard feststellen, ist es wohl kaum besser.« Er schwieg. »Ich habe das auch nicht sofort gecheckt. Erst am nächsten Morgen beim Duschen. Da wurde mir klar, dass dieser Idiot mein Pony getötet hat. Ich hatte es mit der Flasche großgezogen, wie haben im Stall zusammen geschlafen, sind viel unterwegs gewesen. Meine Eltern waren froh, dass ich endlich einen Freund hatte. Sie waren der Meinung, ihr Sohn habe in diesem Bereich ein echtes Problem. Was leider stimmt. An einem Nachmittag waren wir gemeinsam unterwegs, ich mit dem Rad, Konrad neben mir, die Zügel hatte ich in der Hand. Das haben wir oft so gemacht. Plötzlich raste aus dem Nichts ein Auto heran. Der Fahrer erfasste Konrad und mich auf dem Gehweg, rumpelte wieder vom Bordstein. Der Fahrer war sehr klein, fiel mir auf, als ich einen Blick auf sein Gesicht erhaschte, verstand ich, dass er kaum älter war als ich. Mein Freund Konrad hat den Unfall nicht überlebt.« Er wischte über beide Augen, drückte fest auf die geschlossenen Lider. »Beide Vorderläufe gebrochen, ein Halswirbel ebenfalls«, flüsterte Maximilian. »Es war meine Schuld. Schließlich hatte ich ihn mitgenommen. Meine Verletzungen heilten, doch einen Freund wie Konrad konnte es für mich nie mehr geben. Ich vermisse ihn, seine Nähe, seine Zuneigung noch heute jeden Tag. Hätte ich an jenem Tag einen anderen Weg gewählt, wäre er nicht gestorben, könnte noch heute zufrieden auf der Koppel stehen, seinen Lebensabend genießen, würde sich freuen, mich zu sehen. Wilhard war der Junge, der das Auto gestohlen und für eine Spritztour verwendet hatte. Als ich ihn darauf ansprach, zeigte er nicht die Spur von Verständnis für meine Trauer. Es sei nur ein blödes Pony gewesen, ich solle versuchen, erwachsen zu werden.«

»Wilhard verschwand, als Sie mit Frau Lehmann beim Vogelschutzgebiet am Gräbendorfer See waren. Wir werden Ihr Auto untersuchen müssen.«

Hilpert nickte. Legte seinen Schlüssel auf den Schreibtisch.

»Ich bin gegen Gewalt. Als Miltraud und ich wieder zu den anderen stießen, waren wir keine Sekunde unbeobachtet. Wir fragten auf unserem Platz die anderen Camper. Niemand hatte ihn gesehen. Keiner hatte beobachtet, wohin er nach dem Gespräch mit Doktor Krampes gegangen war.«

»Haben Sie alle anderen Urlauber angetroffen?«

»Nein.« Maximilian überlegte. »Dieser Bruno war nicht da. Den fand ich unten am See, er war schwimmen.«

40

Nachtigall traf Klapproth auf dem Gang.

Ganz offensichtlich hatte sie geweint. Ungewöhnlich, das hatte er bei ihr noch nie gesehen. Ärger, Wut, Verzweiflung, Freude – all das zeigte sie. Tränen?

»Gibt es was Neues von Fabian?«, fragte er alarmiert.

»Nein. Der Todesfall, zu dem sein Freund Chris reisen sollte, existierte nicht. Die Nachricht war ein Fake, um ihn aus dem Haus zu locken. Chris hat nicht nachgefragt, weil ihm die Nachricht echt vorkam. Um den Ersatz hatte er sich selbst bemüht, er wollte ein bisschen lenkend eingreifen, damit nicht irgendein Spinner zu Fabian kommt. Ferdinand kümmert sich um Jeffrey und ist präsent, falls mein Bruder unerwartet wieder auftaucht. Es ist immer noch möglich, dass diese Inszenierung nur Teil des Spiels dieses psychopathischen Mörders ist.«

Nachtigall nickte. »Möglich. Bisher kanntest du die Opfer nicht. Nun bekommt das Ganze eine neue, eine sehr private Dimension.«

»Und bei den Studierenden«, lenkte Klapproth ab, »habt ihr einen Verdächtigen gefunden?«

»Oh, zwei. Für jeden der beiden Morde einen. Das ist Quatsch. Wir brauchen jetzt alle eine Pause. Möchtest du, dass Doktor März dich abzieht und du mit Jannik gemeinsam …«

»Nein. Doktor März hat mich zu dir zurückgeschickt.«

»Pause. Wir treffen uns hier in drei Stunden wieder. Sollten sich in der Zwischenzeit neue Erkenntnisse ergeben, kommen wir früher zusammen!«

Er musterte Klapproth nachdenklich. Fragte sich, ob sie eine empathische Reaktion zulassen würde. Legte dann seine Hand vorsichtig auf ihre ineinander verschränkten eisigen Finger. »Maja, wir klären beide Fälle auf. Melde dich bei mir, wenn du etwas Neues erfährst. Ich bin für dich da.«

Er wartete einen Moment, war besorgt, er könne ihr zu nahe gerückt sein.

Doch sie überließ ihm die kalten Finger, erlaubte sogar, dass er die zweite Hand mitbenutzte, um sie aufzutauen.

»Danke«, flüsterte sie dann leise und huschte davon.

Conny wartete mit den Katzen im Wohnzimmer.

Die beiden Fellträger spürten die Unruhe, die von der Dame des Hauses ausging.

Sicher, die Finger fuhren bereitwillig durchs Fell der beiden, doch es fehlte die innere Zugewandtheit, das registrierten sie genau. Der im Umgang mit seinen Menschen geschulte Kater warf immer wieder einen Blick durch den Flur in Richtung Haustür. Seiner Erfahrung nach kam Nachtigall irgendwann doch nach Hause, meist, wenn es keiner von ihnen mehr erwartete. Der Rotgetigerte schnurrte leise. Conny wusste, dass ihre Nähe Casanova zwar recht war, aber die Anwesenheit ihres Mannes nicht ersetzen konnte.

»Na, du weißt, dass er irgendwann im Flur stehen wird, nicht wahr? Und sicher hast du recht, bisher hat das meist geklappt«, flüsterte sie ihm zärtlich zu. Versäumte nicht, der Katzendame ebenfalls Liebkosungen zukommen zu lassen. Domino belohnte sie, indem sie ihr mit der rauen Zunge über die Finger fuhr.

»Jeder von euch eine wahre Persönlichkeit.«

Diese Aussage schien den beiden zu gefallen.

Casanovas Blick bekam einen noch arroganteren Schimmer, und Dominos Körperhaltung wurde aufrechter.

Als die beiden Schnurrer den Schlüssel in der Tür hören, liefen sie Seite an Seite ihrem Hauptkommissar entgegen.

Conny schmunzelte, empfand aber dennoch einen Tropfen Bitternis, war sie es doch, die sich um das Wohl aller sorgte. Aber jetzt: abgeschrieben.

»Hallo, mein großer Ermittler!«

Er küsste sie liebevoll. Immerhin, bei den Katzen tat er das nicht. »Na, meine liebe Hüterin der Familie!«

»Fall gelöst?«

»Ach, nein, nein. Der ist vertrackt, kompliziert, es sind zu viele Leute verwickelt. Und nun wurde auch noch Fabian entführt! Du kannst dir sicher ausmalen …«

»Mein Gott! Wie kommt Maja damit klar?« Conny war von der Couch aufgesprungen. »Das ist eine Katastrophe.«

»Ja. Erst wurde der Pfleger weggelockt, dann Fabian verschleppt. Es gibt ein Foto, aber bisher wissen wir noch nicht, wo dieses Versteck sein könnte. Wir checken im Moment ohnehin ihre alten Fälle, weil wir davon ausgehen, dass der Serientäter mit ihrer Vergangenheit zu tun hat. Bisher: Sackgasse.«

»Ich habe beim Sport von den Morden an den drei

Mädchen erfahren, die noch nicht geklärt werden konnten.« Conny ging voran in die Küche. »Die Leute glauben, der Tod des Studenten sei die Fortsetzung.«

Nachtigall und die Katzen trotten hinter Conny her. »Was Schnelles?«

Er nickte.

Sah schweigend zu, wie seine Frau Salat vorbereitete, Halloumi in Scheiben schnitt, eine Pfanne auf den Herd stellte. »Für die Katzen ist das nichts. Zu salzig. Versuch's mal mit ein paar von den Leckerli.«

»Ach, das ist ja nichts Besonderes«, maulte der Gatte. »Ey, ich hab da was!«, erklärte er den beiden Fellträgern, die aufmerksam jede seiner Bewegungen verfolgten. Aus einer Schublade nahm er ein Messer, hob damit eine Portion Frischkäse aus der Packung, strich sie auf seine Handkante ab. Dann teilte er die weiche Masse und bot beiden je eine Hälfte zum Naschen an.

Größere Begeisterung hätte er gar nicht auslösen können!

Beide schmatzten, Seite an Seite, kein Schubsen.

»Bloß gut, dass die beiden kein Problem mit Laktose haben«, kommentierte Conny.

Wendete den Käse in der Pfanne.

»Meinst du, diese unaufgeklärten Morde haben mit dem neuen Fall an der Talsperre zu tun?«

»Die Leute sind aufgebracht, weil es für diese Taten noch keinen gibt, der dafür bestraft werden konnte. Aber bisher sehen wir keinen konkreten Zusammenhang. Wir haben alles im Blick.«

»Katrin ist die Mutter von einem der Mädchen. Sie leidet sehr darunter, dass der Kerl bisher nicht ermittelt werden konnte.«

»Ja, das glaube ich sofort. Wir haben uns die Informationen der Soko von damals schicken lassen.«

Hungrig beobachtete er, wie Conny Halloumi auf seinen Teller hob und den Salat dazustellte. »Guten Appetit.«

»Und du?

»Mir ist nicht nach Essen. Im Kurs haben wir Tofu mit Obst zubereitet und gegessen. Der liegt da noch immer irgendwie quer.« Sie legte ihre Hand vorsichtig auf den Magen.

»Dein Halloumi ist lecker.«

Conny stellte einen Brotkorb auf den Tisch. »Dinkelbrot.«

»Emile ist ganz klar gewesen: Diese Serienmorde haben einen Bezug zu Maja. Ist für ihn unübersehbar. Sie muss jemanden sehr verletzt haben, der rächt sich nun. Ihr fällt niemand ein. Keine Beziehung, die sie beendet hätte, kein abgewiesener Liebhaber, kein Stalker.«

»Kein Stalker kann man ja wohl nicht sagen!«, empörte sich Conny. »Unser Haus war verwanzt, jemand hat uns beim Leben zugesehen!«

»Ja, aber das alles ist erst passiert, seit sie in Cottbus wohnt. Fabian fühlte sich verfolgt, hat aber nie jemanden identifizieren können. Der Mann ist außerordentlich geschickt. Auch das Komplott heute! Minutiös geplant! Wenn er will, dass Fabian stirbt, werden wir das nur schwer verhindern können. Jannik arbeitet rund um die Uhr an den Ermittlungen.«

»Und du an deinem Mord am Spremberger See. Und zwischen allen Stühlen: Maja.«

»Na, wenigstens gibt es einen netten Hausmeister in dem Komplex. Er kümmert sich um alle Belange, sagt

Maja. Manchmal füttert er auch den Kater. Er war auch jetzt in ihrer Wohnung, falls der Entführer sich meldet. Nix. Nur diese wenig aussagekräftigen Fotos auf ihrem Handy. Ich habe sie natürlich auch nach Hause geschickt. Ruhe wird sie nicht finden, aber einen liebevollen Kater, der spürt, wenn er gebraucht wird. So was zieht einem den Boden unter den Füßen weg.«

»Sie kam aus Köln, wollte ihre Ruhe – und nun hat sie seit Tag eins nur Stress hier.«

»Der Kerl muss gewusst haben, wohin sie sich hat versetzen lassen. Freunde, mit denen sie darüber gesprochen hätte, gab es nicht. Auch Fabian war isoliert. Er mag Menschen nicht. Dennoch hat der Mann sie gefunden. Mir ist nicht klar, wie sie damit fertig wird.«

»Sie weiß, dass diese Morde nicht von ihr verantwortet werden müssen. Es ist dieser Verfolger, der tötet, es ist dessen fixe Idee.«

»Klar, denken könnte ich das auch. Aber dennoch, emotional wäre ich ganz sicher stark involviert.« Nachtigall seufzte. »Ich bin anders.«

Er strich sich wohlig über die Körpermitte. »Mhm. Ich geh schnell unter die Dusche. Dann fahre ich noch mal bei den Studierenden vorbei. Die schlafen heute unter polizeilicher Überwachung. Und mindestens einer hat damit ein gewaltiges Problem. Ich muss mich davon überzeugen, dass er keinen Ärger macht.«

Conny gab ihm einen langen Kuss. »Lass uns Urlaub planen, wenn dieser Fall abgeschlossen ist. Wenn du willst, können wir ein Ferienhaus mieten, Kinder und Kindeskinder einladen, uns zu begleiten.«

»Das machen wir«, versprach der Gatte. »Wenn die beiden Fälle gut abgeschlossen werden konnten.«

Maja. Erst hatte es ziemliche Startschwierigkeiten gegeben, doch nun waren sie zu einem echten Team zusammengewachsen. Conny verstand, dass er Maja niemals in einer Situation alleinlassen würde, die sie vielleicht nicht bewältigen oder ertragen konnte.

Ihr Peter. Ein ganz besonderer Mann.

41

Als Peter Nachtigall an die Talsperre zurückkehrte, waren die Studenten nicht am Lagerplatz.

»Die sind alle zusammen zu diesem Bruno gepilgert. Unten am Strand. Einer der Kollegen ist mitgegangen – in Zivil. Sonst gibt es gleich wieder Gerede und Aufstand hier.«

»Es wirkt überhaupt sehr leer hier. Sind alle zum Strand gegangen?«

»Ja, ich glaube schon. Manche, würde ich denken, nicht so ganz freiwillig. Sie wollen keinen Ärger mit ihm und seinen sonderbaren Söhnen. Da investieren sie eine

Stunde und haben dann wieder für ein paar Tage Ruhe. Für mich ist das nichts. Ich pass lieber auf, dass sich hier keiner reinschleicht.«

Am Strand waren schon viele Gäste der Veranstaltung versammelt.

Sie hatten sich in einem Halbrund in den Sand gesetzt, die Erfahreneren unter ihnen saßen auf mitgebrachten Kissen. Je nach Dauer der Ansprache konnte sogar Sand verdammt unbequem werden.

Nachtigall entdeckte die Studierenden und einige der anderen Camper, die sie schon befragt hatten.

Inzwischen sah er die Projektgruppe mit anderen Augen: Aus jungen Menschen mit großartiger Zukunft waren junge Leute mit belastender Vergangenheit geworden, die vielleicht für einige den Tod gebracht hatte.

Er rief sich zur Ordnung. Wichtig war, den Mörder zu finden – und der konnte aus einem vollkommen anderen Kontext stammen.

Bruno.

Ganz in Schwarz, nur mit weißem Hemdkragen. Die Jacke war mehr als knielang, was seine ohnehin asketische, hochgewachsene Statur unterstrich. Darunter trug er einen schwarzen Pulli mit Rundhalsabschluss, unter den er die Ecken des weißen Hemdkragens gesteckt hatte.

Der Eindruck, den zu erwecken er geplant hatte, schien vollkommen.

Raunen rollte durch die Reihen der Versammelten.

»Ich bin froh, dass ihr heute zu mir gekommen seid!«, eröffnete er. »Es ist wichtig, in schweren Zeiten zusammenzufinden, zu diskutieren und sich gegenseitig zu unterstützen. Ich weiß, dass viele von euch sehr aufgebracht sind.« Seine Arme breiteten sich zu einer weltumspannenden Geste. »Ihr seid wütend, weil nun wieder Morde geschehen. Ihr glaubt, daran sei die Polizei schuld, denn hätte man den Täter damals gefasst, hätten diese beiden jungen Menschen nicht sterben müssen.«

Bruno legte eine dramatische Pause ein.

»Genau!«, rief eine Stimme aus dem Halbrund. »Aber nein, man wollte ja gar nicht glauben, dass die Mädchen ermordet wurden. Und nun fängt alles wieder von vorne an!«

»Die Polizei ist schuld daran, dass man dieses Schwein nie ermittelt hat! Wenn man erst einmal monatelang die Hände in den Schoß legt, dann gibt es eben nicht mehr genug Spuren, die zum Täter führen! Die Polizei als Handlanger eines brutalen Killers!«

Zustimmendes Gemurmel.

Brunos Arme legten sich von oben auf die Empörung, senkten mit einer langsamen Bewegung den Druck, brachten endlich alle zum Schweigen.

»Es ist ein Denkfehler. Schuld am Tod der drei Mädchen damals ist der Mörder!«

Der Geräuschpegel stieg erneut.

Bruno hob seine Stimme, konnte sich mühelos Gehör verschaffen.

»Es ist ein Denkfehler. Wo beginnt Schuld, wo endet Leichtsinn? Wer ist schuld woran? Stürzt meine Familie in eine finanzielle Krise, weil ich meinen Job verloren habe – oder weil mein Chef mir gekündigt hat? Und wie steht es mit Verantwortung?«

Pause. Stille diesmal.

»Braucht Schuld als Voraussetzung absichtsvolles Handeln – oder reicht Gleichgültigkeit gegenüber dem Risiko für andere? Jemand tötet zwei Studierende aus dem Bio-Camp. Der Täter agiert schuldhaft, wenn er nicht in einer Sondersituation ist. Emotional belastet oder anderweitig per Gesetz von der Verantwortung befreit. Früher waren die Stränge des Zusammenhangs deutlicher. Heute wissen wir, dass die Schuld des Täters möglicherweise in schuldhaftem Verhalten anderer, dem Täter gegenüber liegen kann. Schuld anzuerkennen heißt, Verantwortung zu übernehmen. Der eigene Wille des Menschen entscheidet darüber, ob er schuldig wird – oder eben nicht.«

»Ach, Quatsch. Heute reden sich doch viel zu viele vor Gericht raus! Ich sage nur ›schwere Kindheit‹!«

»Oder Verführung durch die Peer-Group.«

»Genau. Schuld ist man heute nicht mehr!«

»Aber ihr wollt, dass die Polizei schuld ist.« Bruno entlarvte den Widerspruch. »Die Polizei! Alle? Weltweit? Oder meint ihr eine konkrete Person?«

»Klar. Die Ermittler von damals.«

»Ihre Schuld könnte darin bestehen, die Zusammenhänge falsch bewertet zu haben. Am Tod der Mädchen ist der Täter schuld.«

»Man kann auch durch Nichtstun schuldig werden!«, rief eine schrille Stimme. »Durch Unterlassung!«

Nachtigall identifizierte Miltraud Lehmann als Zwischenruferin.

»Stimmt«, bestätigte Bruno. »Jemand stürzt vor mir eine Treppe hinunter. Ich habe damit nichts zu tun, er hat ungeschickt die nächste Stufe knapp verfehlt. Als ich an ihm vorbeikomme, sehe ich, dass er aus einer Kopfwunde heftig blutet. Vielleicht sieht er mich sogar bittend an, flüstert etwas. Aber ich habe keine Zeit, muss zum Training, und überhaupt, ich mag nicht involviert werden. Beim Nachhausekommen erfahre ich, dass man am Fuß der Treppe einen toten Mitbewohner des Hauses entdeckt hat, ich werde gefragt, ob das nicht gerade zu der Zeit war, als ich … Bin ich schuld? Ja! Ich hätte Hilfe holen müssen. Mein freier Wille war schierer Egoismus. Das ist eine Straftat.«

»Er ist allein gefallen!«, warf ein Zuhörer ein. »Seine eigene Schuld, dass er gestürzt ist.«

»Ja. Ich bin nicht schuld am Sturz. Aber hätte ich Hilfe gerufen, wäre es wahrscheinlich möglich gewesen sein Leben zu retten. Daran bin ich schuld.«

»Das wird mir zu kompliziert«, meckerte eine ältere Dame. »Wenn es ganz schlimm wird, gehen die Katholen zur Beichte. Danach beten sie ein bisschen, und die Schuld ist vergeben. Bruno, mach mal kein Drama daraus.«

»Der Sonderweg. Mord ist keine lässliche Sünde. Schuld hat viele Gesichter. Manchmal hat jemand Schuld auf sich geladen, um andere davon zu entlasten. Dennoch bleibt die Schuld bei ihm. Es gibt Schuld, die man aus der Welt schaffen kann. Manchmal reicht es, sich zu entschuldigen, einen Strauß Blumen oder etwas zu naschen vorbeizubringen, eine Einladung zum Kaffee oder einem tollen Abendessen. Einen Versuch ist das immer wert. Doch wenn die Schuld sehr schwer wiegt, kann man nur selten auf Vergebung setzen. Dann ist der Täter selbst ein Leben lang Gefangener der Tat.«

»Heißt das, wir sollen dem Schwein vergeben, das unsere Tochter auf dem Gewissen hat? Damit die Schuld ihn nicht zu sehr belastet?«

»Ja. In manchen Fällen hat das funktioniert. Es nimmt den Hass aus dem Leben. Hört auf, eure Tage mit Hass zu vergiften. Zorn auf den Unbekannten, Wut auf die Polizei. Lasst los. Sollte der Täter irgendwann gefunden werden, könnt ihr eurem Hass ein echtes Ziel geben. Schuld erwirbt man schnell, es reicht eine falsche Entscheidung, eine Millisekunde. Doch sie zu tilgen, wird schwer. Früher konnten familiäre Strukturen Gestrauchelte auffangen. Heute sind diese Strukturen kaum mehr vorhanden. Wir erlauben, dass die Gesellschaft zerfällt. Wir tun nichts dagegen, dass der Begriff Familie ausgehöhlt wurde. Seht euch an, wie viele Ehen geschieden werden! Orientierungslose Kinder, ratlose Elternteile. Schuld an diesem Zustand haben Politik und sonderbare gesellschaftliche Entwicklungen. Wir brauchen für unsere Kinder ein Refugium, in dem sie geschützt aufwachsen können, ihre Probleme gehört werden, ihnen in jeder Situation geholfen wird. Nur so verhindern wir Fehlentwicklungen.«

Nachtigall staunte. Bruno konnte ganz leicht zwischen den Themen hin und her switchen. Er ahnte, was nun folgen würde.

»Bei gleichgeschlechtlichen Beziehungen, wo nur Mütter oder nur Väter den Weg zeigen, ist Orientierungslosigkeit die Folge. Und auch daran trägt jemand die Schuld. Wir unterdrücken die Vielfalt der Völker in unserem Land, weil wir ständig auf Integration bestehen. Doch dieser Ansatz zerstört die Erinnerung aller Hilfesuchenden an die Grundpfeiler ihrer Herkunft. Wir sollten nicht auch noch die Schuld an der Entwurzelung und Unerkennbarkeit der ehemals stolzen Völker auf uns laden.«

»Ey, Bruno! Vorsicht! Du driftest ab. Wenn du weiter diese Schiene fährst, kommt die Hälfte deiner Zuhörer nicht mehr. Da nützen auch belegte Brötchen nichts! Vergiss mal nicht, dass hier auch Anhänger einer freien Gesellschaft sitzen, die offen sind für alle Formen der geschlechtlichen Orientierung, jeder Herkunft, Anhänger anderer Religionen.«

»Genau, so sehe ich das auch!«, sprang ein weiterer bei. »Rassismus und jede andere Form der Ausgrenzung läuft mit mir nicht! Sexismus kann ich auch nicht ab.«

»Ey Bruno, so weitab der Mitte hätte ich dich gar nicht vermutet!«

Allgemeiner Widerspruch wogte durch die Versammelten. Einige rappelten sich bereits aus dem Sand auf, um dieses Treffen zu verlassen. Andere, die noch gezögert hatten, machten Anstalten deren Beispiel zu folgen.

»In welchem Jahrhundert lebst du eigentlich?«, grölte eine männliche Stimme aus dem Hintergrund. Wir leben LGBTIQ. Wenn du da nicht folgen kannst, solltest du besser gar keine Predigten mehr halten! Dein Familienbild ist so was von verstaubt!«

»Ich bin für Integration und gegen Ausgrenzung! Das solltest du auch Bruno! Sieh dich mal um! Deine eigenen Jungs wirken mit ihrem blöden Gerede auch ziemlich orientierungslos, findest du nicht? Und wenn wir sie nicht integrieren, was wird dann aus ihnen? Ihre Mutter kam aus der Karibik, oder?«

Diese Woge musste schnell eingefangen werden, erkannte der selbst ernannte Prediger.

Bruno breitete also wieder die Arme aus.

Kehrte geschmeidig zu seinem Eingangsthema zurück.

»Schuld, Schuldgefühl verätzt unser Leben! Wir können nicht vermeiden, damit in Kontakt zu kommen. Erinnert euch daran, dass Schuld auch vergeben werden kann. Rache am Schuldigen bringt Verlorenes nicht wieder. Im Gegenteil, es vergrößert die Schuld.«

»Wenn man nicht weiß, wer der Schuldige ist, brodelt es weiter. Um vergeben zu können, brauche ich ein Gegenüber.«

»Nicht zwingend«, konterte ein anderer. »Du musst die Tat verzeihen.«

»Das ist Schmarrn. Ich muss ja das Motiv kennen.«

»Hilft es dir, wenn du erfährst, der Mörder, der unsere Mädchen umgebracht hat, war zur Tatzeit sturzbesoffen? Wollte seine Enttäuschung ertränken, weil er durch eine Prüfung gefallen ist?«

»Was wir alle bedenken sollten«, übernahm Bruno wieder die Führung, »ist, dass harmlose Situationen entgleisen, Leichtsinn zu Schuld werden kann, die einen Menschen durch sein ganzes Leben begleiten wird. Jemand, dem unberechtigt eine Schuld vorgeworfen wird, der wird doppelt bestraft. Er erleidet einen Verlust, und der unberechtigte Schuldvorwurf zerstört das Leben. Oder eine, vielleicht bei Licht betrachtet hirnlose, Aktion eines Fremden, der sich bloß langweilt, ein bisschen Drama inszenieren will, stürzt jemanden in den Tod. Schuld lauert an jeder Ecke, und sie lässt sich nicht einfach ausziehen und wegwerfen wie ein kaputtes Paar Turnschuhe.«

Nachtigall bemerkte eine sonderbare Bewegung am Rande seines Gesichtsfelds.

Baldur.

Sein Gesicht hatte sich nicht rot, sondern bereits blau verfärbt.

Er war aufgesprungen, taumelte zwischen den Sitzenden hindurch, trat wohl, wenn man den leisen Schmerzprotesten der anderen glauben sollte, auf Hände, stieß gegen Knie.

Der Hauptkommissar folgte ihm unauffällig.

Der junge Mann torkelte den asphaltierten Weg entlang, wirkte wie in Trance.

»Hallo, Herr Hermfried? Geht es Ihnen nicht gut?«

Baldur blieb stehen. Die Arme baumelten wie Fremdkörper an den Seiten herab, der Blick war trübe, die Mimik von Entsetzen verzerrt. »Deshalb. Klar kenne ich Eirik.«

Er rang nach Luft. Nachtigall half ihm, sich in die Wiese zu setzen.

»Drama. Sicher. Das ist eine Spezialität von ihm. In seinen Filmen löst er in den Tierpopulationen unter Wasser ein Drama aus, guckt dann, wie die einzelnen Spezies mit der neuen Situation umgehen.«

»Ja? Darf man das als Filmer? Ich dachte immer, da wird nur beobachtet.«

»Das wäre ja bei manchen Arten ein bisschen langweilig. Anemonenfische schwimmen den ganzen Tag nur herum. Sie sehen sich alle sehr ähnlich, der Zuschauer kann nicht einmal sagen, ach, guck mal, da ist wieder der kleine Klaus von vorhin. Deshalb taucht plötzlich ein gefährlicher Fressfeind auf, oder ein Stück Riff bricht ab. Möglicherweise wird dieses Drama nicht einfach beobachtet, sondern folgt einer Regieanweisung. Könnte ich mir gut vorstellen.«

»Und diese Erkenntnis hat bei Ihnen eine derart heftige Reaktion ausgelöst?«, staunte der Ermittler.

»Nein. Er ist es gewesen. Damals war er noch viel jünger, seine Haare nicht weißblond. Er sah mir interessiert ins Gesicht, bevor er sich aus dem Staub machte. Er hat …« Baldur schluchzte trocken auf.

»Kommen Sie, gehen wir ein Stück. Und Sie erzählen mir die Geschichte.«

42

Jannik wartete.

Er hatte das Foto von Majas Handy breit an die Streifenwagenbesatzungen gestreut. Natürlich war es wie die Suche nach der sprichwörtlichen Nadel. Zumal er weder wusste, wo der Heuhaufen zu finden sein würde, noch etwa, wie er genau aussah.

Immer wieder checkte er sein Handy. Nichts. Display auf Standbild, dachte er giftig.

Ferdinand versuchte, Maja zu beruhigen.

Das war genauso sinnlos wie Janniks Handycheck.

Inzwischen hatte Maja das dritte Foto von Fabian bekommen.

Offensichtlich schlug jemand auf ihn ein.

Vielleicht mit einer Metallstange. Die Zahl der blutenden Verletzungen nahm von Bild zu Bild zu.

Keine Erklärung.

Diese Kommunikation kam ohne Worte aus.

Offensichtlich ging es nur darum, Fabian vor Majas Augen zu quälen, vielleicht gar zu töten – und sie zu zwingen, hilflos dabei zuzusehen.

Perfide. Jannik spürte, dass ihm selbst dieses Ausgeliefertsein auch zu schaffen machte. Jens Kruger wirkte tiefenentspannt. »Wir kriegen ihn«, hatte er gesagt und war dann verschwunden. Jannik fragte sich, wo der Neue, der erst seit ein paar Stunden an diesem vertrackten Fall arbeitete, so eine absolute Sicherheit hernahm.

Als Janniks Telefon brummte, hätte er es beinahe fallen lassen.

»Ja!«

»Jens. Ich habe mich mit diesem Emile Couvier unterhalten, der ja in manche eurer Fälle eingebunden ist.«

»Und? Wir hatten auch gerade erst einen Austausch mit ihm zu diesem Fall.«

»Ja. Ich weiß. Er ist davon überzeugt, dass es ein privates Motiv gibt. Also habe ich mal in unserem Computer gestöbert. Es muss sich um eine starke Emotion handeln, die den Täter treibt. Ist kein geklauter Lutscher. Und ich bin auf einen Fall gestoßen, den Maja vor ein paar Jahren bearbeitet hat. Ein junger Mann kommt nach Hause und findet seine Wohnungstür verschlossen. Ist ausgesperrt. Die Holde hat das Schloss auswechseln lassen. Er tobt, schreit, randaliert. Wird in Gewahrsam genommen. Wenige Tage später das gleiche Spiel. Diesmal jedoch hat er eine Waffe dabei. Schießt das ganze Magazin durch die Tür. Die junge Frau wird von mehreren Projektilen tödlich getroffen. Er kommt in die Psychiatrie. Haut ab. Bringt eine andere Ex-Freundin um, von der er sich schon vor Jahren getrennt hat. Diesmal wird er gut verwahrt. Er will Rache, hat er immer geschworen, und dabei die Kollegin Klapproth im Visier gehabt. Aber jetzt kommt's: Er ist weg.«

»Was soll das heißen: weg?«

»Weg! Abgehauen. Natürlich wird nach ihm gefahndet. Für die Öffentlichkeit heißt er nur K., man rät von einer Kontaktaufnahme ab. Ich versuche gerade, seinen kompletten Namen herauszufinden. Die Einrichtung sträubt sich. Und er glaubt, Klapproth ist schuld an seinem Desaster. Sie war eine Bekannte des ersten Opfers, hatte ihm von den Übergriffen auf Frauen berichtet. Daraufhin ließ die Lebenspartnerin das Schloss austauschen und trennte sich von ihm.«

»Der läuft frei rum? Seit wann?«

»Acht Wochen.«

»Und sie können ihn nicht wiederfinden? Hatte er Helfer?«

»Möglich. Couvier meint, es könnte so was wie Auge um Auge sein. Ist allerdings skeptisch.«

»Für die Morde kommt er damit nicht infrage. Aber für die Entführung schon. Finde heraus, ob zu erwarten wäre, dass dieser Mann einen derart komplizierten Plan entwirft und umsetzt. Vielleicht hat man in der Maßregel seinen IQ erfasst oder Gesprächstherapien durchgeführt, die seine Planungsfähigkeit offengelegt haben. Dann können wir eher abschätzen, ob er einen Komplizen brauchte, falls er hinter der Entführung steckt.«

»Ist schon in Arbeit. Ich warte noch auf die Rückmeldung der Einrichtung.«

»Gibt es ein Foto?«, erkundigte sich Jannik.

»Schicke ich dir. Allerweltsgesicht. Der setzt 'ne Brille auf und wird nicht einmal von seinem Bruder erkannt.«

Jannik starrte auf das Display.

»Du hast recht. Den zu finden, ist nicht einfach.«

Jannik schob das kleine Telefon zurück in die Jacke.

Maja saß mit Ferdinand auf der Couch.

Angespannt, verzweifelt, kurz vor dem Zusammenbruch, diagnostizierte Jannik.

»Ich habe von einem Fall gehört, der Jahre zurückliegt. Du hast einen Kerl gefasst, der seine Freundin bedrohte und später erschoss.«

Maja versuchte, sich zu konzentrieren.

»Jaaaa«, antwortete sie gedehnt. »Ich erinnere mich. Der kam in Sicherheitsverwahrung. Es gab mehrere Gutachten, die seine pathologischen Strukturen und Überzeugungen unterstrichen. Den Namen habe ich gerade nicht parat.«

»Er ist abgehauen. Wie, das weiß ich nicht. Kannst du dir vorstellen, dass er hinter der Entführung von Fabian steckt?«, hakte Peters schnörkellos nach. Öffnete die Datei auf dem Handy und zeigte der Kollegin das Foto. »War der in letzter Zeit mal hier?«

Ferdinand beugte sich auch über das Display. »Also mir ist der nicht begegnet. Ist aber auch so ein Gesicht, das hast du vergessen, noch bevor du dich umgedreht hast. Keine Narbe, kein besonderes Kennzeichen. Wird sicher schwierig, den wieder einzufangen«, murmelte er dabei.

Auch Klapproth schüttelte den Kopf. »Der wäre mir wohl auch nicht aufgefallen. Und ich kenne ja nicht alle Mieter und deren Familien. Hätte ein ganz normaler Besucher sein können.«

Ferdinand stand auf, streckte vorsichtig den Rücken. »Ich muss mal 'ne Runde drehen. Vielleicht hat auch längst jemand versucht, mich zu finden, weil das Rollo klemmt oder die Balkontür quietscht.«

Maja nickte, erlaubte seiner Hand, über ihre Schulter zu streichen.

Jannik empfand sich als fünftes Rad am Wagen. Zu ihm war die Kollegin immer sehr spröde. Nun ja, tröstete er sich, schließlich hatte er sie mehrfach als Zeugin einbestellen müssen. Nicht gerade eine entspannte Situation.

Jannik beschloss, bei Majas Nachbarn nachzufragen. Vielleicht kam der Mann mit dem Allerweltsgesicht als Bote eines Lieferservices.

43

»Was genau ist passiert?«

»Wissen Sie, wie das ist, wenn man den Tod eines geliebten Menschen verschuldet? Nein? Das kann man sich nicht vorstellen, ohne es erlebt zu haben.« Baldurs Gesicht blasste um einige Nuancen ab, Nachtigalls Besorgnis blieb.

»Meine Eltern bekamen sehr spät ein zweites Kind.« Er schwieg, schluckte hart.

Nachtigall zählte die stillen Schritte. Sieben.

»Als dann mein kleiner Bruder geboren wurde, lag zwischen uns ein Altersunterschied von knapp zehn Jahren. Natürlich erwartete man, dass der Große nun eifersüchtig wäre, den Kleinen schikaniere. Doch der Winzling war eine helle Freude für alle. Wenn man ihn ansprach reagierte er immer uneingeschränkt mit Liebe und Vertrauen. Nie wäre mir eingefallen, ihm zu schaden. Nach einiger Zeit legte sich das Misstrauen aller.«

Wieder sieben Schritte.

»Bald wurde er mir anvertraut. Meine Eltern gingen gern ins Kino oder Theater, ich blieb zu Hause und passte auf Friedrich auf. Wir waren ein gutes Team, konnten gemeinsam backen und kochen, ich brachte ihm das Radfahren bei, übte mit ihm einfache Rechenaufgaben, weil er das liebte. Und im Sommer fuhren unsere Eltern mit uns in Urlaub, dahin, wo es schöne Seen gab, in denen die Kinder schwimmen, plantschen und toben konnten.«

Sieben stille Schritte.

Weitere sieben.

Baldur hielt unvermittelt an. »Wir bekamen ein Schlauchboot. Es war toll. Damals dachte niemand an Schwimmwesten oder andere Sicherungsmaßnahmen. Das Wasser war völlig still. Kein bisschen Wind. Friedrich summte ›Jetzt fahr'n wir …‹. Alles entspannt. Plötzlich spürten wir einen Schlag gegen die Hülle.«

Pause.

»Luft entwich. Das Boot faltete sich zusammen. Alles vergebens. Ich konnte Friedrich nicht retten. Ich tauchte, versuchte, meinen Kleinen aus Stricken und Bootshülle zu befreien – und dabei sah ich für einen kurzen Moment das Gesicht eines jungen Mannes, der ein Tauchermesser in der Hand hielt und unter der Maske breit grinste, bevor er verschwand. Das Schwein wusste, dass es jemanden getötet hatte und floh einfach Richtung Seemitte! Eirik!«

Baldur begann zu schluchzen, setzte sich an den Rand des Weges, barg sein Gesicht in den Händen.

»Klar, meine Familie glaubte nicht an den Mann mit dem Messer. Aber die Ermittler fanden den langen Schnitt – eigentlich war ich entschuldet. Doch Schuld ist was Komisches. Ich wusste, dass es ein Anschlag war, meine Eltern auch – und doch veränderte sich in unserem Zusammenleben alles. Vielleicht wurde es sogar noch dadurch verschlimmert, dass man mir ständig zu signalisieren versuchte, man wisse, dass ich nicht schuld sei – das mitgesendete Signal war stets: Doch es war deine Verantwortung, Friedrich war dir anvertraut, du hast dich gerettet und ihn dem Tod überlassen.«

Nachtigall reichte ihm eine Packung Taschentücher. Baldur bedankte sich mit Kopfnicken.

Der Cottbuser Hauptkommissar dachte an seine Tante,

die ihn und seine Schwester aufgezogen hatte. Damals, an ihrem Bett im Krankenhaus, hatte er gewusst, dass sie sterben wollte. Ihre Zeit war um, meinte sie, alle Aufgaben erfüllt, nun sei es soweit, ins Andere zu wechseln. Er hatte ihr gesagt, sie könne loslassen, schließlich hätten ihre Zöglinge ein stattliches Alter erreicht, sie sei nicht mehr in der Pflicht. Und sie war gestorben. Für ihn hatte es sich nicht wie eine Befreiung der Tante angefühlt, er fühlte sich noch jahrelang seltsam schuldig.

»Eirik Hansen hatte das Boot aufgeschlitzt. Und Sie haben ihn nicht erkannt?«

»Nein. Damals sah er anders aus. Außerdem waren wir unter Wasser. Er mit Taucherbrille, ich nur mit vor Schreck aufgerissenen Augen. Es ist mehr als 10 Jahre her. Er hat mich wohl auch nicht erkannt, sonst hätte er diese Geschichte nicht erzählt.«

»Woher weiß Bruno davon?«

»Kann sein, dass er noch bei uns saß. Aber eigentlich dachte ich, er ging schon, als wir noch gesungen haben. Echt, ich kann es nicht genau sagen.«

»Dieser Angriff von Eirik ist nicht hier in der Gegend passiert?«

»Nein. In Ungarn. Am Balaton. Dort war ich nie wieder und werde wohl auch nie mehr dorthin reisen.« Er putzte sich die Nase.

»Vielleicht können wir als Polizei … Ihre Eltern und auch Sie selbst würden erkennen, dass ein solcher Mord nicht ungesühnt bleibt.«

»Ich glaube, ich gehe jetzt besser zu den anderen zurück, bevor die glauben, mir sei etwas zugestoßen. Unser Camp scheint ja anfällig für solche Vorkommnisse zu sein.« Entschlossen stemmte er sich vom Boden hoch. »Ist doch wirklich seltsam, dass wir nun alle wieder ums Feuer sitzen werden. Jeder beobachtet den anderen, fragt sich vielleicht, wer morgen beim Frühstückskaffee fehlen wird.«

Und tatsächlich, genau das fragte sich Nachtigall auch.

»Ist Ihnen bei den anderen eine sonderbare Reaktion aufgefallen, während Bruno über Schuld gesprochen hat?«

»Ach, nein. Wenn jemand über den Erwerb von Schuld spricht, fühlt sich wohl jeder an irgendeine Episode erinnert, in der er zu Lasten eines anderen gehandelt hat. Es muss ja gar nicht irgendetwas Dramatisches sein wie bei mir. Manchmal sind es kleine Dinge, die zu völlig unerwarteten Konsequenzen führen. Keine böse Absicht dahinter. Eine Albernheit. Sie schubsen jemanden vom Sprungturm, er soll lernen, seine Angst zu überwinden und nicht mehr den Weg versperren. Doch der Gestoßene verletzt sich schwer, bricht sich womöglich das Genick. Schuld ist wohl der unsichtbare Begleiter der meisten Menschen, entweder waren sie Täter oder sind Opfer. Deshalb haben auch viele der Zuhörer deutlich reagiert. Manche haben leise geweint. Und ich habe eine Verbindung gesehen.«

»Sie sind sicher, dass Sie Zelt an Zelt mit Eirik schlafen können?«

»Ja. Wäre ja nicht die erste Nacht.« Baldur schmunzelte unsicher. »Wird schon.«

Gemeinsam kehrten sie zum Campingplatz zurück.

Baldur wurde erleichtert von den anderen begrüßt.

Angst hing wie eine Dunstwolke über dem Lager.

Nachtigall sah prüfend in die Gesichter, überlegte, in wessen Zügen sich Sorge vor Entdeckung spiegelte und in wessen Panik vor Enthüllung zu lesen war.

Er verabschiedete sich, ging noch auf ein Wort bei den Kollegen vorbei, die das Camp im Auge behalten würden.

Dann wandte er sich dem Camper des Predigers zu.

44

»Guten Abend! Ich war gerade bei dem Treffen unten am See. Sehr beeindruckend«, lobte er beim Näherkommen.

Brunos Miene hellte sich deutlich auf.

»Danke. Ja, Schuld ist das Thema der Menschheit seit Anbeginn der Zeiten. Nuda veritas.«

»Ob das wirklich die nackte Wahrheit ist, kann ich nicht beurteilen«, antwortete Nachtigall und freute sich über die Enttäuschung im Gesicht des anderen, der wohl hoffte, mit Latein Eindruck zu schinden. »Mich interessiert, wie Sie auf Ihre Exempel gestoßen sind. Waren ja sehr anschaulich.«

»Ja. Ein bisschen Lebenserfahrung braucht es da schon. Sicher, das Schicksal des Einzelnen ist einzig, aber der Alltag lehrt uns, dass manche Schuld ganz leicht erworben werden kann. Im Miteinander, im Straßenverkehr, auf dem Pausenhof. Und da ähneln sich die Situationen häufig. Gerade auch Schuld durch Unterlassung. Wie oft weiß ich, dass ich einschreiten sollte, weil ein Mitschüler diskriminiert oder zu Unrecht einer Tat beschuldigt wird. Doch ich habe Angst, selbst ins Feuer der Aufmerksamkeit zu geraten, schweige lieber. Da fällt jedem eine Situation ein – Pausenhof, Schulweg.«

»Manche Beschreibung, die Sie geliefert haben, war schon sehr speziell.«

»Ich bin jederzeit aufmerksam, beobachte die Menschen um mich herum genau. Und manchmal nehme ich ihre Geschichten mit.«

»Sie haben immer wieder auf den ungeklärten Fall hingewiesen.«

»Es ist das, was die Leute hier bewegt. Natürlich muss ich das Thema aufgreifen. Die Polizei hat sich nicht mit Ruhm bekleckert. Unterlassung. Danach versuchte man, das eigene Nichthandeln zu rechtfertigen, die Schuld anderen zuzuschieben. Zum Beispiel den Eltern. Das wissen Sie selbst sehr genau. Es war nicht Ihr Fall – und dennoch fühlen Sie sich jetzt betroffen. Es war die Schuld eines anderen, wissen Sie. Doch wir Menschen sind manchmal in der Bewertung von Situationen schwierig und völlig uneins.«

»Sie waren zur Zeit dieser Mordserie auch hier auf dem Platz?«

»Klar. Wir kommen schon seit 20 Jahren. Meine Söhne arbeiten nicht, ich kann überall tätig sein – und so verbringen wir jeden Sommer hier. Manche der anderen kommen auch seit vielen Jahren – es ist schön, sie im Sommer wiederzusehen.«

»Das nächste Thema Ihres Treffens wird sein …?«

»Oh, ich habe beschlossen, das Thema häusliche Gewalt näher zu beleuchten. Kommt in so vielen Familien vor. Deshalb werde ich Hilfsangebote für Opfer und Täter vorstellen, der Frage nachgehen, ob Frauen wirklich vor körperlichen Angriffen zurückschrecken. Ist eine interessante Sache – und wichtig für eine Gesellschaft wie unsere, häusliche Gewalt endlich zu brandmarken und zu ächten.«

»Das stimmt. Mehr als 100 weibliche Todesopfer fordert diese Gewalt pro Jahr.« Nachtigall wandte sich zum Gehen. »Aber Ihr Beispiel mit Drama und Unterwasserdrama war interessant. Wie kamen Sie darauf?«

Brunos demonstrative Gelassenheit bekam einen Riss.

»Die Welt ist eine große Bühne für Darsteller, Regisseure und Dramaerzeuger.«

»Mag sein. Meist aber im Rampenlicht und oberirdisch.«

»Nun, manchmal scheut der Verursacher Öffentlichkeit und wählt einen einsamen Ort für die Inszenierung.«

»Sie meinen, wie der Angriff auf ein Schlauchboot?«

»Warum haben Sie gerade solch ein Beispiel gewählt?«

»Schien mir zu passen. Schließlich sind wir hier an einem See.«

Nachtigall klopfte an die Tür des Wohnwagens.

Sah sich in der Wartezeit auf eine Antwort neugierig um.

Blumenkästen mit Kräutern für die Küche, daneben Kübel mit Blühern, die viel Farbe zeigten.

Endlich öffnete jemand die schmale Tür.

»Ach, Sie!«

Als Begrüßungsfloskel fiel das nicht unter »Freundliches Willkommen«.

»Ja, Nachtigall, Kriminalpolizei Cottbus. Wir waren schon mehrfach hier, stimmt.«

»Und?« Marko verstopfte rein physisch den Eingang komplett.

»Ich habe gesehen, dass Sie bei diesem Treffen am See dabei waren. Als Bruno Bezug auf die unaufgeklärte Mordserie nahm, haben Sie heftig reagiert. Waren Sie denn damals auch hier?«

»Ja. Wir kommen seit fast 20 Jahren in jedem Sommer. Ich glaube, das ist ebenso lang, wie Bruno mit seinen Söhnen kommt. Und natürlich haben wir mitbekommen, wie schlimm die Situation für die betroffenen Eltern damals war. Es war ein Sommerlager, das die Ost-West-Beziehung zwischen Schulen und Universitäten verbessern sollte. Die Heranwachsenden sollten sich begegnen, gemeinsame tolle Wochen erleben, Freundschaften schließen. Und plötzlich kippt die ganze Situation. Als die Mädchen gefunden wurden, gab es viele Bilder der Toten im Netz. Schrecklich, wirklich. Erst glaubt dir niemand, dass die Kinder ermordet wurden, man unterstellt unhaltbare familiäre Situationen, Streitigkeiten, Bestrafungsaktionen. Behauptet, die Mädchen hätten im Camp beschlossen, sich von all dem zu befreien – und dann wird dein Kind in einem Zustand aufgefunden, der eine Identifizierung nur per DNA-Abgleich möglich macht. Furchtbar! Seither herrscht hier nicht mehr die Stimmung von früher. Erst wurden die Eltern als brutale Erzieher dargestellt, und dann ließ man sie mit dem Schrecken allein. Die Trauer und die Enttäuschung über die Untätigkeit der Polizei und den ausbleibenden Erfolg der Ermittlungen sitzen tief.«

»Damals hatten die Mädchen hier gezeltet?«

»Ja. Die Betreuer waren hiesige und einige aus Baden-Württemberg. Lehrer waren auch dabei. Die Teilnehmer machten Experimente – und hatten sicher viel Spaß neben dem Wissenserwerb. Waren nette Mädchen und Jungs. Uns ist nie aufgefallen, dass jemand etwa rumzickte oder sich prügelte. Besonders die Jungs von Bruno waren schockiert über das Verschwinden. Zum Glück waren sie schon abgereist, als man die Toten fand. Ich dachte ja, die drei Männer sehen wir nie wieder. Aber im Jahr drauf waren sie hier. Und nun kommen auch die Eltern der drei Mädchen in jedem Sommer. Mieten sich in Hotels in der Stadt ein und kommen fast jeden Tag zum See. Ist vielleicht ein Gefühl von Nähe, das sie finden möchten.«

»Ich befürchte, sie haben das Gefühl, etwas versäumt zu haben«, mischte sich Bettina ein und trat hinter ihren Mann. »Sie glauben, sie hätten stärker auf Ermittlungen drängen müssen. Und natürlich fürchten sie, dass der Täter weitere Morde begeht. Es ist gut, dass Bruno darauf hingewiesen hat, dass der Mörder schuld am Tod der Mädchen ist.«

»Sie sagen, die Stimmung hat sich in den letzten Jahren verändert. Haben die Gäste der Campingplätze spürbar Angst? Vor einem Täter, der auch ihnen auflauern könnte?«

Marko sah dem Hauptkommissar direkt in die Augen. »Es ist so, dass hier viele Leute in jedem Jahr erneut zusammentreffen. Was, wenn der Täter unter ihnen ist. In jedem Sommer hier zeltet, dem Gefühl nachspürt, das er hatte, als er die drei tötete und versenkte.«

Bettina setzte hinzu: »Und deshalb werden wir nun seit ein paar Jahren misstrauisch beäugt. Man kann ja nie wissen, heißt die Devise. Und nun diese beiden Morde.«

Nachtigall klopfte nachdenklich am nächsten Wohnmobil.

»Nachtigall, Kriminalpolizei Cottbus.«

»Aha. Petra und Günther Haupt.« Die Dame in den besten Jahren lachte nur, als der Hauptkommissar seinen Ausweis zeigte. »Ich weiß, wie so ein Ding aussieht. Mein Mann hat auch einen.«

Günther Haupt erwies sich als kugelige Erscheinung mit schütter werdendem, ehemals blondem Haar.

Fröhlich streckte er dem Kollegen aus Cottbus die Hand entgegen.

»Das ist ja ein Ding!«, polterte er.

»Sie haben sicher von den getöteten Studenten aus der Gruppe dort drüben gehört.«

»Gibt ja nur zwei Themen hier: die vergangenen Morde und die aktuellen. Ist natürlich toll, wenn man plötzlich in eine spannende Handlung eingebunden ist. *Tatort* live sozusagen.«

»Ist Ihnen etwas aufgefallen?«

Petra kicherte leise. »Wissen Sie, einmal Polizist, immer Polizist. Ihm fällt ständig irgendetwas auf.«

Sie führten Nachtigall zu einem Tisch hinter dem Wohnmobil, auf dem eine brennende Kerze stand und Weingläser zum gemütlichen Ausklang des Tages einluden.

»Dürfen wir Ihnen …?«

»Nein, danke. Aber das wissen Sie ja.«

»Ich habe diese Gruppe ein bisschen im Auge behalten. Ist ja nicht ungewöhnlich, dass Spannungen entstehen, wenn so junge Menschen zusammen leben und arbeiten sollen. Und sei es nur für ein paar Wochen. Und schneller als gedacht, waren Konflikte zu spüren. Schon äußerlich waren deutliche Unterschiede in der Lebensphilosophie sichtbar. Dicke und dünne. Ordentliche und eher schlampige. Es war klar, dass mancher sich nicht in ein Korsett aus Regeln würde stecken lassen. Ein älterer ist dabei. Ich hoffte erst, der hätte Autorität, aber der ist zu selbstverliebt, das stört die anderen. Allerdings hatte ich weder damit gerechnet, dass es so schnell zu einer Entladung käme noch damit, dass Menschen sterben werden. Prügeleien hatte ich erwartet, giftiges Gezeter. Mir hätte es gefallen, wenn diese ältere Frau, die ja wohl das Projekt leitet, am ersten Abend hiergeblieben wäre. Aber schon da war etwas vorgefallen, die Stimmung war angespannt, und sie brauste davon.«

»Hm. Haben Sie gehört, worüber es Streit gab?«

»Nein. Wie gesagt, ich dachte nicht, dass so schnell etwas passieren würde.«

»Am ersten Abend war es laut.« Petra probierte den Rosé, nickte anerkennend. »Den Wein hast du wirklich gut ausgesucht. Nicht zu trocken, nicht zu mild. Perfekt, mein Schatz«, lobte sie dann.

»Danke.« Er lächelte. »Stimmt. Am ersten Abend wurde zu viel getrunken. Aber das kommt öfter vor, die jungen Leute genießen ihre Freiheit, kennen aber ihr Limit noch nicht. Einer hat die Gitarre ausgepackt, Klischees eben. Wie man sich den Start in ein Sommercamp eben vorstellt. Es wurde viel gesprochen. Ich hatte den Eindruck, die Fröhlichkeit kam abhanden. Und plötzlich wollten wohl alle nur noch ins Bett.«

»Und am nächsten Morgen waren sie verkatert.« Petra klang amüsiert. »Weißt du, Günther, das ist uns schon ewig nicht mehr passiert.«

»Unser Alkohollimit ist bekannt«, grunzte Günther. »Unsere Sorge um die Gesundheit größer als bei den jungen Leuten. Über Leberwerte machen die sich noch keine Gedanken.«

»Also, mich hat überrascht, dass der nette, stille Student verschwand. Ich hätte darauf gewettet, dass der magere, meckrige eine Abreibung bekommt. Und dass jetzt auch noch das mollige Mädchen getötet wurde, ist mir völlig unbegreiflich. Die wirkte so unbeschwert.« Petra nahm noch einen kräftigen Schluck aus dem Glas.

»Wen hätte es Ihrer Meinung nach eher treffen können?«

Die beiden überlegten.

»Nun«, begann Petra, »diese schlanke ernste Frau mit dem dunklen Kurzhaarschnitt vielleicht. Die wirkt verschlossen, fast unnahbar. Ihre Sprache ist ein bisschen wie ein Kugelhagel – sie schießt die Worte aus dem Mund. Man möchte direkt in Deckung gehen. Aber ich habe sie im Gespräch mit den drei Grazien gehört – sie kann auch nett.«

»Drei Grazien?«, hakte Nachtigall ein.

»Ja, drei junge Damen in Rosa, die hier campen durften. Einer der Papas kam jeden Tag vorbei. Kontrolle. Die drei waren den ganzen Tag mit ihrem Aussehen beschäftigt«, kicherte Petra.

»Bei den Männern hätte ich den meisten Ärger mit dem älteren erwartet.« Günther schüttelte ratlos den Kopf. »Warum nun ausgerechnet dieser schüchterne Bursche zum Opfer wurde, ist mir unklar.«

»Ärger mit dem älteren?«, hakte der Besucher nach.

»Ja. Der ist ja nicht nur ein paar Monde, sondern ein paar Jahre älter. Manchmal spielen sich solche Typen dann als Leiter und Pflichtenverteiler auf, legen Regel fürs Miteinander fest. Oder das andere Extrem: jünger sein wollen als die Jungen. Draufgängerischer, verwegener. Aber bei dem war weder das eine noch das andere zu bemerken. Ruhiger Typ.«

Nachtigall dankte den beiden, verabschiedete sich freundlich.

»Ich muss noch zur Besprechung! Aber das kennen Sie sicher nur zu gut!«

45

Silke wartete bereits im Besprechungsraum.

Nachtigall staunte. Sie hatte jede Menge Ergebnisse zusammengetragen und auf dem Block am Flipchart Beziehungen sichtbar werden lassen.

»Becky Müller hatte eine Verbindung zu Camilla Schneiders Geschichte. Angeblich haben sie das in einem Gespräch geklärt und beschlossen, dass es für ihr Hier und Jetzt keine Auswirkungen haben sollte. Camilla Schneider kommt als Mörderin von Frau Müller nicht in Betracht, sie hat ein Alibi.«

Nachtigall nickte. »Ja, ich hatte auch den Eindruck, das war glaubhaft. Und ich weiß um eine weitere Verbindung. Baldur Hermfried und Eirik Hansen verbindet ein Ereignis, bei dem Hermfrieds Bruder umkam. Es ist ihm bei der Ansprache von Bruno klargeworden. Schuld war das Thema.«

»Woher wusste dieser Bruno davon?«

»Das ist unklar. Baldur hätte einen Grund, Eirik zur Rede zu stellen. Ich fürchte, das wird er nicht tun. Und einen Mord an Kemper begehen, um sich an Eirik zu rächen, ergibt keinen Sinn. Maximilian, der einen Grund hatte, Wilhard vielleicht sogar zu hassen – hat ein Alibi. Was ist mit dem Blut in Kempers Auto?«

»Wildschwein. Er hat einen Freund mitgenommen, der an einer Jagd teilgenommen hatte. An dessen Kleidung muss noch etwas Blut von der Beute gewesen sein.«

»Maximilian Hilpert fuhr mit dem eigenen Wagen nach Gräbendorf. Die gesamte Zeit dort war er mit Miltraud Lehmann zusammen, unterschiedliche Mitarbeiter des Umweltzentrums haben mit den beiden gesprochen, dann kamen sie gemeinsam zurück zum Lager. Zu dieser Zeit war Kemper schon verschwunden. Die Gruppe verbrachte den Abend gemeinsam, niemand hätte aufbrechen, die Erntemaschine stehlen und Kemper draußen bei Lübben ermorden können.«

»Einer von den anderen, die auf dem Platz campen?« Silke schlug das Blatt am Flipchart nach hinten.

»Es gibt eine Reihe Menschen, die sich dort jedes Jahr im Sommer treffen. Einige reisen früher an, andere etwas später, aber man trifft sich dort. Einige kommen seit mehr als 20 Jahren.« Nachtigall atmete tief durch. »Und in diesem Jahr treffen sie auf die Studierendengruppe. Einer von ihnen beschließt, Kemper und Müller zu töten. Von Kemper wissen wir, dass er regelmäßig zum See kam,

Becky Müller sicher nicht, sie war zum ersten Mal dort. Aus welchem Grund …«

»Jemand bringt Wilhard Kemper um. Motiv kennen wir nicht. Mücki Müller wird zufällig Zeuge – vielleicht nicht der Tat, aber der Verabredung oder Ähnlichem. Also muss sie auch verschwinden. Ihre Aussage würde den Täter entlarven«, schlug Dreier vor.

»Ja. Das ist möglich. Nur konnte Becky Müller so etwas nicht bemerken, sie war mit Camilla Schneider in Wanninchen. Bei ihrer Rückkehr war Wilhard Kemper schon nicht mehr auffindbar.«

»Die Letzte, die mit ihm gesprochen hat, war Doktor Krampes. Und ihr kam der junge Mann aufgeregt und schlecht ausbalanciert vor, sie schickte ihn zur Meditation in den Wald. Er brach, ihrer Meinung nach, sofort auf, sie sah ihn auf dem Weg um den See, als sie zu ihrem Auto zurückkehrte. Das heißt, niemand außer ihr wusste überhaupt, dass Herr Kemper in den Wald aufgebrochen war?«

»Ja, so sieht es aus«, bestätigte der Hauptkommissar. »Allerdings haben alle Teilnehmer vermutet, er sei in den Wald zu seinen Geistern gegangen. Es war erwartbares Verhalten. Besonders wenn er einen Rat brauchte.«

»Was hat ihn so aufgeregt? Ist das nicht die Frage, die wir zuerst klären müssten?« Dreier notierte das am Flipchart.

»Wissen wir das nicht schon? Er hatte eine Auseinandersetzung mit Friedemann Humberg. Doktor Krampes war Zeugin, Baldur Hermfried hat es ebenfalls mitbekommen. Kemper war vielleicht an jenem Tag besonders empfindlich, hatte mit Kopfschmerzen zu kämpfen. Da kann man schon mal dünnhäutig werden.«

»Gut. Er ging in den Wald, jemand folgte ihm. Baldur,

Eirik und Friedemann blieben am See, Doktor Krampes brauste davon, dafür gibt es Zeugen. Das Opfer wurde nicht am Spremberger See gefunden, sondern bei Luckau. Das ist ein ganzes Stück entfernt. Der Täter muss ihn in einem Auto mitgenommen haben. Wessen Wagen stand unerwartet nicht auf dem Parkplatz?«

Dreier notierte auch diesen Punkt.

»Sein eigenes stand die ganze Zeit dort, das von Hilpert auch, nachdem er mit Frau Lehmann aus Richtung Casel zurückgekommen war. Wir müssen die anderen Camper fragen, ob sie unterwegs waren – und gegebenenfalls die Fahrzeuge und Alibis überprüfen.«

»Für heute Nacht sind die Menschen auf diesem Platz gut bewacht. Pause.«

Es klopfte hart, die Tür wurde schwungvoll geöffnet. Doktor März.

»Wie schön, dass ich Sie noch antreffe. Kommen Sie voran?«

»Wir finden Verbindungen zwischen den Studenten, von denen sie selbst nichts gewusst haben. Daraus ergeben sich zwar mögliche Motive – doch die Betroffenen haben Alibis und Zeugen dafür.«

»Sie tappen also im Dunkeln.«

»Nicht ganz.«

»Frau Klapproth ist erst mal nicht mehr Mitglied des Teams. Sie machen als Tandem weiter.«

»Gut. Wir suchen nach einer Verbindung zwischen den Menschen, die seit Jahren zur selben Zeit auf diesem Platz campieren. Ein Abgleich der Fahrzeughalter et cetera steht aus. Emile Couvier könnte sich bei uns einbringen, eine Einschätzung von ihm könnte den Kreis der möglichen Täter einengen.«

Doktor März trat zur Seite. »Habe ich mir gedacht. Wir brauchen ihn auch im Fall Fabian Klapproth, Sie müssen ihn also teilen.«

Emile trat in den kleinen Raum, nickte den beiden zu.

»Emile!« Freundschaftlich wurde er begrüßt.

Doktor März freute sich über die gelungene Überraschung und zog sich rasch zurück.

»So! Maja geht es den Umständen entsprechend. In unregelmäßigen Abständen bekommt sie ein neues Foto geschickt – und inzwischen ist Fabian schwer verletzt und ich befürchte in einem kritischen Zustand. Es gibt neue Hinweise. Hoffentlich können wir den jungen Mann retten. So! Das war euer Update, jetzt brauche ich von euch alle Details zu diesem Bio-Projekt.«

Die Pause war verschoben.

Couvier hörte genau zu, sah sich die Fotos der Opfer und der Fundorte genau an, erfuhr von den anderen Menschen, die in der Nähe der Studierenden ihre Wagen stehen hatten und von der unaufgeklärten Mordserie.

»Puh! Das ist eine riesen Menge an Informationen. Den Bericht von Doktor Pankratz zum ersten Mordopfer habe ich gesehen, aber der zur Leiche im See bei Casel fehlt.«

»Moment!« Silke sprang auf. »Der liegt bestimmt auf Peters Schreibtisch.«

Sie hörten ihre Schritte auf dem Gang davoneilen.

»Der erste Mord wurde mit einem entwendeten Erntegerät eingeleitet. Das musste der Täter fahren können. Habt ihr …«

»Nichts. Keine Fasern, keine Haare, keine Fingerspuren. Das Gerät wurde auf einem Feld in der Nähe abgestellt. Bei der Trockenheit – keine Spuren im Boden.«

»Getötet wurde das Opfer letztlich durch eine Vielzahl von Verletzungen, die mit einer Metallstange beigebracht wurden, das verstehe ich richtig?«

Nachtigall nickte. »Ein Metallrohr mit Holzgriff.«

»Tödlich war der Handkantenschlag?«

»Möglich, eher nicht der Schnitt quer über den Hals. Aber ihm wurden all diese Wunden innerhalb kürzester Zeit beigebracht – Thorsten meint, er hatte nicht den Hauch einer Chance zu überleben.«

Silke kehrte zurück, war etwas außer Atem, als sie sich auf ihren Stuhl fallen ließ.

Sie schob eine Akte über den Tisch.

»Handkantenschlag auch hier. Schnitt quer über den Hals. Messerstich von enormer Tiefe. Körper stark ausgeblutet. Hm. Hier wurde also auch nur eine Waffe eingesetzt, ein sehr spezielles Messer. Ein Schlag, ein Stich. Warum waren die vielen Schläge gegen Gesicht und Körper des ersten Opfers notwendig? Und beim zweiten nicht?« Couvier sah von einem zum anderen. »Wenn es wirklich derselbe Täter ist, warum hat er beim zweiten Mord ›nur‹ getötet?«

»Vielleicht wollte er beim ersten Mord den Eindruck erwecken, es habe sich um mehrere Täter gehandelt. An irgendeiner Stelle steht, die Verletzung sei mit links beigebracht worden.« Nachtigall zeigte Couvier die Körper-Skizze, auf der die einzelnen Spuren eingezeichnet waren.

»Das kann auch ganz banal der Wechsel der Hand desselben Täters gewesen sein. Vielleicht hatte er Schmerzen im Handgelenk rechts bekommen. Profaner Grund. Vielleicht bedeutet es tatsächlich nicht mehr. Wie das Opfer überhaupt dorthin gekommen ist, wisst ihr nicht?«

»Nein, noch nicht. Wir versuchen eine Abfrage. Die

Autos der Studierenden standen auf dem Parkplatz, die wurden nicht bewegt.«

»Jemand fährt Kemper vom Stausee zur Sielmann-Stiftung. Passt ihn auf der Straße ab, verursacht den Zusammenstoß mit der Erntemaschine, verpasst ihm einen Handkantenschlag gegen die Carotis, schlägt mit einer Metallstange auf ihn ein?«

»So steht es im Obduktionsbericht«, bestätigte Nachtigall.

»Ein Ablenkungsmanöver? Die Polizei soll an einen Gruppenmord denken. Eine Gang überfällt Opfer, ein jeder schlägt mal zu?« Couvier klang nicht überzeugt.

»Wir wissen zu wenig über den jungen Mann. Feinde, Freunde. Mir scheint, einige waren sehr sauer auf ihn, sahen vielleicht einen Grund, ihn zu töten. Es scheint, als wäre er sehr isoliert gewesen. Vielleicht hat er sich in seiner frühen Jugend zu viel erlaubt – und nun meidet man den engeren Kontakt zu ihm. Wir wissen nicht einmal, ob er nicht freiwillig nach Lübben gefahren ist, um jemanden zu treffen.«

»Frau Müller stammte ursprünglich aus der Gegend. Das hatte sie allerdings nahezu vergessen. Es gab einen Verwandten, der auch tatsächlich ihren Leichnam fand.« Silke schauderte sichtbar. »Er war so unglücklich, hatte sich sehr darauf gefreut, die junge Frau zu treffen. Man hatte sich schon seit Ewigkeiten nicht mehr gesehen.«

»Im Obduktionsbericht steht, sie bekam einen Handkantenschlag, wohl um sie bewusst- und wehrlos zu machen, wurde betäubt, dann erstochen, dann ins Wasser geworfen. Hat man sie dort ins Schilf gelegt, weil der Täter wusste, der Verwandte käme zum Angeln genau an diese Stelle? Fisch zum Geburtstags-Grillen?«

»Dazu müsste er ja selbst dieses Detail, runder Geburtstag der Ehefrau, gekannt haben.«

»Dort könntet ihr einhaken. Diese Campingplatz-Rückkehrer? Kannte er einen von denen?« Couvier sah seinen Schwiegervater und Silke an. »Wenn jemand versucht haben sollte, einen Gruppenmord vorzutäuschen, ergibt das nur einen Sinn, wenn es auch eine Gruppe im Hintergrund gibt, die einen Grund für den Mord haben könnte. Bisher habt ihr nur Einzelbeziehungen, von denen nicht einmal belegt ist, dass es sie überhaupt gibt. Welche Gruppe sollte die Polizei also ins Visier nehmen?«

»Alle Studierenden des Projekts.« Silke notierte sich etwas in ihr Notizbuch. »Das würde bedeuten, der einzelne Betroffene überredet die anderen zu einer gemeinsamen Tat. Aber warum sollten sie dann extra Spuren legen, die darauf hindeuten, dass es mehrere Angreifer gegeben hat? Das wäre nun keine besonders gute Verschleierungstechnik.«

»Oder gerade«, murrte Nachtigall. »Man will uns auf eine falsche Fährte locken. »Und ganz ehrlich: Ich glaube, jemand versucht, die Morde bewusst anders aussehen zu lassen als die bei der Serie am Stausee. Die Opfer werden schnell gefunden, die Todesursache ist mehr oder weniger offensichtlich, Männer wie Frauen sind betroffen. Die Vielcamper wissen eine Menge über die Taten von damals. Einer von ihnen könnte wohl darauf achten, alles ganz anders zu arrangieren.«

»Bleibt die Frage der Fragen: wozu?« Couvier stach mit dem Finger in den zu weichen Kern der Mutmaßungen.

»Ja, du hast recht.«

»Der Kollege von damals ist nicht mehr bei uns. Er wurde auf eigenen Wunsch versetzt. Es kann also auch nicht darum gehen, ihm eine gruselige Lehrstunde zu erteilen.« Silke dachte laut. »Aber das wäre wirklich psychopathisch.«

»Der Täter hat möglicherweise das Vertrauen der Studierenden. Kemper muss arglos mit ihm gegangen sein, denn er war doch zu der Zeit im Wald – oder zumindest auf dem Weg dorthin. Wollte meditieren. Was kann ihn bewogen haben, den Plan fallen zu lassen?«

»Man hat ihn um Hilfe gebeten. War er der Typ, der dann sofort bereit ist, dem anderen zur Seite zu stehen?« Couvier warf einen Blick auf sein Handy. »Ich muss los!«, verkündete er dann und sprang auf. »Bis später. Und – kann ich bitte bei Conny und dir über Nacht unterkriechen?«

Nachtigall grinste schief. »Klar. Dein Bett ist immer frei. Conny wird sich auch freuen.«

Couvier nickte und war nur noch ein Laufgeräusch im Gang.

»Er hat recht. Wir wissen noch nicht genug über die Opfer. Die Mutter von Wilhard war ziemlich verschlossen und abweisend, aber wir sollten doch noch mal bei ihr nachhaken. Und Doktor Krampes müsste das eigentlich auch beantworten können, obwohl es ein völlig anderer Kontext ist.«

»Liegt uns inzwischen ein Kurzbericht der Kollegen vor, die den Eltern von Becky Müller die Todesnachricht überbracht haben?«

Silke blätterte in den Unterlagen auf dem Tisch. »Nein.«

Es klopfte hart.

»Herein!«, forderte Nachtigall.

Ein kleiner Mann riss schwungvoll die Tür auf und

schob sein nicht unerhebliches Gewicht in den Raum, seine nicht minder stattliche Ehefrau folgte.

»Wir sind die Eltern von Mücki!«, erklärte der Mann mit lauter Stimme, seine Frau nickte vehement dazu, als müsse sie diese Auskunft bestätigen.

»Entschuldigung!« Ein uniformierter Beamter schob seinen Kopf in den Raum. »Die beiden sind einfach losgelaufen.«

»Ist in Ordnung. Wir befragen sie gleich, kannst du bitte auf Herrn und Frau Müller warten, um sie später wieder hinauszubegleiten?« Silke bemühte sich um einen besonders freundlichen Ton, schließlich hätte der Kollege die beiden ja nicht niederschlagen können, um sie am Weitergehen zu hindern.

Nachtigall signalisierte dem Paar, es möge sich setzen.

Die beiden nahmen das Angebot erleichtert seufzend an. »Heiß hier im Spreewald!«, stöhnte Frau Müller und tupfte sich mit einem Tuch Gesicht und Dekolleté ab.

»Wir sind sofort hergekommen, als man uns diese furchtbare Nachricht überbracht hat. Es muss sich um eine Verwechslung handeln. Unsere Tochter nimmt an einem Semesterferienprojekt teil.« Die Gesichtsfarbe des Vaters normalisierte sich langsam.

»Es tut uns leid, aber es handelt sich wohl nicht um einen Irrtum.« Nachtigall sprach bewusst leise, in der Hoffnung, die Eltern würden ihre Lautstärke anpassen.

»Warum sollte meine Tochter Opfer eines Mörders werden, wenn sie in einer Gruppe von Studenten am Thema Brutverhalten seltener Vögel in Schutzgebieten arbeitet. So brisant scheint mir das nicht zu sein.« Die Mutter sah die beiden Ermittler nervös an. »Oder?«

»Ihr Cousin hat sie gefunden.«

»Ach, der hat sie seit Jahren nicht mehr gesehen, der weiß gar nicht, wie sie aussieht«, trompetete sie zuversichtlich.

»Er ist sich sicher.« Silke zögerte noch, die Fotos vom Fundort vorzulegen.

»Wir müssen sie doch identifizieren – oder? Dann klärt sich das ja!«

»Die Identifikation ist bereits erfolgt. Wir sind uns sicher.« Nun breitete Dreier doch die »harmlosesten« Bilder der Auffindesituation aus.

Ein Fächer des Schreckens.

Es entstand eine lange Phase der Wortlosigkeit.

Nur die tiefen Atemzüge der Eltern waren zu hören.

»Okay. Wir haben keine Basis für Zweifel.« Der Vater fasste sich schneller, die Mutter starrte auf ihre im Schoß zuckenden Hände. »Was ist passiert?«

»Genau das versuchen wir gerade herauszufinden. Ihre Tochter hatte am Abend vor ihrem Verschwinden ein längeres Gespräch mit einem älteren Herrn, der sich als Ansprechpartner bei Problemen angeboten hatte.« Silke hörte selbst, wie abwegig das klang, wollte aber das Wort Prediger vermeiden. »Sie sprach auch lange mit ihrer Projekt-Partnerin – aber alle eventuellen Spannungen seien danach beseitigt gewesen.«

»Spannungen? Sehen Sie, allein das ist schon völliger Quatsch! Mit Mücki gibt es keine Spannungen oder Zerwürfnisse!«, behauptete die Mutter plötzlich so leise, dass Silke sie kaum verstehen konnte.

»Es ging dabei um eine Geschichte aus ihrer frühen Kindheit. Camilla und Ihre Tochter entdeckten, dass sie sich eine schreckliche Erinnerung teilten.«

»Noch mal Quatsch.« Die Mutter sah ihren Mann lange an. »Es gibt nichts, was meine Tochter mit einer Camilla verbinden könnte! Ich glaube, wir gehen jetzt.« Sie machte Anstalten aufzustehen. Ihr Mann legte seine Hand schwer auf ihren Arm, drückte sie in den Stuhl zurück.

»Wir bleiben. Ute Hauser, das ist der Name einer jungen Frau, mit der unsere Tochter eine Erinnerung teilt. Eine Camilla kennen wir nicht.«

»Nun, Camilla ist Ute Hauser«, stellte Nachtigall klar.

Schweigen. Stieg wie Gestank aus einer Kloake auf, setzte sich fest.

»Dann müssen Sie diese Camilla ja nur noch verhaften. Erst bringt sie ihren Vater um und dann meine Tochter, die einzige Zeugin ihrer Tat«, donnerte unerwartet die Stimme des Vaters durch den Raum.

Der Kollege, der im Gang gewartet hatte, riss die Tür auf, fragte: »Der Herr möchte gehen?«

Silke schüttelte den Kopf. »Nein, ich glaube, das war nur die Einleitung zu einer längeren Erklärung, die man mir gleich geben wird.«

»Also, wenn ich kommen soll, nur rufen!« Die Bürotür schloss sich wieder.

»Wir kennen die Geschichte schon«, erklärte Silke. »Ihr Tochter hat Camilla die Wahrheit gebeichtet.«

»Sie hat es gebeichtet? So ein vollkommener Blödsinn. Sie kann sich an jenen Nachmittag gar nicht mehr erinnern. Es war für sie eine harmlose Episode, nichts von Bedeutung – und sie hat Ute nie mehr getroffen. Wir haben sofort gepackt und sind weggezogen.«

»Das hat Ihre Tochter auch genauso erzählt. Aber vergessen hatte sie das Drama nicht. Sie erinnerte sich plötzlich daran, erkannte die andere – und verschwand in der nächsten Nacht, wurde am Morgen gefunden. Camilla hat Ihre Tochter nicht getötet«, fasste Nachtigall zusammen.

»Aha. Wer dann?«

46

Emile Couvier fuhr in die Wernerstraße, stellte seinen Wagen auf dem Parkplatz vor der Kammerbühne ab.

Zunächst orientierte er sich zwischen den Wohnblocks, überprüfte Zugänge und Zufahrtswege.

Einen Rollstuhlfahrer unauffällig in einen Wagen zu »verladen« und mit ihm unbeobachtet davonzufahren, schien eine schwierige Angelegenheit zu sein. Zumal Fabian Klapproth sich sicher vehement zur Wehr gesetzt haben würde. Im Zweifel durch Schreien.

Der Geiselnehmer war offensichtlich tief in die Interna der Klapproths eingeweiht.

Es war ihm sogar gelungen, Chris, den Freund und Pfleger aus Fabians Umfeld, verschwinden zu lassen. Jedes Detail sorgfältig geplant und vorbereitet.

Viel Zeit konnte er für die Tat nicht eingeplant haben.

Schließlich hätte ein Anruf von Chris bei einer der Verwandten gereicht, um das Komplott auffliegen zu lassen, bevor es richtig startete. Vom problembehafteten Verhältnis zu den Angehörigen seiner Familie wusste nur eine Handvoll Menschen.

Woher sollte der entflohene Straftäter von damals all diese Informationen haben?

Couvier klingelte bei »A. Freund« im ersten Obergeschoss.

Die Wohnung hatte einen Balkon, von dem aus der gesamte Bereich bis zur Wernerstraße einsehbar war.

Eine ältere Dame öffnete.

»Emile Couvier, Kriminalpolizei«, stellte er sich vor, zeigte seinen Ausweis.

»Na, kommen Sie ruhig rein. Ich habe schon bemerkt, dass etwas passiert sein muss. Schleichen so viele Fremde hier rum.«

Sie führte Couvier auf den Balkon.

»Ich habe Sie schon eine Weile beobachtet. Sie wollen herausfinden, wie man den Rollstuhlfahrer wegbringen konnte. Entführt, oder? Ist der junge Mann eine wichtige Persönlichkeit? Dann hätte er doch Personenschutz, nicht wahr? Also ist er nicht ganz so wichtig. Dennoch möchten Entführer mit ihrer Tat etwas erreichen. Wenn man einen unbekannten Rollstuhlfahrer entführt – was will man dann bewegen?«

»Das ist genau die Frage, die wir uns auch stellen«, lächelte Couvier die alte Dame an.

»Aber Sie haben noch keine Antworten gefunden«, ergänzte Frau Freund.

»Wir suchen nach weiteren Informationen.«

»Gut. Wenn ich die haben sollte, teile ich sie gern mit Ihnen. Sehen Sie, der junge Mann, der den anderen im Rollstuhl betreut, ist so ein netter. Immer freundlich, immer bemüht. Als ich krank war, hat er sogar für mich eingekauft. Einfach so. Er hat ein waches Auge für andere Menschen und viel gesunden Menschenverstand. Der Patient, so nenne ich ihn immer, ist anders. Er ist super klug, belesen – aber ich glaube, er hat so seine Probleme mit Menschen ganz allgemein. Mir kommt es manchmal so vor, als möge der diese Spezies nicht. Vielleicht ist die Behinderung noch relativ frisch, und dann braucht es Zeit, bis man solche Einschränkungen akzeptieren kann.«

»Sie können von hier aus das Leben in den Häusern gut im Blick behalten. Und wie ich sehe, mag Ihre Katze diesen Blick auch.«

»Oh, ja. Ich weiß auch, dass die Schwester des Patienten ebenfalls eine Wohnung im Block hat. Ihr Kater ist eine stolze Schönheit. Sehr selbstbewusst. Wenn er aus dem Fenster schaut, ist jedes Haar ein Ausdruck von Kraft und Macht. Mein Odysseus hat in seinem Leben viel durchgemacht, viel gesehen. Nun ist er ein ruhiger Senior geworden, der sich liebevoll um mich kümmert.«

»Hallo, Odysseus.« Couvier hielt dem großen getigerten Kater seine Hand zur vorsichtigen Kontaktaufnahme hin. Sie wurde ausgiebig beschnuppert, dann durfte der Besucher nähertreten.

Katzen eben, dachte Couvier amüsiert.

»Der Patient wurde heute Morgen entführt. Haben Sie vielleicht etwas beobachtet? Ungewöhnliche Aktivitäten zum Beispiel?«

»Sie möchten rekonstruieren, wie die Sache abgelaufen ist?«

»Genau. Damit wir eine zeitliche Einordnung vornehmen können.«

»Damit Sie wissen, wer wann wo gewesen ist. So können Sie den Kreis der Täter einschränken.«

Die alte Dame zwinkerte Couvier verschwörerisch zu.

»Es ist sonderbar, aber tatsächlich habe ich den Patienten nicht gesehen. Alles Mögliche ist mir aufgefallen, zum Beispiel das Auto von einer Vermietungsfirma, das ziemlich nah ans Grundstück heranfuhr. Ich dachte schon, oh je, jetzt geht es dem Patienten schlechter, er braucht doch mehr technische Unterstützung. Aber der Kleintransporter war schnell wieder weg, ich beruhigte mich, dachte, es war wohl nur eine kleinere Lieferung, vielleicht ein Tisch für die Terrasse.«

»Und diesen neuen Hausmeister haben Sie auch gesehen?«

»Ferdinand? Ich weiß, man soll so was ja nicht sagen, aber der hat kein so glückliches Händchen für Probleme der Haustechnik. Bisher wurde bei Reklamationen alles schnell repariert – der neue Hausmeister kann das nicht selbst, er beauftragt einen Handwerker.« Empörung schwang unter den Worten mit. »Ist doch wahr. Eigentlich sollte so ein Hausmeister das selbst können.«

Couvier nickte.

»Ferdinand hat den Patienten überall auf dem Gelände gesucht.«

»Ferdinand?« Auf der Stirn der alten Dame entstand eine tiefe, steile Falte. »Wann?«

»Nachdem klar war, dass der Rollstuhlfahrer entführt wurde.«

»Hat er das gesagt? Da staune ich aber! Wenn ich

mit Freundinnen telefoniere, stehe ich ja nicht auf dem Balkon und lasse die ganze Nachbarschaft an meinem belanglosen Gespräch teilnehmen. Ich glaube aber, der Ferdinand mag keine frische Luft.«

47

Nachtigall machte einen Abstecher zu Klapproth.

Erschrocken nahm er sie in den Arm, was sie ausnahmsweise zuließ. Ihre Haare waren zerzaust, das Gesicht plötzlich eingefallen, die Kollegin sah aus wie kurz vor einem Zusammenbruch.

»Habt ihr Neuigkeiten?«

Jannik schüttelte den Kopf. »Die Letzte war die Information über den ausgebrochenen Mörder, der Rache geschworen hatte. K. steht für Kofler. Man hat ihn bei seinem Bruder vermutet, doch unter der Adresse ist niemand anzutreffen. Die Nachbarn haben erzählt, der Bruder sei zu einer Fortbildungsveranstaltung mit Schulung in

Frankreich gefahren. Die würde mehrere Wochen dauern. Vernetzte Systeme im privaten und öffentlichen Raum.«

»Das heißt, der Flüchtige konnte ihn nicht dort antreffen?«

»Ja, die Nachbarn haben ihn auf dem Foto nicht erkannt, er ist vielleicht gar nicht dort gewesen. Über das Verhältnis der beiden zueinander wissen wir nichts.«

»Familie hat er demnach nicht, oder ist die mit nach Frankreich gefahren? Und wo genau findet die Fortbildung statt?«

»Er ist Single. Die Nachbarn vermuten eine unglückliche Liebe dahinter. Nie hat er Frauenbesuch, wenn überhaupt jemand kommt, ist das einer der Nachbarn. Zum Schachspiel. Und die Veranstaltung ist in Paris.«

Janniks Telefon klingelte.

Erstaunen breitete sich über seinen Zügen aus. »Das ist mein neuer Partner. Der hat auch die Sache mit dem Entlaufenen rausgefunden. Ja, Jannik!«

»Der ausgebrochene Straftäter kann nicht der Entführer sein«, begann Jens hastig, als befürchte er, der andere könne einfach auflegen. »Er hatte einen Autounfall. Tödlich.«

»Dann scheidet er aus«, kommentierte Peters trocken. »Wann war der Unfall?«

»Vor zwei Wochen. Muss kurz nach der Flucht passiert sein. Die Einrichtung, in der er untergebracht war, hat gerade erst davon erfahren. Der Tote hatte keine Papiere bei sich, sie mussten erst die Identität und den Wohnort ermitteln. Ein Fahndungsfoto half wohl weiter. Die Familie konnte noch nicht benachrichtigt werden, der Bruder, Kofler, ist, wie wir wissen, in Paris. Weitere Angehörige sind nicht bekannt.«

»Die Firma, bei der dieser Herr Kofler beschäftigt ist, müsste doch wissen, wo diese Veranstaltung genau stattfindet. Die haben sicher auch die Handynummer ihres Angestellten.« Nachtigall flüsterte, warf einen besorgten Blick auf Maja.

Auch Jeffrey Dahmer, der Kartäuser-Kater war offensichtlich beunruhigt.

Er sprang auf Majas Schoß, versuchte, seine Stirn gegen ihre zu drücken. Im dritten Versuch klappte es. Nervös flatternde Hände fuhren durch sein weiches Fell, er begann, beruhigend zu schnurren.

Couvier drängte nun ebenfalls in die Wohnung – Nachtigall beschloss aufzubrechen.

»Ich bin auf dem Weg zum Abgleich mit Silke, dann fahre ich kurz zu Hause vorbei. Handy ist an.«

Er warf einen letzten Blick auf Maja, die in sich zusammengesunken, klein und zerbrechlich wirkte.

48

»Hallo, Silke!«

»Was Neues?«

»Bisher nur neue Sackgassen. Und bei uns?« Er grinste schief. »Wir bräuchten jetzt auch mal einen echten Schub hier.«

»Wir haben die Aussagen der Betroffenen, die sich wohl gern am ersten Opfer gerächt hätten. Einige sind durch die Geschehnisse tatsächlich traumatisiert. Der Mord wurde so sehr inszeniert – ich habe die Alibis gecheckt. Diese fünf sind es nicht gewesen.«

»Ich habe mir die beiden Geschichten noch mal angesehen. Maximilian Hilpert gibt an, dass er von Wilhards Geschichte sehr getroffen war, denn sein bester Freund, ein Pferd, wurde von einem Raser auf dem Gehweg erfasst und musste getötet werden. Seine Erzählung und emotionale Beteiligung waren kongruent. Was mir nicht klar ist: Woher wusste Hilpert, dass es sich bei dieser Lagerfeuergeschichte tatsächlich um die Ereignisse um sein Pferd handelte? Wir müssen nachfragen, ob vielleicht der richtige Ort, die entsprechende Uhrzeit oder Ähnliches erwähnt wurde. Sonst konnte er doch nicht sicher sein, dass Kemper tatsächlich der Fahrer des Wagens war! Bei Frau Müller wissen wir, dass beide Frauen sich sicher waren, die Erinnerung an diese schrecklichen Ereignisse tatsächlich zu teilen. Sie haben darüber gesprochen. Dafür haben wir allerdings nur die Aussage von Frau Schneider. Angeblich hat das zweite Opfer sich vor seinem Tod auch Bruno anvertraut – was wir nur von ihm selbst wissen. Vielleicht haben die beiden über etwas völlig anderes gesprochen. Es gibt einen Zeugen, der die junge Frau aus dem Wohnwagen Brunos kommen sah. Über das Gespräch kann er nichts sagen, er war nicht dabei.« Nachtigall seufzte. »Das Blut im Auto des ersten Opfers war Wildschwein. Die Technik hat einen Bericht geschickt. Das Schloss am Kofferraum war defekt. Wobei das nicht der richtige Ausdruck dafür ist, wenn dir jemand Sekundenkleber ins Schloss drückt.«

»Klingt wie ein blöder Abi-Scherz.«

»Wir wissen inzwischen auch über Baldurs schreckliches Erlebnis Bescheid. Er bringt es mit Eiriks Abenteuerdrang in Verbindung. Wir sollten klären, ob der Unterwasserfilmer damals überhaupt am Balaton war.«

»Hm, ich glaube, ich verstehe, was du meinst. Die Geschichten bilden Ereignisse ab, die so oder ähnlich auch anderswo und anderen passiert sein können. Die Verbindung haben die Studierenden aber nicht selbst hergestellt, oder? Angeblich konnte sich keiner mehr genau an das Gerede am Feuer erinnern. Sie haben sich gegenseitig gefragt, um herauszufinden, was sie selbst berichtet hatten.«

»Bloß, wenn keiner mehr weiß, worüber gesprochen wurde, konnten sie keine Verbindungen herstellen. Das bedeutet, dass ihnen jemand auf die Sprünge geholfen haben muss.«

»Du denkst an Bruno und seine Söhne«, stellte Silke nüchtern fest. »Maja hält die beiden für Incels – oder zumindest für zwei Typen, die gern Incels wären, weil es was Besonderes ist.«

»Wegen der 14 über der Tür?«

»Nicht nur. Sie verwenden auch Worte aus dem typischen Jargon. Aber das kannst du überall im Internet finden, du eignest es dir einfach an, und schon gehörst du, zumindest für viele andere, zu einer Sondergruppe. Wow! Schließlich stammten viele der Attentäter der letzten Zeit aus diesem Umfeld. Im Internet findest du alle Informationen dazu. Du rückst dich quasi per Sprache ins spektakuläre Tätermilieu.«

»Und die 14 sind die fourteen words. Ich verstehe schon. »We must secure the existence of our people and a future for White children. Aussage von David Eden Lane.« Nachtigall runzelte die Stirn. »Ideologie der White Supremacy. Wenn sie sich selbst dieser Gruppe zuordnen, könnte es sein, dass sie dann auch an die Taten anknüpfen wollen. Wobei mir nicht klar ist, wie sie sich dort selbst sehen können. Wir haben von Bruno die Aussage, er und seine Söhne seien den ganzen Nachmittag auf dem Platz gewesen. Zeugen?«

»Nein. Aber wäre er mit dem Wohnmobil losgefahren, hätten die anderen Camper das sicher bemerkt.«

»Hat er einen privaten Pkw?«, hakte Nachtigall nach.

»Zugelassen auf ihn ist keiner – weder auf ihn noch auf die Söhne. Auf Bernhard und Kyle sind Motorräder zugelassen, beide besitzen den notwendigen Führerschein. Ich habe bei den Vermietungen nachgefragt, aber noch keine Antwort bekommen.«

»Wie sieht es bei den anderen Saisoncampern aus?«

»Marko und Bettina haben Fahrräder dabei. Der Pkw ist über die Sommermonate stillgelegt. Die Anfrage bei den Autovermietungen läuft auch für Marko Spitzner. Auf Günther Haupt ist ein Mercedes zugelassen.«

»Der Bericht zu eventuellen Spuren an Hilperts Auto?«

»Moment.« Silke öffnete eine Datei auf dem Laptop, scrollte einen langen Text langsam nach unten. »In seinem Wagen fanden sich DNA-Spuren, die haben die Kollegen abgeglichen. Auf dem Beifahrersitz. Also am wahrscheinlichsten von Frau Lehmann. Das wäre zumindest zu erwarten. Auswertung läuft, Ergebnis steht noch aus. Ansonsten seine eigenen und die Haare eines Tieres, dabei handelt es sich um einen Hund. Hilpert hat angegeben, es handle sich um Fell des Hundes seiner Mutter. Er war mit ihm vor einiger Zeit beim Tierarzt, Verletzung an der linken Vorderpfote. Daneben eine Vielzahl Spuren, die allerdings nicht neueren Datums sind.«

»Hm.«

»Jemand stöbert Wilhard Kemper im Wald auf. Das allein ist schon schwierig, er könnte überall einen Platz für die Meditation gefunden haben. Und wie bringt er ihn dann in seine Gewalt?«

»Ich denke, der Täter hat das Gespräch zwischen ihm und Doktor Krampes gehört, entschloss sich, ihm zu folgen. Vielleicht hat er ihm ein Getränk angeboten – oder eine Nascherei. In der war das Schlafmittel. Es war also jemand, den er kannte. Der Täter behauptete, er wolle das Meditieren mit Geistern auch probieren, und Kemper war arglos. Als er das Bewusstsein verlor, muss der andere ihn ins Auto gebracht haben. Nein, das geht nicht. Das wäre ja aufgefallen.«

»Ja, das glaube ich auch. Wenn du am helllichten Tag mit einem Bewusstlosen auf der Schulter durch die Gegend läufst, wird das nicht unbemerkt bleiben. Der Täter hat ihm das Mittel verabreicht. Wilhard wurde es sonderbar. Er wollte zurück zum Campingplatz. Der andere bot sich als Stütze an. Verfrachtete ihn aber dann in ein Auto, in dem der junge Mann das Bewusstsein verlor.«

»In wessen Auto? Ihr habt doch noch keinen anderen Fahrzeughalter benennen können, oder?«, mischte sich Couvier plötzlich ein.

Die beiden anderen hatten sein Kommen gar nicht bemerkt, waren so vertieft in die Analyse des Ablaufs.

»Das stimmt. Hallo, Emile! Wir finden raus, wer ein Auto hatte. An diesem Tag und am nächsten auch.«

»Gut, klammern wir die Autofrage erst mal aus.« Couvier setzte sich rittlings auf einen der Stühle, überkreuzte die Arme auf der Lehne vor seiner Brust. »Gut. Er lädt ihn ins Auto, fährt mit ihm Richtung Luckau, wo er die Erntemaschine geparkt hat. Als Kemper wieder zu sich kommt, liegt er am Rand einer Straße, weiß nicht, wie er dorthin gekommen ist. Er rappelt sich auf, läuft los. Vielleicht sieht er in der Ferne ein Licht, hält darauf zu. Er hat keine Orientierung. Zu spät erkennt er die große Maschine, er ist zu instabil, kann nicht ausweichen, wird getroffen. Der Täter …«

»… holt ein Metallrohr aus seinem Rucksack, schlägt auf das Opfer ein – lädt es wieder in seinen Wagen und setzt es auf dem Gelände der Stiftung ab.«

»Unlogisch. Unpraktisch«, kommentierte Silke.

»Der Bauer, bei dem die Erntemaschine untergestellt war, hatte den Diebstahl noch nicht gemeldet? Die Schäden an Schloss und Tür waren zu verschmerzen. Hat er versucht, das Ding zu verstecken?«

»Möglich. Worauf willst du hinaus?«

»Der Bauer möchte das Riesending nicht auf dem Hof stehen haben. Über die Hintergründe, aus denen er das Fahrzeug bei sich einstellen sollte, wissen wir nichts

Näheres. Für einen Freund, hat er gesagt. Nun stellt euch vor, der Bauer bekommt Bedenken, will das Gerät weit weg von seinem Hof auf einem Acker zwischenparken, möglichst abseits, wo sich niemand wundert. Auf dem Weg dorthin taucht plötzlich eine Gestalt auf. Er kann das Ding nicht schnell genug bremsen, es kommt zum Unfall. Das Opfer lässt er liegen, bringt erst mal das Erntegerät in Sicherheit. Es gehört ihm ja nicht, er muss auch kontrollieren, ob Schäden entstanden sind. Als er zurückkommt, ist der Typ, den er angefahren hat, weg. Der Mörder war Zeuge des Unfalls. Kemper hat keine Ahnung, was passiert ist, der ist zugedröhnt. Auf dem Stiftungsgelände setzt der Täter ihn ab, versetzt ihm den Handkantenschlag, damit er sich nicht wehren kann, bringt ihn mit der Metallstange zu Tode. Flieht dann zurück zum Campingplatz.« Nachtigall seufzte. »Wie hat er Blutsspuren in seinem Wagen und an seiner Kleidung verhindert? Warum brauchte er mehrere unterschiedliche Tötungswerkzeuge? Das Messer allein wäre doch todbringend genug gewesen. Wo hat er seine blutbefleckte Kleidung entsorgt?«

Silke schrieb eifrig alle Fragen mit. »So richtig rund nach Ablauf klingt das in meinen Ohren noch nicht«, murmelte sie unzufrieden. »Zwei Tage – und schon gibt es zwei Mordopfer. Das geht mir alles viel zu schnell.«

»Du meinst, in so kurzer Zeit können sich Mordmotive nicht entwickeln? Wenn es stimmt, dass die beiden Opfer wegen einer Verknüpfung zur Vergangenheit sterben mussten, brauchten sich die Motive gar nicht erst zu entwickeln – sie waren schon da.«

49

Das Klappern des Schlüssels in der Tür schreckte die beiden haarigen Hausbewohner aus den Träumen.

Selbst Casanova hatte das Motorengeräusch des Autos überhört.

Müde schob sich Nachtigall in den Flur. Bückte sich, um jedem der beiden Schnurrer ausreichend Streicheleinheiten zukommen zu lassen.

Conny kam gähnend aus dem Schlafzimmer und schlich die Treppe hinunter.

»Na, mein großer Hauptkommissar«, flüsterte sie ihm zu, »auch mal Pause?«

»Ja. Wir stecken fest. Du kennst das ja, plötzlich drehen sich die Auswertungen im Kreis. Pause hilft.«

»Und was ist mit Fabian?«

»Ich war vorhin kurz bei Maja. Offensichtlich gibt es eine Spur, aber Jannik und sein neuer Kollege Jens sind auch erst mal festgefahren. Sie hatten einen Täter im Visier, doch der hatte einen tödlichen Unfall und scheidet daher aus. Ein Mörder, der aus der Sicherungsverwahrung entkommen konnte, in den Fall war Maja involviert. Nun müssen sie wieder neu beginnen, die Puzzleteile zusammenzufügen. Die Verzweiflung ist groß, die Zeit knapp.«

»Es ist nicht möglich herauszufinden, wo der Täter Fabian festhält?«

»Nein. Die Bilder zeigen nur ihn in Nahaufnahme. Keine Umgebungsdetails.«

»Möchtest du etwas essen?«, fragte Conny und löste sich sanft aus seiner Umarmung. »Plinsen?«

»Das ist eine gute Idee. Ich geh nur schnell duschen. Emile kommt vielleicht auch. Er arbeitet in der Gruppe um Jannik mit, guckt aber auch bei Silke und mir rein. Er wusste noch nicht, ob er heute zurückfahren kann.«

»Tja, vielleicht könntet ihr den nächsten gemeinsamen Fall in irgendwelche Schulferien legen, damit Jule mitkommen kann. Wäre doch schön, wenn wir alle zusammen etwas unternehmen würden.«

Nachtigall verschwand im Bad, Conny wickelte sich in einen Bademantel und begann mit den Plinsen, die Katzen blieben im Flur und setzten sich so, dass sie jederzeit sehen konnten, wann der Herr des Hauses herunterkommen würde.

Dann waren sie bereit, alle Register der Bezirzung zu ziehen – sie wussten aus jahrelanger Erfahrung, wie man den großen Mann rumkriegen konnte.

Der Duft aus der Küche lockte auch den Herrn des Hauses an den Herd, die beiden Katzen hielten sich eng hinter ihm, maunzten gelegentlich leise klagend, damit er nicht vergesse, dass sie Hunger litten.

»Ihr esst auch Plinsen?«, fragte der Hauptkommissar liebevoll und strich den beiden durchs weiche Fell. »Na, wenn das so ist … aber wohl eher ohne die süße Füllung. Moment, nicht so ungeduldig! Ich muss es doch erst mäulchengerecht machen.« Er lachte leise, als die beiden ihre Beute abschleppten und nur noch seliges Schmatzen von den Vierbeinern zu hören war.

»Und dein Fall am Stausee? Haben die Morde miteinander zu tun?«, wollte Conny wissen und sah zu, wie ihr

Mann Marmelade in die Plinsen strich. Saure Blutorangenmarmelade.

»Zwei Tote. Die einzige Verbindung, die wir bisher kennen, ist dieses Forschungslager. An den Ergebnissen der Analysen liegt es nicht, man hat ja gerade erst angefangen.«

»Vogelbrutverhalten. Was, wenn die Studie zu dem Ergebnis kommt, dass die Touristen die geschützten Tiere stören, der Bruterfolg leidet. Wären dann einige der Tourismusprojekte gefährdet?«

»Möglich. Oder es kommen schärfere Auflagen. Du meinst, das sei ein Mordmotiv?«, staunte der Ehegatte. »Jemand bringt den Studenten um, der das herausfindet? Ich fürchte, dann wird schlicht eine neue Forschungsgruppe dort weitermachen, wo die andere aufgehört hat. Besser, du gründest eine Initiative ›Rettet den Tourismus‹.«

»Damit wird jede Menge Geld verdient. Stell dir vor, du hast einen größeren Kredit aufgenommen, um Unterkünfte zu bauen. Und nun kommt eine Beschränkung der Übernachtungsbetten auf etwa 50 Prozent. Dann kannst du die Zinsen nicht mehr bedienen, bist insolvent. Wäre doch ein Grund, so einen ewigen Touristenvertreiber aus dem Weg zu räumen.«

Es klopfte.

»Oh, das ist bestimmt Emile. Ich geh schon.«

Während Nachtigall die Haustür öffnete, erhitzte Conny wieder Öl in der Pfanne, schlug ein Ei auf, vermischte Eiweiß und Eigelb mit deinem Schneebesen, gab eine Portion Mehl und einen Schuss Milch im Wechsel dazu, würzte vorsichtig mit Zucker und Zimt.

Als Emile Couvier seine Schwiegermutter liebevoll begrüßte, war die erste Plinse für ihn schon fast fertig.

»Mhmm. Lecker.«

»Lass dich nicht von den Katzen überreden«, warnte Conny. »In deinen ist Zimt, das vertragen die beiden nicht.«

»Genau wie ich es mag.« Couvier bekam ein Glas Mineralwasser und setzte sich an den Tisch.

»Es ist schon seltsam. Ich habe heute mit einigen Bewohnern der Häuser in der Wernerstraße gesprochen. Ferdinand ist noch gar nicht so lang bei ihnen Hausmeister. Er repariert oft nicht selbst, sondern beauftragt eine Firma, die das übernimmt. Manche sagen, nun dauert alles länger, der alte Hausmeister habe einfach mal zugepackt, und dann funktionierte alles wieder.«

»Gewährleistung? Wenn du eine Firma beauftragst, muss die auch haften. Ist vielleicht unterm Strich für den Hausbesitzer günstiger.«

»Na ja. Du bestellst doch auch keinen Elektro-Service, wenn du eine Lampe gewechselt haben möchtest.«

»Okay, stimmt. Leuchtmittel habe ich vorrätig.«

Sie schwiegen, Couvier kaute.

Conny war verschwunden.

Nur die beiden Fellträger saßen im Blick der Menschen. Elegante Wesen, aufrecht, die Schwänze ordentlich über die Vorderpfötchen gelegt. Die wachsamen Augen beobachteten konzentriert die felllosen Wesen am Tisch, folgten jeder Gabel vom Teller bis zum Mund.

»Sieh mal«, meinte Couvier und deutete leicht in ihre Richtung. »Manchmal denke ich, sie halten uns für degeneriert. Zum Essen brauchen wir Werkzeug, und ein Fell haben wir auch nicht, müssen uns mit unbequemen Stofffetzen aushelfen, um unsere nackten Körper zu schützen. Katzen haben das nicht nötig. Sie sind von Natur aus perfekt auf das Leben vorbereitet. Einschließlich ihrer unschlagbaren manipulativen Fähigkeiten.«

»Wir sollten sie an unseren Überlegungen zu den beiden Fällen beteiligen. Vielleicht gehen wir nach dem Abwasch rüber ins Wohnzimmer. Dort funktioniert ein Dialog fast auf Augenhöhe.«

50

Miltraud und Camilla saßen in Camillas Zelt.

»Die Polizei glaubt sicher, dass einer von uns der Täter ist.«

»Das denke ich nicht. Es gibt zu viele Hürden. Zu viel Zeit, in der keiner von uns unbeobachtet jemanden hätte umbringen können. Ganz abgesehen davon, dass wir keinen Zugang zu einem Transportmittel haben.«

»Das Motiv bei Mücki und mir liegt auf der Hand.«

»Und warum hast du deine Chance nicht gleich genutzt? In Wanninchen wart ihr doch sicher nicht die ganze Zeit unter Beobachtung. Ich zum Beispiel habe immer ein langes Messer dabei.«

»Hast du das schon mal gebraucht?«

»Zur Selbstverteidigung? Gelegentlich. Aber meistens benutze ich es, um blöde Verpackungen zu knacken.«

Camilla warf der anderen einen fragenden Blick zu. Dann kicherten beide.

»Wir haben uns ausgesprochen. Sie wusste sehr gut, was sie mir angetan hatte. Aber was sollte mir ein Mord an ihr jetzt bringen? Eine rechtliche Möglichkeit gab es schon damals nicht. Sie war ein Kind wie ich selbst. Sicher, ihre Eltern hätten mir all mein Leid ersparen können. Das schien ihnen nicht notwendig. Dafür kann man sie sicher auch nicht belangen.« Sie atmete tief durch. »Ich strebe eine Karriere als Wissenschaftlerin an, vielleicht an der Uni Tübingen, oder in Berlin oder in Kalifornien. Was, wenn herauskäme, dass ich einen Mord begangen habe? Aus wär's.«

»Ja, schon. Rational gesehen. Emotional hätte ich es verstanden, wenn du dir mein Messer für einen tiefen, gut platzierten Stich ausgeliehen hättest.«

»Vielleicht sollten wir uns zusammensetzen und alle Geschichten auf den Tisch legen. Damit wir sehen, welches Konfliktpotenzial noch in der Gruppe schlummert.«

»Wir haben Bewacher«, rief Miltraud der anderen ins Gedächtnis.

»Und?«

»Vielleicht war das eine oder andere Verbrechen darunter. Dann wird der Erzähler eine neue Geschichte erfinden und froh sein, dass wir uns an die andere nicht mehr erinnern.«

»Ich bin dennoch der Meinung, dass wir es versuchen sollten. Probleme, die man unter eine Decke stopft, kriechen immer wieder hervor.«

»Immerhin können wir für die Morde vor ein paar Jahren hier am See nicht verantwortlich gemacht werden. Zu jung, zu weit weg.« Miltraud lachte rau. »Man muss auch mal Glück haben im Leben.«

»Wie geht es hier weiter?« Camilla klang hysterisch. »Werden die uns beenden? Ich meine: Müssen wir das Projekt abbrechen?«

»Möglich. Wäre aber super schade. Diese Leute vom Umweltzentrum am Gräbendorfer See haben tolles Material zusammengestellt. Und du glaubst gar nicht, was da auf dieser Vogelinsel los ist! Ziegen sollen die Vegetation kurz halten. Möwen überall. Die wissen, dass sie sicher sind. Prädatoren gibt es keine. Sie haben uns sogar ein Foto von drei jungen Uhus gezeigt, die mitten in der Möwenkolonie großgezogen wurden.«

»Ach? Die wussten auch, dass ihnen dort nichts passieren kann.« Camillas Laune hob sich.

»Und tatsächlich ergab die Zählung der Nester im letzten Jahr ein neues Rekordergebnis. Alle scheinen sich dort wohlzufühlen.«

»Wird da nicht der Tourismus ein Problem werden? Sie erweitern dort – habe ich zumindest gelesen. Ein weiterer Campingplatz und ein neuer Anlegesteg für weitere schwimmende Häuser. Das bedeutet, es sind viel mehr Leute zu den Stoßzeiten dort.«

»Nun, das wird man sicher gut im Auge behalten. Die Insel darf man nicht betreten, und es gibt einen Sicherheitsabstand, der einzuhalten ist. Wahrscheinlich wird man die Kontrollen verstärken müssen.«

»Wanninchen ist auch gesichert. Die Kraniche locken in jedem Jahr viele Besucher an – aber die großen Vögel landen weit weg von den Guckern. Es wird aufgeklärt, informiert, man hat ein Auge auf die Besucher. Natürlich kann man nie sicher sein, dass sich nicht doch einer daneben benimmt. Das dürfte in allen Schutzgebieten ein Problem sein.« Camilla schwieg unvermittelt. »Wilhard wurde in der Nähe einer der schönen Aussichtsstellen abgelegt. Offensichtlich haben die Beamten eine Stelle gefunden, an der der Täter oder die Täterin Wilhard ins Gelände hieven konnte. Es gibt dort eine Art Gatter, die Spurensicherung hat dort am Holz Fasern und Stofffetzen von Wilhards Kleidung gefunden – und sein Blut. Von dort aus hat man ihn wohl bis zum Ablageort getragen. Er muss vollkommen blutverschmiert gewesen sein – das kann doch nicht völlig unbemerkt geblieben sein!«

Miltraud ignorierte den letzten Satz, knüpfte an das vorherige Thema an: »Auch hier. Alle wissen, was erlaubt ist, was nicht – und doch: Manche versuchen, sich zum Vogelschutzgebiet zu pirschen. Menschen eben – unbelehrbar.«

»Was machen wir nun? Berufen wir ein großes Palaver ein?« Camilla sah die andere auffordernd an.

»Gut. Versuchen wir, ein bisschen Klarheit in diese Angelegenheit zu bringen. Sei nicht enttäuscht, wenn es nichts bringt.«

51

Marko und Bettina waren zu einem Verdauungsspaziergang aufgebrochen.

Ihr Tempo war gemessen, den Gedanken blieb viel Zeit, sich Schritt für Schritt zu formieren.

»Weißt du, mir kommt es ziemlich unwahrscheinlich vor, dass der Mörder von damals nach ein paar Jahren wieder hier zuschlägt. Ich meine, ist doch blöd, auf sich aufmerksam zu machen, wenn gerade Gras über die Sache zu wuchern beginnt. Wie dumm kann man sein?« Bettina schüttelte den Kopf.

»Stimmt schon. Wenn sie nun einen inhaftiert hätten. Dann könnte man denken, es sei nur fair, dass der wahre Täter dafür sorgt, dass nun alle erkennen, dass der andere nicht der Täter sein kann. Wäre fair.«

»Du guckst zu viel Fernsehen«, grunzte seine Frau. »So was ist total kitschig – und überhaupt: Morde begehen, um die Unschuld eines anderen zu zeigen. Das ist völlig aus der Mode. Das geht einfacher … Im normalen Leben passiert das nicht. Ich sage nur: Forensik!«

»Was sagt denn Carola dazu?«

»Seit wann interessiert dich, was Carola zu irgendetwas zu sagen hat? Hast du nicht gerade neulich erst klipp und klar erklärt, dir ginge unser Weibergewäsch auf die Nerven?«

»Jaha. Aber sie wohnt hier. Die Leute werden doch eine Meinung zu all dem haben?« Markos Schritte hatten sich vor Ärger beschleunigt, er keuchte vor sich hin.

»Mach mal langsam, ich komm nicht mit«, behauptete Bettina, um die Gesundheit ihres Mannes besorgt. »Also, die Carola sagt, sie glaubt nicht, dass es jemand vom Platz war. Es sei viel wahrscheinlicher, dass einer von denen, die hier immer leben, der Täter ist. Und nun mordet er wieder, damit alle denken, der Täter käme von außen.«

»Aha. Und er hat sich all die Jahre beherrscht? Oder war krank? Ich dachte, solche Täter haben einen Trieb?«

»Nun, wohl nicht alle – oder nicht immer gleich stark. Sie hat da so ein Buch über Serienmörder, das bringt sie mir morgen vorbei.«

»Wenn jemand den jungen Kemper umbringen wollte, hätte er es doch jederzeit tun können, falls der Mörder von hier stammt. Den konntest du doch dauernd irgendwo im Wald sitzen sehen. Entrückt. Im Zweifel hätte der gar nicht bemerkt, dass sich jemand an ihn ranschleicht. Warum musste gewartet werden, bis wieder so ein Bio-Camp stattfindet?« Marko fiel wieder ins Schlendern, die Atmung beruhigte sich.

Bettina hielt den Zeitpunkt für gekommen, einen Themenwechsel einzuleiten.

»Hast du die Frau vom Günther gesehen? Die trägt ein wunderschönes Collier. So was habe ich noch nie gesehen. Mit kleinen Brillanten und alles funkelt – sind alle lupenrein, sagt sie. Zum Hochzeitstag bekommen, hat sie erzählt. 40 Jahre. Zwei Drittel ihres Lebens ist sie nun mit Günther verheiratet, da fand er wohl, es sei mal an der Zeit für ein ganz besonderes Geschenk«, schwärmte sie.

Marko stolperte über eine Unebenheit im Boden.

Verdammt – wann war gleich noch mal ihr Hochzeitstag? Und der wievielte stand an?

52

»Und wenn ich es dir doch sage! Ich war noch nie am Balaton!« Eirik war gegen seine Gewohnheit ziemlich laut geworden.

Baldur sprang auf, schob die Fäuste tief in die Taschen der weiten Jogginghose. »Doch! Ich habe dich gesehen. Damals.«

»Hör auf! Ich war noch nie in meinem Leben in Ungarn. Das hat viele Gründe. Politische und gesundheitliche. Ich bin allergisch gegen Paprika. In Ungarn kann das schnell zum Problem werden, wie ich von einem Freund weiß, der es gerade noch rechtzeitig in die Notaufnahme eines Krankenhauses geschafft hat. Es ist so selbstverständlich in den Gerichten verarbeitet, dass es gar nicht mehr in der Aufzählung der Zutaten auftaucht. Der Kellner hatte auf Befragen nichts davon erwähnt.«

»Du brauchtest einen Nervenkitzel. Hast mir dann zugesehen, wie ich vergeblich versuchte, den Kleinen zu retten!«

»Setzt euch wieder hin. Alle beide«, forderte Maximilian energisch.

Widerwillig folgten die Streithähne der Aufforderung.

»Ich mach mal ein Feuer«, entschied Friedemann.

Schon bald halfen alle mit, auf Alkohol wurde in stillem Einverständnis auch an diesem Abend verzichtet.

»Die Verbindung zwischen Mücki und Camilla hat sich bestätigt. Die zwischen Maximilian und Wilhard auch. Warum sollte nun die zwischen uns reine Fantasie sein?« Baldur funkelte Eirik an. »Du willst es nur nicht zugeben!«

»Baldur! Ich war noch nie am Balaton. Es gibt private Gründe, die mich davon abhalten. Vom Balaton kenne ich nur Bilder aus Reiseberichten in irgendwelchen Journalen.«

»Halt! Wenn wir davon ausgehen, dass jemand unsere Geschichten kennt – von was für einer Person müssen wir dann ausgehen?« Friedemanns Kopf ruckte von einem Gesicht zum anderen, nahm jeden genau ins Visier. »Was für eine kranke Persönlichkeit hetzt uns aufeinander?«

»Nicht einmal Doktor Krampes kannte den Hintergrund. Wir haben ja alle dieselben Fragen beantwortet, oder? Bei mir wurde nicht nachgefragt, ob in meiner privaten Historie eine Leiche vorkommt.« Camilla klang ratlos.

»Es ist wie mit Baldur und Eirik. Wenn wir ein Trauma haben, springen wir an, wenn jemand Andeutungen in genau diese Richtung macht. Wir haben uns in jener ersten Nacht zufällig gegenseitig getriggert. Wenn du deine Mutter ins Heim steckst, weil sie dich nervt, und jemand über die Kaltherzigkeit von Menschen spricht, die ihre engsten Angehörigen abschieben, weil sie die Mühe scheuen, sie zu versorgen, springt bei dir ein Schalter um. Du fühlst dich ertappt. Je nachdem, in welcher Situation oder Position man sich dann befindet, wird man glauben, eine Reaktion sei nun notwendig, um das Thema wieder aus der Welt zu schaffen. Nun bleiben verschiedene Möglichkeiten. Ich kann gegen den vorgehen, der vorgeblich etwas über mich weiß, ich kann meine Mutter umbringen, damit sie unsere Familiengeschichte nicht weitererzählen kann, oder ich hole sie zu mir nach Hause. Bei den Morden hier wurde in beiden Fällen die gleiche Lösung gewählt: Der

Verursacher der Probleme kam um. Das finde ich seltsam«, erklärte Miltraud.

»Och, na ja, vielleicht müssen wir nur die nächsten Morde abwarten, um hier eine Variation zu erleben!« Friedemann eben.

»Baldur kann Eirik nicht mehr umbringen. Wir alle wissen, dass er es gern tun möchte. Er wandert ins Gefängnis.« Maximilian grinste schief. »Keine Option für jemanden, dessen Karriere noch nicht einmal den Startplatz eingenommen hat.«

»Miltraud? Was ist mit dir?« Eiriks warme Stimme drängte diskret, aber wirksam.

»Bei mir war es eine Party. Isabella und ich gingen gemeinsam hin, wollten auch zusammen wieder gehen. Zur vereinbarten Zeit war sie nicht am Treffpunkt. Ich habe sie gesucht. Dann ging ich nach Hause. Am Morgen klingelte die Polizei bei uns. Isa war mit k.o.-Tropfen ausgeknockt und so brutal vergewaltigt worden, dass ihr Leben nicht zu retten war. Ich sei schuld, beschlossen Isas Eltern. Man hat nie herausgefunden, wer ihr die Tropfen in den Drink gemixt hatte.«

»So, wer könnte dazu passen?«

»Ich hab so was schon mal gemacht«, räumte Friedemann ein. »Aber nur die Tropfen – um zu gucken, was passiert. Vergewaltigt habe ich nie jemanden. Das müsst ihr mir glauben! Wie sah denn deine Freundin Isabella aus?«

»Super Figur. Lange schwarze Haare, konnte toll tanzen, war guter Dinge.«

»Siehst du, auch diese Beschreibung passt auf unzählige junge Frauen in dem Alter – äh, wie alt wart ihr denn?«

»15 und 16.«

»So.« Eirik übernahm das Wort erneut. »Wer kann all das wissen?«

»Bruno Heil?«

»Ne. Der war schon weg, als das mit dem Beichten wirklich losging«, wusste Friedemann.

»Echt? Daran kannst du dich noch erinnern?«

»Ja. Als er ging, sprach er über die Musik in anderen solchen Jugend-Camps. Er schien enttäuscht, dass wir keine neue Inspiration ausgepackt hatten.«

»Günther Haupt?«

»War der überhaupt bei uns?« Miltrauds Stirn legte sich in dicke Falten.

»Nun, er benutzte die Sanitäreinrichtung.«

»Der hat doch sicher ein Bad in seinem Wagen?«, erkundigte sich Friedemann.

»Klar. Hast du schon mal so ein Campingklo saubermachen müssen? Oder den Grauwassertank von so einem Ding entleert? Nicht lustig.«

»Dann meint ihr, dass im Grunde jeder uns hören konnte. Besonders dann, wenn er in den Sanitärbereich rüberging?«

»Ja.« Baldur nickte heftig. »Wir waren unter Alk. Wahrscheinlich musste man nicht einmal direkt bei uns vorbeigehen – wir waren über den ganzen Platz zu verstehen.«

53

Jannik und Jens hatten die Wohnung Majas verlassen und saßen nun in der Fabians.

Jannik telefonierte mit Chris.

»Und Ihnen ist wirklich niemand aufgefallen?«

»Nein. Fabian und ich haben gut aufgepasst. Er meinte, wir würden verfolgt und beobachtet. Wir haben sogar Fallen gestellt – aber nie jemanden identifizieren können, der nun wirklich Verfolger war.«

»Dieses Gefühl von Fabian haben Sie ernst genommen?«

»Klar. Sie kennen ihn ja nicht. Er hat sensible Antennen. Wenn seine Schwester Probleme hat, spürt er das schon, bevor sie es sich überhaupt eingestehen würde. Hochsensibel. Sehr intelligent.«

»Maja meint, der Wechsel nach Cottbus war gut für ihn.«

»Ja. Bisher schon.«

»Hm.«

»Sehen Sie sich die Situation doch mal von außen an.« Chris nahm den Faden wieder auf. »Fabian ist kein Menschenfreund. Er kommt nach Cottbus, wird freundlich aufgenommen, staunt darüber, taut langsam auf. Natürlich weiß er um seine Einschränkungen. Und doch: Hier macht das Leben mehr Spaß. Er glaubt, er käme zurecht – mit mir an seiner Seite läuft alles gut. Und seine starke Schwester wird sowieso jeden Ärger von ihm fernhalten. Nun sitzt er da im Irgendwo. Er weiß, dass er nicht fliehen kann. Das Schwein, das ihn gekidnappt hat, schlägt ihm ins Gesicht. In den Bereich, der noch ziemlich unversehrt war. Und seiner starken Schwester sind die Hände gebunden. Er kann nun denken, sie sei auch hilflos. Oder sie wolle ihn gar nicht retten, weil er ein Klotz am Bein ist. Sollte er den Täter kennen, wird er mutmaßen, sie mache vielleicht mit ihm gemeinsame Sache, oder ich sei derjenige, der ihn hilflos ausgeliefert hat. Egal, wie die Sache ausgeht: Schaden an seiner fragilen Seele hat er schon genommen.«

»Niemand hat eine Vorstellung, wer dahinterstecken könnte.«

»Im Zweifel immer der Gärtner – war das nicht so?«

»Leider nicht, sonst wären unsere Fälle immer schnell gelöst.«

»Wissen Sie, warum Fabian im Rollstuhl sitzt?«, erkundigte sich Chris.

»Ein tragischer Unfall.«

»Er hat damals im Drogenrausch einen Sprung über die Balkonbrüstung gewagt. Als man ihn vom Bürgersteig kratzte, sah es nicht nach einer Überlebenschance aus.«

»Oh, echt?« Jens wurde, wenn überhaupt möglich, noch blasser.

»Es war ein Drogenpäckchen aus Majas Rucksack gewesen. Ihre Mutter gab ihr die Schuld am Sprung des Bruders. Der sah das anders. Es sei schließlich seine eigene Entscheidung gewesen, das Zeug zu probieren. Die Schwester hatte ihn immer gewarnt – und normalerweise auch nie was rumliegen lassen. Wenn er jetzt umkommt, sollten Sie sich große Sorgen um die Schwester machen. Ich brauche noch etwa zwei Stunden bis Cottbus.«

Damit war das Gespräch beendet.

54

Silke öffnete das Mailprogramm.

Checkte den Posteingang.

»Ach, na schau mal an. Habe ich doch geahnt. Du hattest einen Mietwagen.«

Sie lief über den Gang zu Nachtigalls Büro.

»Wir haben Nachricht von einer der Autovermietungen. Bruno Heil hat einen Golf gemietet. Der Kilometerstand bei Abholung wurde erfasst. Jetzt müssen wir nur noch gucken, ob die angezeigten Fahrkilometer die Strecke nach Wanninchen abdecken.«

»Prima. Dann fahren wir nachher vorbei und checken das.«

»Warum Bruno? Ich sehe gar keinen Zusammenhang.«

»Das wird er uns vielleicht selbst erzählen. Außerdem wissen wir ja noch nicht, ob er wirklich gefahren ist. Möglich, dass er jemandem das Auto für eine Einkaufsfahrt überlassen hat. Wir nehmen zur Sicherheit gleich noch eine Streife mit, wenn wir hinfahren. Die Nacht im Lager der Studierenden war ruhig?«

»Na ja. Sie hatten die Idee, alle Geschichten, die sie wahrscheinlich erzählt hatten, noch mal zu wiederholen, damit klar wird, wo noch Potenzial für Konflikte ist. Dabei gab es ziemlichen Streit. Eingegriffen haben die Kollegen nicht, allerdings beschlossen sie, besonders aufmerksam zu bleiben.

Deshalb haben sie auch die Gestalt bemerkt, die sich aus einem nicht einsehbaren Bereich hinter dem Analysewagen zu den Zelten schleichen wollte. Die Kollegen schwören, der sah aus wie der *Frosch mit der Maske* aus einem der Edgar Wallace Filme. Heißt wohl, er trug einen Ganzkörperanzug und so etwas wie eine Taucherbrille.«

»Und, haben sie ihn festgesetzt?«

»Nein, das ist ihnen nicht gelungen. Die Gestalt konnte fliehen.«

»Also trug derjenige keine Flossen.« Nachtigall sah Silke lange an. »Was sollte der versuchte Übergriff? Wenn nun sowieso alle ihre Geschichten auf den Tisch gelegt haben, wäre ein weiterer Mord sinnlos. Es ergäbe sich doch keine überraschende Verbindung mehr.« Er machte eine Pause. »Es sei denn, jemand hat nicht die entscheidende Erzählung abgeliefert.«

»Vielleicht will er mit drei Opfern an die letzte Serie anschließen. Dann müsste er es noch einmal versuchen«, unkte Silke. »Ich kümmere mich um die Streife«, erklärte sie dann und wollte gerade die Tür hinter sich zuziehen, da fragte der Hauptkommissar: »Welche beiden hatten den Streit?«

»Baldur Hermfried und Eirik Hansen. Es ging um die Frage, ob Eirik je in Ungarn war. Das hat der Filmer wohl vehement bestritten. Es sah aus, als käme es nun gleich zu Handgreiflichkeiten, aber das wurde irgendwie abgewendet.«

»Ist seltsam. Herr Hermfried wollte diese traumatische Sache gar nicht ansprechen. Hm. Hat er seine Meinung wohl geändert.«

»Ich habe mit der Mutter von Wilhard Kemper telefoniert. Sie meint, er sei zuverlässig gewesen, hat berufliche Regeln eingehalten. Aber spontan zu einer Hilfeleistung aufzubrechen, sei für sie bei ihrem Sohn unvorstellbar. Er war nicht sonderlich sozial , empathisch oder zugewandt.

»Okay, danke. Das ist eine wichtige Information. Ich komme gleich nach«, versprach er dann.

55

Emile Couvier brütete mit Jens Kruger über den bisherigen Ermittlungsergebnissen.

»Wo ist er? Weit genug entfernt, damit man seine Schreie nicht hört.«

»Jens, so kommen wir nicht weiter. Wir probieren es anders. Der entflohene Straftäter, der bei dem Autounfall starb – wie hieß der genau?«

»Hannes Kofler.«

»Und der Bruder?«

»Christian Kofler.«

»Das ist der einzige Ansatz, den wir haben. Wir fragen Maja, ob sie mit den Namen weitere Erinnerungen verbindet. Wir checken mal die Namen derer, die sich im

Jahr der Verurteilung zur Aufnahme an der Polizeischule beworben haben. Oder an einer Uni für die üblichen Studiengänge. Und es ist noch immer nicht klar, ob der Bruder überhaupt bei dieser Fortbildung ist.«

Couvier fand Maja auf dem Sofa, mit dem Kater im Arm, als habe sie sich in den letzten Stunden nicht bewegt. Ferdinand stand am Fenster und sah ins Nirgendwo.

»Hallo, Maja. Wir sind auf einen Namen gestoßen, der interessant ist.«

»Ich mach mal Kaffee für alle.« Ferdinand verschwand in den Hausflur.

»Ich weiß gar nicht, was ich ohne ihn machen sollte. Er kocht Kaffee, brät mir Spiegeleier, bringt mir belegte Brote an den Tisch. Sehr nett von ihm. Gehört ja nicht zu seinen Hausmeisterpflichten.«

»Ist dir ein Christian Kofler begegnet?«

»Oh ja. Tragische Sache. Dessen Bruder kam ins Gefängnis. Ich weiß gar nicht, was aus ihm geworden ist. Der war so schockiert, als wir seinen Bruder in Haft nahmen. Er konnte gar nicht glauben, dass der zu solchen Taten fähig war. Er wollte seinen Namen ändern, das war damals noch schwierig. Man teilte ihm mit, der Name Kofler sei nicht so selten, dass man automatisch eine Verbindung zu einem verurteilten Straftäter herstellen kann. Abgelehnt. Heute kostet es Geld und ist einfacher geworden.«

»War er wütend auf die Beamten, die seinen Bruder gefasst hatten?«

»Nein, wütend nicht, er fühlte sich ungerecht behandelt. Wollte selbst nach der Urteilsverkündung nicht wahrhaben, dass sein Bruder zu solchen Taten fähig sein könnte, glaubte, das Urteil sei für ihn selbst rufschädigend.«

»Ein Ansatz, den wir verfolgen, ist der Lieferservice. Bestellt Fabian bei einem bestimmten Lieferanten besonders gern, besonders häufig?«

»Das weiß Chris.«

»Gut, ich frage bei ihm nach.« Couvier streichelte Jeffrey sanft. Flüsterte ihm zu: »Wir bringen ihn dir zurück!«, nickte Maja zu und verschwand.

»Jens! Wir haben einen Namen: Christian Kofler. Der Mann versuchte sogar seinen Namen ändern zu lassen, weil er nicht mit den Taten des Bruders in Verbindung gebracht werden wollte.«

»Aha. Na dann mal los.« Jens beugte sich näher zu seinem Rechner und tippte in atemberaubendem Tempo auf der Tastatur.

Couvier kam sich fast ein bisschen alt vor.

»Hier: Ein Christian Kofler war angemeldet, ist bisher nicht erschienen. Todesfall in der Familie, hat er angegeben.«

»Gibt es auch ein Foto von ihm?«

»Moment … ja!«

Er drehte den Laptop.

»Aha. Das ist er nicht, das ist sein Bruder.«

»Genau. Er hat dieses Foto für die Zutrittsberechtigung eingesandt.«

»Wir kommen keinen Schritt weiter.«

»Doch. Wir sind schon weiter. Ich brauche nicht mehr lang. Mit dem Namen eröffnen sich neue Möglichkeiten.« Jens Stimme verdämmerte, er arbeitete hochkonzentriert.

»Wo ist eigentlich Jannik?«

»Bei der Nachbarin, von der du erzählt hast.«

56

Bruno Heil wirkte nicht sehr überrascht.

»Aha, die Polizei.«

»Herr Heil, wir würden gern einen Blick in Ihr Fahrzeug werfen.« Nachtigall ließ körpersprachlich keinen Zweifel an seiner Durchsetzungsbereitschaft erkennen.

Bruno nickte. »Klar. Sehen Sie sich um.« Er öffnete die Arme einladend. »Sehen Sie in jeden Schrank, jede Schublade. Sie werden nichts finden, das in irgendeiner Weise einen Zusammenhang zwischen mir und den Morden darstellt. Meine Jungs sind zum Schwimmen. Es wäre schön, wenn sie nicht Zeugen dieses erniedrigenden Schauspiels werden müssten.«

»Wir möchten gern das von Ihnen als Leihwagen genutzte Fahrzeug einer Untersuchung unterziehen.« Nachtigall präsentierte den Beschluss. »Wir dürfen hier und auch dort.«

Brunos Ruhe blieb unerschüttert.

»Gerne. Ich hole nur den Schlüssel.« Damit drehte er sich um, öffnete eine Schublade und klapperte einen kleinen Bund heraus. »Ist ein Mittelklassewagen. Steht drüben auf dem Parkplatz.«

Silke interessierte sich inzwischen für das kleine Gerät mit Ohrhörern, das auf dem Tisch lag.

»Das gehört Ihnen, nicht wahr? Ich habe Sie damit im Liegestuhl relaxen sehen.«

»Ein bisschen Musik erhellt das Leben«, erklärte der selbst ernannte Prediger. »Wenn Sie mir nun zum Auto folgen wollen.« Er machte Anstalten, den Camper zu verlassen.

»Sehen Sie, Herr Heil, das ist gar kein MP3-Player. Es ist eine Art Abhörgerät. Sie belauschen die Gespräche Ihrer Mitcamper.«

»Ach. Na so was. Ich dachte, der Player sei defekt.«

Bruno machte sich auf zum Parkplatz.

Die Polizei immer auf den Fersen.

»Bitte!« Damit öffnete er Fahrer- und Beifahrertür. Zwei Beamte stellten den Kilometerstand fest, guckten unter die Sitze.

»Sand.«

»Na, dort drüben ist ein kleiner Strand. An all unseren Kleidungsstücken haften Sandkörner. Ich werde ihn aussaugen, bevor ich ihn wieder abgebe.«

»Wir möchten auch einen Blick in den Kofferraum werfen«, entschied Nachtigall und öffnete die Klappe. »Ach, ich wusste gar nicht, dass Sie auch tauchen. Ein Neoprenanzug. Auf so ein Teil muss man gut aufpassen, nicht wahr. Das Gewebe ist sehr empfindlich.«

Plötzlich tauchten Bernhard und Kyle neben dem Vater auf. »Boah, du hast auch so ein Ding? Und wenn wir einen wollen, lachst du uns aus, meinst, in denen sieht man wie eine dicke Wurst auf Füßen aus.«

»*Quod licet Jovi, non licet bovi.*«

»Ja, toll. *Was dem Herrn erlaubt ist …*«

»*Ist dem Ochsen nicht erlaubt*«, ergänzte Bernhard. „Gerne auch ist dem Ochsen noch lange nicht erlaubt!“

„ Ja, den Spruch kennen wir. Aber alles darf der auch nicht!«, empörte sich Kyle.

Der Anzug wanderte in einen Sack der Spurensicherung.

Der Kollege vom Beifahrersitz meldete sich: »Die Auswertung ist abgeschlossen. Die letzten Touren hat der Bordcomputer gespeichert, das Navi wurde benutzt. Und deshalb können wir klar festhalten, dass dieser Wagen die Strecke nach Wanninchen gefahren ist, wieder zurück und am nächsten Tag nach Casel.«

»Was wolltest du denn da?«, wollte Bernhard wissen.

»Und wenn wir mal nach Cottbus reinfahren wollen, gibt es gleich eine große Debatte!«, nörgelte der Bruder.

»Wir nehmen Sie mit – zu einem Gespräch.« Nachtigall gab den Kollegen ein Zeichen. Sie geleiteten Heil zum Streifenwagen.

»Heyheyhey! Was soll das denn sein? Eine Verhaftung? Spinnt ihr jetzt komplett? Unser Vater ist Prediger! Den dürfen Sie gar nicht verhaften.« Kyles Gesicht lief knallrot an.

»Doch, wir dürfen auch Prediger vorläufig festnehmen. Im Moment sind wir daran interessiert, einige offene Fragen zu klären. Wir unterhalten uns mit Ihrem Vater, und danach sehen wir weiter.« Nachtigall baute seine fast zwei Meter und sein beeindruckendes Gewicht vor dem jungen Mann auf.

»Ihr spinnt. Er ist ein Wichtigtuer, ja. Er schwafelt Latein in den deutschen Text, ja, das nervt. Aber sonst? Nix. Glaubt ihr etwa, er habe mit den Morden zu tun?«

»Das klären wir, wenn unser Gespräch beendet ist.«

Günter Haupt schlenderte an der Gruppe vorbei. »Aha. Eine Festnahme. Gratuliere.«

»Hau ab!«, kreischte Kyle.

Marko lief wie zufällig über den Parkplatz. »Hallo, Leute, gibt's Probleme?«

Überraschend traf er auf Carola, die zu Bettina

wollte. »Nanu, was geht denn hier ab?«, fragte die grell geschminkte Frau in Sportkleidung. »Ich hole Bettina ab, wir machen ein bisschen Power Walking.«

Nachtigall und Dreier warfen sich verwunderte Blicke zu.

Dann setzte sich der Tross endlich in Bewegung, ließ den Campingplatz hinter sich.

Frau Doktor Krampes eilte zu ihrer Projektgruppe.

»Na, was war das denn?«

»Wir wissen von nichts.«

»Ich habe einen neuen Kontaktstudenten für Sie. Damit kann nun fast alles so weitergehen wie ursprünglich geplant. Frau Schneider, Sie bekommen einen neuen Projektpartner. Marcel Borgmann. Er wird morgen zum Frühstück bei Ihnen sein. Alles geregelt. Wir müssen also nicht abbrechen. Und sollte das eben auf dem Parkplatz eine Verhaftung gewesen sein, so wäre ja auch niemand mehr in Gefahr.«

Nachtigall und Dreier saßen Bruno Heil gegenüber.

Der Mann hatte viel von seinem Charisma eingebüßt, wirkte um Jahrzehnte gealtert.

»Herr Heil, Sie sind hier, weil der Verdacht im Raum steht, Sie könnten an den Morden an den beiden Studierenden aus dem Forschungslager beteiligt sein. Möchten Sie mit uns über diese Taten sprechen?«, eröffnete Nachtigall das Gespräch.

»Warum sollte ich?«

»Ich glaube nicht, dass Sie solche Taten gern begehen.«

»Ist das Ihr Problem, was ich gern tue und was nicht?«

»Nun, wenn dabei jemand tot an einem Findling lehnt oder in einem See auftaucht, dann schon.«

»Sie haben gegen mich nichts in der Hand«, behauptete Bruno uneinsichtig.

57

Ferdinand brachte Kaffee vorbei.

Die Ermittler bedankten sich, probierten vorsichtig.

»Ferdinand, das ist einer der besten Kaffees, die ich je getrunken habe«, lobte Jannik.

»Für Maja habe ich lieber Milch mit Honig gemacht. Kaffee wäre jetzt wohl nicht so günstig.« Damit trollte er sich aus Fabians Wohnung und fuhr mit dem Fahrstuhl zu Majas Wohnung, damit die Milch nicht über den Tassenrand schwappte.

»Hallo, Maja. Heiße Milch und frische Brötchen«, rief er gedämpft, nachdem er die Tür aufgeschlossen hatte, trug das Tablett vorsichtig ins Wohnzimmer.

Wenige Schritte später klirrte alles zu Boden. »Du?«

Ferdinand machte auf dem Absatz kehrt, versuchte,

durch den Flur ins Treppenhaus zu entkommen – doch zu spät. Jannik und Jens versperrten den Ausgang.

Kollegen aus der Küche eilten herbei, warfen sich auf den verblüfften Hausmeister, legten ihm Handschellen an, sicherten zusätzlich mit Plastikstrips.

»So, damit wäre ja nun alles klar, Herr Kofler.«

»Mein Name ist Ferdinand Weiler! Sie täuschen sich«, spuckte der am Boden liegende Mann, schäumte im wahrsten Sinne des Wortes vor Wut.

»Das ist nur der Name, mit dem Sie sich hier die Anstellung verschafft haben. Der Ausweis war gestohlen. Ihr Gesicht ist sehr anpassungsfähig, Bilder im Personalausweis manchmal schon überholt, das weiß jeder. Deshalb fiel eine gewisse Diskrepanz gar nicht auf.«

»Das werdet ihr alle bereuen!«, kreischte Kofler, als er von sechs Beamten abgeführt wurde.

»Danke«, sagte Maja leise, streichelte die Wangen ihres Bruders, die von großen Pflastern übersät waren.

Leise kehrten Jannik und Jens ins Büro zurück.

»Mann, das war ein Fall!« Jannik gähnte.

»Pass mal auf, dass du keine Maulsperre kriegst. Ist einem Freund von mir mal passiert. Der musste das vom Arzt wieder lösen lassen«, warnte Jens grinsend.

»Mann, wenn du nicht den Kofler bei dieser Firma gefunden hättest, wären wir noch immer keinen Schritt weiter.«

»Der alten Dame war wieder eingefallen, was genau auf dem Wagen stand. Und weit vom Wohnort des Opfers konnte er nicht abgestellt worden sein, wenn unsere Theorie stimmte. Na, der Rest war ganz normale Polizeiarbeit. Kofler war da Aushilfsfahrer, es gab einen Vertrag, es gab ein Foto vom Führerschein. Unser Hausmeister! Die Streifen haben den Wagen gesucht und gefunden. Fabian war angekettet, der Mund zugeklebt, deshalb konnte er nicht um Hilfe rufen. Lösung klar, Taktik klar, Überrumpelung perfekt.«

»Jetzt müssen wir nur noch rauskriegen, was der Kerl eigentlich wirklich erreichen wollte.«

»Kinderspiel«, behauptete Jens.

»Das will ich sehen!«, lachte Jannik. »Das will ich sehen!«

58

Nachtigalls Handy brummte.

Schnell warf er einen Blick aufs Display. Atmete auf. Ein Foto von Maja, Fabian und Chris. Er hätte vor Erleichterung gern ein paar Tränen zugelassen, drängte das zurück – auf später.

Die drei sahen übernächtigt aus, Fabian ziemlich abenteuerlich mit dem verpflasterten Gesicht, aber alle drei konnten schon wieder lächeln. Wenngleich es bei Fabian etwas gequält aussah. Offensichtlich hatte der junge Mann eine stationäre Aufnahme im Klinikum verweigert. Wäre typisch Fabian. Alle wieder vereint! Welch ein Glück!

Er zeigte Silke das Bild. War froh, dass auch sie, die sonst so spröde tat, sehr erleichtert war. Schnell leitete er das Bild an Couvier und Conny weiter, dann wandte er sich wieder Bruno zu, der die beiden Ermittler erstaunt und ratlos beobachtet hatte.

»Sie haben von Anfang an die Gespräche der jungen Leute belauscht. Sehr diskret, das kleine Gerät ist völlig unauffällig, geht tatsächlich als MP3-Player durch, wenn man es nicht weiß, erkennt man den kleinen ›Rüssel‹ gar nicht als Mikrofon.«

»Das Ding brauche ich, um meine Jungs in Schach zu halten. Die sind da in eine sonderbare Gruppe geraten, und ich belausche sie, damit ich von ihren Plänen erfahre. Ihre Mutter hat sich rechtzeitig aus dem Staub gemacht – bevor Probleme auftauchten. Sehr schlau von ihr. Und ab diesem Tag war ich alleinerziehend. Gar nicht einfach. Gar nicht!«

»Das kenne ich. Sie hatten also Probleme mit den beiden?«, gab sich der Hauptkommissar verständnisvoll. »Ist eine ziemlich vertrackte Situation, nicht wahr?«

»Die beiden sind Problemsöhne. Ihre Mutter eine Problemfrau. Offensichtlich kann man das Problemsein vererben.«

»Sie hatten harte Jahre mit den beiden. Schulgespräche, Einzelanalyse beim Klassenlehrer, Disziplinargespräche mit dem Schulleiter. Und immer mussten Sie den Kopf hinhalten für das unangepasste Verhalten der beiden. Die haben sich mit den anderen geprügelt, haben Klassenkameraden beklaut und in Läden gestohlen. Immer wurden

Sie zum Gespräch bestellt, mussten mit viel Kraft und Mühe die entstandenen Wogen glätten.«

»Ja, war ein Scheißjob. Aber was will man machen. Vater ist Vater. Ich bin Prediger, wie Sie wissen – da ist es schlecht, wenn sich auf dem Campingplatz, auf dem man ein paar Tage wegen einer Predigt steht, rumspricht, die Jungs des Predigers klauen im Dorf. Das untergräbt die Glaubwürdigkeit meiner Worte.«

»Ja, nicht nur das. Es reduziert auch die Einnahmen. Wir haben ein bisschen recherchiert. Sie arbeiten für eine Gruppierung, die sich *Kinder der Sonne* nennt. Und von denen werden Sie als Prediger vermittelt, bekommen ein Honorar. Wenn keiner kommt, fließt kein Geld, wenn Ihr Ruf schlecht ist, wirkt das auf die Organisation zurück.«

»Ja. Manchmal wurde es richtig knapp, dann gab es nur Butterbrot. Aber wir zogen weiter, kamen in einen neuen Ort. Ging schon.«

»Sie mussten den Jungs beibringen, dass sie sich selbst schaden, wenn sie gegen die Regeln verstoßen. Das war mühsam, hat Sie viel Kraft gekostet.« Nachtigalls Stimme schmeichelte sich in Brunos Ohr, signalisierte ihm, er werde verstanden. Langsam entspannte sich dessen Körperhaltung.

»Und es war ja wirklich unfair, dass Ihre Frau all das auf Ihren Schultern abgeladen hat. Sie war fein raus, Sie konnten sich plagen.«

»Ja, ganz genau! Sie lebt in Saus und Braus. Professorin für Afrikanistik. Wir knabbern jeden Tag am Rand der Existenz! Das interessiert diese Frau überhaupt nicht! Wenn ihre eigenen Kinder den Boden unter den Füßen verlieren, weil sie zum Beispiel von ihren Mitschülern rassistisch angegriffen werden – das ist ohne Belang! Soll sich der Papa kümmern! Ist seine Verantwortung. Er ist selbst an der Misere schuld, wäre er ein netter und treuer Ehemann gewesen, hätte die Trennung ja gar nicht stattfinden müssen!«, regte sich Heil auf. »Ich bin schuld an all dem und für die Zukunft der Jungs verantwortlich! Ihre Worte! So eine Unverschämtheit!« Er hatte sich in Rage geredet. »Und dann kommt der eine heulend nach Hause und hat was richtig Schlimmes … na, dann muss Papa sich eben was einfallen lassen!«

Zu spät merkte er, dass er schon zu viel erzählt hatte.

»Das erste Mädchen. Ihr Sohn Kyle hat es getötet. Wollte er Sex? War es ein Unfall? Das muss für Sie ein riesen Schock gewesen sein.«

»Ja, klar. Da stehst du abends in der Küche, und der Kleine sagt, Papa, die eine Blonde von drüben, die ist blöd ins Wasser gefallen. Nun liegt sie da ganz ruhig. Na, da geht Papa mal nachgucken. Findet ein Mädchen mit durchgeschnittener Kehle. Von wegen, blöd ins Wasser gefallen! Papa geht zurück. Sagt den Jungs, es ist alles soweit in Ordnung, sie sollen sich keine Sorgen machen, aber nicht drüber reden.«

Er atmete tief durch. »Ich weiß gar nicht, warum ich Ihnen das alles erzähle. Ich rede mich hier um Kopf und Kragen!«

Silke tippte diskret eine Nachricht an die Kollegen in ihr Handy. Sie würden die beiden Söhne ins Büro bringen…

»Ich verstehe, was Sie mir sagen. Es war ein großer Schreck für Sie zu sehen, dass Ihnen die Situation zu entgleiten drohte. Ihre Frau würde Sie beschimpfen, Sie allein verantwortlich machen, Sie sind der Erzieher. Sie mussten etwas zur Rettung Ihrer Familie unternehmen!«

»Darum fängt Papa zwei Freundinnen der ersten Leiche, sorgt so dafür, dass Kyles Besuch drüben zur Nebensächlichkeit wird. Eine kleine Serie, alle drei auf die gleiche Weise … Sehen Sie, ich konnte doch den Kleinen nicht im Dreck stecken lassen. Schließlich bin ich für ihn verantwortlich. Wir haben unsere Ferien einfach fortgesetzt. Kyle hat schnell vergessen, was er getan hat, ich habe ihn nie mehr darauf angesprochen.«

Nachtigall schluckte schwer.

»Das hätte sicher nicht jeder Vater auf sich genommen«, rang er sich ab. Dachte an Katrin, Connys Sportfreundin, und deren Leid. Sein Inneres schüttelte sich. »Sie haben alles auf eine Karte gesetzt.«

»Musste ich doch. Verantwortung eben. Sie waren doch bei unserem Treffen.«

»Und in diesem Jahr?«

»Meine Jungs glauben, zu einer neuen Gruppe zu gehören. Chatten im Internet, reden ›in Zungen‹. Wir kamen gemeinsam her, wie in jedem Jahr, aber ich bin den beiden nicht mehr gewachsen. Sie gehorchen nicht. Geben Widerworte. Eines Abends hörte ich ein Gespräch mit. Und musste ein letztes Mal für die beiden tätig werden. Es kam in den letzten Jahren der Verdacht auf, einer der Saisoncamper wäre für die Morde an den drei Mädchen verantwortlich. Man ging uns alle durch. Marko und Bettina – zu fett. Günther und seine Frau? Polizist, na ja, der wusste, wie man Spuren vertuscht. Jeder kam dran. Damit nicht doch noch jemand meine Jungs in Verdacht haben würde, musste ich was unternehmen. Wer nicht ganz weiß ist, gerät leichter unter Verdacht. Die Kinder eines Predigers genießen vielleicht für einige Zeit einen gewissen Schutz … Ich sorgte dafür, dass die beiden im Blick der Leute auf dem Campingplatz waren, und handelte.«

»So ganz einfach war das aber nicht! Sie haben ein ziemlich kompliziertes Szenario umgesetzt. Ganz allein. Das war sehr schwer.«

»Es musste ja ein bisschen kompliziert sein. Sonst hätte man … Also, meine Jungs sind nicht wirklich superschlau. Es musste schon so sein, dass sie es nicht hätten durchführen können.« Stolz mischte sich in Ton und Haltung.

Nachtigall wünschte sich weit weg von hier.

Er hörte sich, den Mörder loben, wusste, dass er das Richtige tat – und doch … Conny hatte recht! Er brauchte Urlaub, eine Auszeit nach all dem, mit Kindern und Kindeskindern!

Sein Puls beruhigte sich zögernd.

»Ich habe auf ihn eingeschlagen, er sollte richtig leiden, damit sein Tod zu der Geschichte dieses Maximilian passte. Tatsächlich habe ich schon am ersten Abend die Konstellationen überprüft. Wer passt zu wem? Und dann habe ich es so arrangiert, dass die Polizei viel Arbeit haben würde.«

Bruno lehnte sich zurück.

Verschränkte die Arme vor der Brust.

»Die Dicke war kein Problem. Die vertraute mir, hatte alles erzählt. Auch das von dem runden Geburtstag. So war es ganz einfach. Es liegt an euch, mir nun die Abläufe nachzuweisen. Schade war, dass die Gruppe Polizeischutz bekommen hat – eigentlich waren drei Opfer geplant, aber daraus wurde nichts mehr.«

Sein Kinn hob sich.

»Nun wisst ihr Bescheid. Und ich sage kein Wort mehr. Ich weiß, das Navi spricht gegen mich, der Taucheranzug … Doch am Ende muss die Polizei mir nachweisen, dass meine Geschichte stimmt. Vielleicht war ich in Wanninchen, gehe manchmal heimlich tauchen und habe mir den Rest nur ausgedacht.« Er grinste zufrieden. »Auch ein Vater, der nur seine Jungs schützen will hat Anspruch auf einen Anwalt.«

Nachtigall schaltete das Aufnahmegerät aus.

Silke gab den Beamten auf dem Gang ein Zeichen.

»So, dann kommen Sie bitte mit.«

»Ich könnte das nicht!«, stellte Silke schlicht fest.

»Gehört zum Job. Vertrauen aufbauen. Das kannst du auch, du musst es nur wollen.« Nachtigall spürte, wie müde er war.

»Geh nach Hause. Morgen fangen wir mit der Auswertung an. Das Protokoll hat jetzt Zeit bis morgen. Die Brüder nehme ich in Empfang, bin schon sehr gespannt auf ihre Geschichte.«

Silke beeilte sich.

Wollte aus dem Gebäude raus sein, bevor Nachtigall es sich anders überlegte.

59

Jannik und Jens besprachen eine Strategie.

Christian Kofler setzte sich an die Stirnseite des Tisches, die beiden Ermittler rückten an den Seiten zu ihm auf. Offensichtlich empfand er diese Mittelposition als unbehaglich.

»So, Herr Kofler, wir zeichnen dieses Gespräch auf. Belehrt wurden Sie bereits. Erzählen Sie uns doch, woher Sie Frau Klapproth kennen.«

»Frau Klapproth? Hat sie Ihnen nicht erzählt, dass wir heiraten wollten?«

Erstaunen auf den Gesichtern der Ermittler.

»Das hat sie also nicht erwähnt? Nun, es ist ein paar Jahre her, vielleicht hat sie es vergessen.«

Jens fing sich als Erster. »Dann kennen Sie sich schon lange? Sie waren ein Paar, wollten richtig romantisch heiraten? Mit Standesamt und Kirche, großem Fest? Wie schön.«

»Es kam nicht dazu.«

»Das war sicher eine große Enttäuschung für Sie! Sie hat einen Rückzieher gemacht?« Jens bohrte unverdrossen in der wohl noch immer schmerzenden Wunde.

»Natürlich ist das eine große Enttäuschung, wenn die Braut plötzlich nicht mehr Ehefrau werden will! Es tat weh. Wissen Sie, wie das ist, wenn Sie eine Frau lange schon bewundern, ihre Erfolge in der Zeitung und den Nachrichten verfolgen? Ich war immer sehr stolz auf sie. Stark und unbeirrbar wirkte sie – und wir liebten uns. Manchmal auf der Straße, wenn wir uns begegneten, lächelte sie mich glücklich an, manchmal zwinkerte sie mir sogar zu. Von solchen Momenten kann man dann bis zum nächsten Mal zehren. Ich brauchte keine körperliche Nähe, wusste ich doch, dass sie wegen ihrer familiären Umstände keine Beziehung in der Öffentlichkeit leben konnte.«

»Und dann? Es ging irgendetwas schief.« Jens legte genau das richtige Maß an Neugier und Mitgefühl in diesen Satz.

»Ja. Ich wollte mit ihr auf Augenhöhe zusammenarbeiten. Im Leben und bei der Arbeit – ein festes, sich liebendes Team.«

»Eine Katastrophe?«

»Ja. Kann man so sagen. Sie mischte sich in mein Leben ein. Überführte und verhaftete meinen kleinen Bruder. Ich will gar nicht darauf eingehen, dass sie diese Frau, die dann Opfer genannt wurde, dazu anstachelte, meinen Bruder nicht mehr in die Wohnung zu lassen!« Das Gesicht Koflers lief bläulich an. »Können Sie sich das Gefühl vorstellen: Sie kommen nach Hause zu Ihrer Partnerin, und die hat das Schloss an der Tür ausgetauscht? Sie stehen im Gang wie ein begossener Pudel. Wie ein Idiot. Müssen in einem Hotel übernachten, ohne Wechselwäsche, ohne Zahnbürste. Er hatte ihr gesagt, er käme am nächsten Tag wieder, und dann solle sie ihn reinlassen. Hat sie nicht. Er hat geschossen. Gut, er hätte sie nicht gleich umbringen müssen. Aber wenn eine Frau einem Mann eine solche Demütigung … Er wurde verurteilt. Und damit konnte es keine Zukunft für Maja und mich mehr geben.« Tränen liefen über die Wangen des Täters, er hielt sie nicht auf, ließ sie auf den Pulli tropfen.

»Ihr Bruder war der Täter, nicht Sie! Wie unfair.« Jens war nicht zu bremsen.

»Das Leben ist nicht fair! Der Name Kofler war nun beschmutzt. Ich hatte mich beworben, wollte studieren oder an der Polizeischule von der Pike auf diesen Beruf lernen. Abgelehnt. Klar, weil auf dem Schreiben als Absender Christian Kofler stand. Und natürlich konnte sie mich nicht mehr heiraten – Kofler war verdreckt, stank förmlich. Unser gemeinsames Glück war zerstört, bevor es richtig beginnen konnte.«

»Was haben Sie dann unternommen?«, schaltete sich Jannik ein.

»Ich ging zu einem privaten Wachdienst. Schießen hatte ich mir selbst beigebracht, gesund und stark war ich auch, zuverlässig, gut beleumundet – wäre da nicht dieser verdammte Name gewesen. Ich wollte ihn ändern, um unser Glück zu retten. Das war nicht möglich.«

»Damit war Ihr Schicksal sozusagen besiegelt?«

»Besiegelt war es erst, als sie diesen Nicola in ihr Leben ließ. Ich habe sie beobachtet. Mit ihm turtelte sie sogar unter den Augen der Bewohner der Stadt. Ernst war es am Ende dann doch nicht. Ich wusste ja, dass sie nur mich liebte. Sie kam mit Fabian nach Cottbus. Das verstand ich nicht – unsere Stadt war Köln. Zuerst glaubte ich, sie habe einen neuen Liebhaber oder dieser Nicola wohne auch hier. Nichts davon. Sie war wohl ihres Bruders wegen hergezogen.«

»Sie erkannten Ihre Chance! Fabian löste sich aus der schwesterlichen Umklammerung, und so wurde der Platz für Sie und Ihre Liebe größer. Nur, wie sollte sie merken, dass Sie an ihrer Seite waren? Ich denke nicht, dass Sie einfach bei ihr klingeln wollten.« Jens beugte sich sogar näher über den Tisch, zeigte deutlich, dass er nun gespannt auf die Fortsetzung wartete.

»Ja. Da haben Sie recht. Ich konnte nicht einfach klingeln und sagen: Hier bin ich. Ich wusste, wie ich es versuchen konnte. Ich würde für sie einen Fall konstruieren – und ihr so die Gelegenheit geben zu erkennen, dass unsere Liebe noch immer stark genug war, alle Hürden zu nehmen. Damit sie erkannte, dass ich ihr ein Geschenk machen wollte, legte ich ihr die Blumen vom Tatort auf den Fußabtreter.«

»Was ging schief?«

»Sie bekam den Fall nicht. Der da«, sein Finger deutete auf Jannik, »der da bekam den Fall. Mein Arrangement war so wunderbar, sprach so sehr von meiner Liebe, dass es wochenlang immer wieder in der Zeitung abgebildet wurde. Bei dem privaten Wachschutz gab es eine IT-Abteilung. Dort habe ich alles Mögliche zur digitalen Überwachung von privaten Räumen gelernt. Es war einfach zu installieren, und nun konnte ich sie immer sehen. Dann, wenn Maja wirklich Maja war. Die elektronischen Augen installierte ich auch im Haus ihres Partners. Nur zur Sicherheit. Hätte ja sein können, dass er sich an meine Maja ranmachen will.«

»Maja konnte den Fall genau deshalb nicht bearbeiten, weil Sie so deutlich gezeigt haben, dass er mit ihr zu tun hat«, stellte Jannik klar. »Sie schickten den zweiten Mord als ein Versprechen auf eine wunderbare Zukunft als Familie?«

»Genau. Ich sehe, Sie verstehen, wie es geplant war. Aber wieder hat sie mich weder in der Tat noch in der Tatortgestaltung erkannt. Ich fing an, mich über ihre Reaktionslosigkeit zu ärgern. Inzwischen arbeitete ich jeden Tag in ihrer Nähe. Keine Zärtlichkeit, kein verliebter Blick. Ich musste meine Strategie ändern. Ich musste davon ausgehen, dass ihr Bruder der Hemmschuh für unsere Zukunft war. Er musste weg. Sie sollte sehen, wie er leidet, seinen Tod als Erlösung wahrnehmen und sich in meinen Armen ausweinen. Wären Sie nicht im entscheidenden Moment …« Koflers Gesicht verzerrte sich vor Wut. »Sie haben alles zerstört. Ich werde Sie beide kriegen! Mir entkommt keiner!«, brüllte er, fiel zu Boden, wand sich wie ein Wurm und brüllte seinen Hass durchs ganze Gebäude.

Jannik schaltete das Aufnahmegerät aus.

Ließ einen Arzt rufen.

Wartete dann zusammen mit Jens darauf, dass sich der Mann beruhigte und abgeführt werden konnte.

Gemeinsam verließen sie das Gebäude.

»Ey, ich freue mich, dass wir ein Team sein können. Läuft bei uns!«, lachte Jens, und sie stießen die Fäuste gegeneinander.

»Ja, Jens, wir sind ein richtig gutes Team!«

60

Maja sah noch ziemlich mitgenommen aus, war deutlich gefasster als bei seinen letzten Besuchen.

Fabians Gesicht war geschwollen, blau und rot. Die Augen nur noch Schlitze. Das Sprechen sei zu schmerzhaft, signalisierte er, das müsse noch warten. In seinem Schoß lag die dunkle Maske, die er würde aufsetzen müssen, um die frakturierte Orbita beidseits zu stabilisieren.

»Mit dem Ding wird er wie ein Fußballstar aussehen. Er ist stark. Er hat gewusst, dass wir ihn zurückhaben wollen. Deshalb hat er das alles ausgehalten. Natürlich würde er das nie zugeben – aber so ist er eben, unser Fabian!«, feixte Chris. »Vielleicht wird er mich auch rauswerfen, wenn er wieder sprechen kann. Immerhin habe ich bewiesen, dass ich ein Idiot bin, der sich ganz leicht hinter die Fichte führen lässt. So einen Freund und Pfleger braucht keiner.«

Fabian versuchte zu lachen, ohne das Gesicht zu verziehen. Funktionierte nicht. Er jammerte.

»Ich bin sehr froh, euch alle so fröhlich beisammen zu sehen!« Nachtigall kämpfte noch immer gegen die aufsteigenden Tränen. »Der Kater genießt die neue eingekehrte Zufriedenheit auch, wie ich sehe.« Jeffrey fühlte sich angesprochen und hob den großen grauen Kopf. Schloss langsam die Lider. Nachtigall tat es ihm gleich. Sie verstanden sich – das war ein Liebesbeweis.

Maja begleitete den Kollegen zur Tür.

Sie umarmte ihn, flüsterte: »Vielen Dank für deine Hilfe. Ich weiß, dass du die ganze Zeit auch Bestandteil des Jannik-Teams warst. Ich habe zu jeder Zeit gespürt, dass du im Hintergrund für mich da warst, für mich und Fabian gekämpft hast.«

»Alles gut. Ich würde es jederzeit wieder tun! Wir wissen beide, dass wir uns immer auf den anderen verlassen können.«

Conny wartete mit den Katzen und Emile im Wohnzimmer.

Wie üblich wurden zuerst die Fellträger begrüßt.

»Hallo, Peter. Wir Menschen sitzen im Wohnzimmer!«, rief Conny ihrem Mann zu.

»So, heute gibt es ein schönes Glas Wein für uns alle. Dieser vertrackte Fall – abgeschlossen. Die Täter werden geständig sein, seltsamerweise aus demselben Motiv. Narzissmus. Maligner Narzissmus. Ein jeder brüstet sich und versucht, seine Taten zu rechtfertigen. Ich bin sicher, dieser Kofler ist da nicht anders als Bruno Heil.« Er setzte sich auf die Couch, wurde sofort von den beiden Schnurrern bedrängt. »Hey, mein Schoß ist breit genug für euch beide. Streit muss nicht sein.«

»Es war für beide Teams hart. Ich hoffe, es wird nun etwas ruhiger werden. Schon deshalb, weil wir am kommenden Wochenende einen fitten Opa brauchen«, erklärte Couvier. Lachte leise.

»Wozu? Baut ihr um?«

»Nein. Wir fahren alle zusammen nach Berlin, gehen in den Zoo oder den Tierpark, Eis essen und übernachten im Hotel. Sehen uns am Tag zwei dann vielleicht Museen an. Der Tyrannosaurus, ist der noch da?«, fragte Emile.

»Klingt nach einem perfekten Plan!«, freute sich der Großvater.

Conny brachte ein Tablett mit belegten Broten und ein Glas Wein für Peter mit.

»Und sogar an die Katzen hat sie gedacht – seht ihr. Frischkäse für meine Schleckermäulchen!« Er hob eine Portion aus dem Schälchen, verteilte sie auf die Mittelfinger beider Hände und bot sie Casanova und Domino an, die beim Schlecken begeistert schnurrten.

»Es ist gut, jetzt nicht allein sein zu müssen«, seufzte der Hauptkommissar.

Der nächste Fall für Peter Nachtigall erscheint im Frühjahr 2023

DANKSAGUNG

Ein großes Dankeschön an den Gmeiner-Verlag, der trotz der pandemischen Zeiten die Veröffentlichung neuer Fälle der Nachtigall-Reihe ermöglicht hat. In schwierigen Zeiten ist es ein besonders gutes Gefühl, gemeinsam an einem Strang zu ziehen.

Mein besonderer Dank gilt all den Krimifans, die auch während der Pandemie Peter Nachtigall und sein Team bei den Ermittlungen treu begleitet haben!

Ich bedanke mich sehr für die Unterstützung durch Angela Krohn vom Umwelt- und Begegnungszentrum am Gräbendorfer See, die mir Informationsmaterial zur Verfügung stellte und geduldig all meine Fragen beantwortete und bei Ralf Donat vom Natur-Erlebnis-Zentrum der Heinz-Sielmann-Stiftung in Wanninchen für all die wichtigen Informationen, die er mit mir geteilt hat. Und, gerade für eine Krimiautorin wichtig: Ich durfte dort ein Mordopfer entdecken lassen.

Der Brandenburgischen-Technischen-Universität Cottbus-Senftenberg danke ich für ihre Unterstützung und auch dem Spreecamp an der Talsperre Spremberg auf dem mein fiktives Bio-Camp seine Zelte aufschlagen durfte.

Ein Text reift durch korrigierendes Lesen. Lieben Dank an Claudia Senghaas, die meine Figuren sehr gut kennt und auch dieses Lektorat mit viel Empathie durchgeführt hat.

FÜR WEITERE INFORMATIONEN

Umwelt-und Begegnungszentrum am Gräbendorfer See:
www.graebendorfer-see.de

Natur-Erlebnis-Zentrum Wanninchen:
www.wanninchen.de

Informationen zu Incels finden Sie im Internet zum Beispiel bei Wikipedia oder bei Veronika Kracher: Incels, Ventil-Verlag.

Ebenso als sehr informativ erwiesen sich bei der Recherche:

Sam Hess: Die Welt der Naturgeister, nymphenburger
Dahlke, Fasel: Die Spuren der Seele, Gräfe und Unzer